CUNEI
F●RM
铸刻文化

彭剑斌 著

欣泣集

Laughter

and

Tears

GUANGXI NORMAL UNIVERSITY PRESS

广西师范大学出版社

· 桂林 ·

欣泣集

XINQI JI

责任编辑：郑　伟

特约编辑：陈凌云

装帧设计：彭振威

内文制作：Titivillus

图书在版编目(CIP)数据

欣泣集 / 彭剑斌著. —— 桂林：广西师范大学出版
社, 2025. 9. —— ISBN 978-7-5598-8758-0

Ⅰ. I247.7

中国国家版本馆CIP数据核字第2025MW0610号

广西师范大学出版社出版发行

广西桂林市五里店路 9 号　邮政编码：541004

网址：www.bbtpress.com

出版人：黄轩庄

全国新华书店经销

发行热线：010-64284815

山东临沂新华印刷物流集团有限责任公司印刷

山东临沂高新技术产业开发区工业北路东段　邮政编码：276017

开本：787mm×985mm　1/32

印张：12　字数：170千

2025年9月第1版　2025年9月第1次印刷

定价：58.00元

如发现印装质量问题，影响阅读，请与出版社发行部门联系调换。

我从高空飞下同你一道哭泣。

缪塞《五月之夜》

悲伤的使我笑，可笑的使我悲。

莱蒙托夫《当代英雄》

目 录

笑与泪

我无时无刻不在哭泣。

金斯堡《泪水》

我曾热爱过诗歌，迷恋忧郁的心灵。对尚且遥远的未来，我曾暗自希望它是一个巨大的悲剧，并因这种美妙的期待激动不已。多年过去，我却莫名其妙地变得幸福。我有一份稳定的工作，满足于每月数千元的收入；我的妻子美丽温柔，喜欢谈论市场上各种商品的价格和怎样保持身体健康。我拥有的东西已经把我的心塞满，我忘了迷惘和痛苦是什么滋味。日子一天天滑过，在那样的日子里，连酗酒也实在找不到令人伤感的理由，而只是为了发泄心头的喜悦。喜悦每天都在挤压着我的心房。我记得第一次碰到 H，是在一家再普通不过的酒吧里，所以整件事情并不会显得过于神秘。世界上没有第二个人可以分享我的喜悦，难道就是因为这个，我才觉得自己如此幸运？每次我都是独自一人跑去开怀畅饮。其实，那时我已经快被孤寂逼疯了，而我自己却还不知道。那些日子里，我脑子里在想些什么呢？我压抑不住内心的快乐啊！那快乐就像发疯的牲口，无法驯服，就像充满着快感的罪恶的念头在体内燃烧。这把猛火如同一场高烧，早已把我的大脑烧得一片空白、无比亢奋。可是当时我却没有意识到这些，一刻也不能平息下来的快乐即使是一场真正的灾难，但对于深陷其中的人来说，也还是只能感到快乐。是的，我一直没有去思索这一切，直到我与 H 对视的那一刻。

我说过，这件事在表面上一点也不显得神秘，虽然现在想起来总觉得不可思议，每个细节却是那么真实生动。在那家灯光昏暗的酒吧里，一个单瘦的身影从我身边经过。当时我正好举起酒杯，仰起脖子，无意间我看到了他的脸。那是一张无比丑陋的脸，我立刻快活到了极点。我放声大笑起来，把嘴里的酒喷得到处都是。我想我快要笑死了，似乎这么多年的快乐终于找到了一个实实在在的理由：一张怪异的脸庞，一个鬼一般恐怖的表情。我不想停止这笑声，完全沉溺在自身爆发出来的激情中，虽然我的面部肌肉开始疼痛，泪水糊住了眼睛。

那是一个永远不变的表情，即使在被我大声嘲笑时，它仍然保持着它那古怪的模样，丝毫不显得紧张，似乎它本身就是一件坚硬的武器。而在以后的日子里，正是它使得我再也笑不出来了。

我和 H 就这样认识了。当我注视他的眼睛时，我心里开始被唤起了对忧伤的遥远的回忆。而当他第一次对我开口说话，那声音几乎令我毛骨悚然。

"你好像患上了什么病。"他用他那特有的黯然的声音对我说。

我突然回想起我那没完没了的快乐，同时也意识到：在与他相处的这几分钟里，那快乐已第一次如此彻底地从我心底悄悄溜走了。我们成了朋友。

我的生活开始充满了恐惧。对生命意义的追问常使我从梦中惊醒。我感受到了灵魂的空虚；在深夜里，被黑暗压得透不过气来：我渴望见到 H。我像掉了魂似的从家里跑出来，妻子在我身后大喊：

"但愿你知道自己在干什么！"

穿过一条条幽暗的街巷，感觉像走在一行行隽永的诗句中。

我敲开H的门，惨白的灯光下，他还是那副模样。这让我大松了一口气，似乎我半夜里突然跑来，为的只是再一次证实他这张扭曲的脸。

在H面前，我终于连一个秘密都没能守住。那些久远的往事，一桩桩耻辱和荣耀——它们本来已经变得与我无关——都仿佛仅仅是为了能完完整整地交给H，才没有被我彻底遗忘。而今天想起来，我甚至怀疑他是否在认真听我讲述，他从未有所表示。有时他好像沉浸在自己的心事里。但我当时竟像着了魔似的，把那些沉重的包袱一般的往事朝他掷去。我醉心于此。

不幸的事情并没发生过，可我却感到不幸。嗯，我的生活中充满了不幸——这个想法使我欣慰。我回想起我以前关于"未来是一个悲剧"的理想，感到心满意足。

有一段时间里，我极力避免去见H，也许这样做只是为了产生更大的痛苦。我开始做一些堕落的事情，经常深夜出去，清晨回家。我躺在妓女的腿上欣赏着那些死去的诗人的作品。我时时刻刻都思念着 H，可我更乐于折磨自己薄弱的意志。那短暂又漫长的日子，我竟然可以坚持下来，这不能不说是一个奇迹……

阴雨连绵的天气已经持续了好几天，而我这种昼夜颠倒的生活却始于一个天气晴朗的日子。对我来说，夜晚才是白天，而白天，我却沉睡在阴暗的房间里。我又希望我是一株植物，那样我就会赞美春天。可，不幸，我是这样一具生命，所以我只能热爱冬天。寒冷令我变得清醒。每天的噩梦始于早晨，而整个夜晚我都待在堕落的场所。我并不喜欢这糜烂的游戏，可它能缩短我生命中无聊的时辰（在这样的时辰里，意志显得多么薄弱）。我丝毫不担心我的健康，因为纵情的结果最多只能从我无用的晚年中扣除我应减的寿命——而不是从我的青春。一到深夜，我又开始浏览那些逝去者的诗歌。当我告别这一切，从那弯弯曲曲的深巷里走出来时，正是早晨八点钟——通常这个时候，我还陷在沉沉的睡梦中。雨已经停了，天空潮湿而明亮，灰色的太阳迅速地穿过薄薄的乌云。我惊讶于这些清早起来开始一天的生活的人，因为当我过着这种昏沉的日子时，我已经忘记了这些健康的人们，这些善于同生活甜蜜相处的可敬的人们。当我因为睡梦而长期看不到世界上的早晨时，我终于体会到那对我有多么重要。

我早已习惯在我睡醒时不去知道时间。我永远都无法猜测我醒来的时间，而这并不重要。我只知道，只要我一睁开蒙眬的双眼，各种欲望就会立刻把我撕裂。看看窗外，天阴沉沉的，像要降下什么重大的灾难。雨在低声呜咽，催人忏悔。伙伴们聚在客厅里高声言笑，永远都是这样，他们引诱我走近他们的生活。我同这一切较量着，多么艰难。我还要对付那种种欲望，对付那个邪恶的自我。

曾想象过某一个人，在世界的一个我不知道的角落里，真正地同情我，他瞪着双眼看着我度过我的每一分每一秒，心里为我感到如此难过。如果真有这个人的话，那他必定是 H，如果世界上真有一个人让我感到无比亲近的话，那他必定是 H——这个最冷漠的男人。

我头疼得厉害，但我早已厌倦了睡眠。妻子告诉我，现在已经是下午三点，并惊讶地问我是不是还没吃午饭，好像有谁可以一边睡觉一边吃饭。我来到阳台上，准备洗脸，可是那美妙的雨中的世界，那个阴郁而粗暴的灰色宇宙把我迷住了。我望着窗户外面，多么朦胧！我站在那里做了一个十分古怪的梦。在梦里，我的家乡整个儿就是一个果园，树上的果子多过天上的星星。还有我那美丽的姑娘，我爱她的双手。每一个芬芳的夜里，她睡在阁楼的小床上，头顶便是月光溜进来的窗，金橘树叶的影子在墙上摇曳。学了坏女孩们的榜样，她喜欢在入梦之前默念情人的名字，她说这样准会梦见我来娶她。她每天每夜这样胡思乱想，她的雅兴还不止这一个——梦幻编织到动情处，她便把小手伸出窗外：她要毫不费劲地摘一个金橘，把那甘甜清凉的鲜果汁榨进她蹿火的喉咙里。可是，在那黑色的树枝上，一条丑陋的蛇咬了她的手指。她所有的梦啊，就这样在梦中破碎。因为她那只惹人爱的小手，已经化成了脓水一滴一滴流进了肥沃的果园里。从此我不再爱她，这一切都怪她太过天真。最后梦的眼睛聚焦在一双迈动的脚上，那是我的脚。我醒来时，发现自己正疾步走在我熟悉的小巷子里，走在傍晚的天空所发出的不祥的光亮中，走在凄冷的细雨中；巷子两边小贩的叫卖声让我暗自高兴。梦中我跨出的最后一个脚步，便是我醒来后正迈着的那一步。我没有去思索这一切，却在一扇闭着的门前停了下来。

终于又站在了 H 的面前，我的心怦怦直跳。

我想了想，说道："我把所有的秘密都告诉了你，你必须把你的秘密也告诉我。"我不知道他会不会因此而变得不高兴，但他好像从来就没高兴过。

"有一个女孩……"他用他那泥土般的声音讲述。

"一个女孩？"我想，但愿是一个好女孩。

"嗯，一个女孩。我们以前在一起待了几个月，后来我对她说我爱她……在这之前，我想了又想，总是无法决定。后来我才发现其实也很简单：当我说过爱她之后，我便立即决定爱她了。我想我的爱也在慢慢加深吧……可对于我的请求，她从来不说是，也不说不，好像上天赐予了她一种拒绝回答问题的权利。而我的愚蠢便在于，不管别人提出什么问题，我总是试图认真地给出答案。这种差异使得我怨恨自己。有一天，她突然说要跟我结婚，我便马上认真起来（我总是这样），我说：可是你并不爱我啊。她说：我确实爱你，但不是在现实中。……后来，我离开了她，我知道我不是她的对手。她属于那一类人——对于你提出的问题，他们可以不回答，也可以乱回答，但我却做不到。"

不！我对自己说，他正在消失。他变得不真实了，我不应该知道他的故事。我只应该看着他忧伤的样子。他的表情出现了难以察觉的变化，而声音也颤抖得更厉害了。

"认识我之后的这段日子，你失去了快乐，或许我根本就不该出现……"

"不。"我说，"我感到真正的幸福。"

按照我的理解，他应该是笑了笑。"我是一个悲剧，你知道吗？"他说。我望着他的脸，像我每次看到的一样，它总在不停地抽搐。他的眼神，不可思议地潮湿，透露出悲哀。

"你注意听我说话的声音，是不是伴随着剧烈的哽咽？还有我的呼吸，像不像是止不住的唏嘘……"

在他这样说的同时，我缓缓地点头，终于解读出他这样怪异的模样——他是在不停地哭泣啊！

"我每时每刻都在哭泣。从一生下来开始，我白天哭泣，在睡梦中仍在哭泣。我哭泣着走过每条大街，我哭泣着推开我的房门，我哭泣着来到每个所到之处。跟别人说话时，我一边哭泣；当我默默地一个人待着时，便只剩下哭泣了……要是你能看到我的眼泪就好了，可泪水早在我还是一个孩子时就流干了。打我记事起，我的心就永远只装着一种感情，后来我才知道那叫悲伤。我好像有过快乐的回忆，可那恍如隔世，又或者是什么我不知道的奇迹使我获得了那样珍贵的记忆（可能这记忆并不属于我），但它一刻也不能使我停止哭泣。"

"离开我吧。"最后他说，当然是一边哭泣着，"我夺走了你的快乐。"

后来，我再也没有见过他。但我会经常忍不住想起他。是他医好了我的病。我再也不会为一件不值得快乐的事感到快乐。

2004 年

大专生

——笔记两则

男生宿舍

那么多书！那么多光！
我少得可怜的年岁……
死亡远远的。它不看我。

皮扎尼克《最后的天真》

我说，我已经变得堕落。意志消沉，整天无所
事事，并对此感到麻木。以前，我不是这样的。秋
天的时候，我常写点东西；星期天，我一整天坐在没
人的教室里，钻研莎士比亚的作品，因为我很怕成
为那种人：不了解莎士比亚。我也写诗，我写的诗

让我觉得欣慰。我吗？我没有女朋友。也没有朋友。

"阿斌？""什么？""唉！讲个故事吧。""真的，我说过很多次了，我没有故事。"我不是那种有故事的人。我的生活被各种情绪占据了。只有情绪是具体的，甚至让人觉得色彩鲜明；事件都是模糊的，占据不了我的记忆。

"唉！你就讲一个吧，要不多无聊啊！""讲一个吧，讲一个吧。""讲讲你的初恋，比如你们是怎么认识的，然后，你又是怎么失去她的。或者说她是怎么失去你的……""哈哈，对！对！她是怎么失去你的，唔，讲一讲吧！"

"没什么好讲的，我是一个平淡无奇的人……"

"小蔡，明天上街吗？"小蔡沉默着。"要不，咱们现在翻墙出去通个宵？"

真的，听到这个我有点兴奋。我变得开始害怕平淡了，似乎非得在生活中留下一点乐子。

"别，我明天还有事。这是谁的歌？关掉吧，怪难听的。"是小蔡的声音。

"睡吧。""睡吧！""真的，我在家每天都睡得很晚。晚上才有意思嘛。有时，半夜还把女朋友约出来，我们到海边去……浪漫的……""可这不是在家里。""这里也没有海。""也没有女朋友。""睡吧。""在梦里浪漫吧。""阿斌。""什么？""唉！讲一个吧，讲一个，就睡。""我真的……""别吹牛了！你看过那么多书。而且，我们都知道，你是写小说的。"

"好吧。不过这不是我的故事，而且你肯定会觉得乏味。"

"嗯，讲吧！"

"有一个人，为了安全，他每晚睡觉时总是紧紧地缩成一团，还用两张棉被把自己裹得密不透风。后来，就这样，他把自己给捂死了……"

"小蔡。"是班长。

"嗯。"

"你今天一天都没去上课。老师……"

"明天再说吧，我累了。"

"你今天……"

"别说了。求你了。我自己也不好受。睡吧。"

"站在朋友的立场……"

"别说了！我自己清楚。"

"清楚就好。"

"……啊呀，我太累了。"

于是静了。过了很久，小蔡又叹息："从明天开始……"接着便发出了鼾声。他睡了，垮了。我的眼角有点湿润。"有烟吗？""刚好还有两根。给！"班长摸黑给我点上，他自己也点上。我狠狠地吸了一口，深深地叹了口气。我的眼睛里还是涩的。

"阿斌。""嗯。""唉！那后来呢？""什么后来？"我有点烦了。

"那个人……""我不是说了吗？死了。""就这样？""死了。"我说。

"唉！就这样……没了。咦，阿斌。""什么？""我倒想起一个故事。"

谁也没出声。我使劲地吸着烟。他便自己讲了起来。

"说的是有一个老头儿，呃，不过，他可不是一般的老头儿。就是说有一个老头儿，他是一个，呃，怎么说呢？一个教授，他以前是一个教授。运动的时候，被他的学生们，打了，逼他下跪啦、剃阴阳头啦、游街啦，反正……还让他干什么你知道吗？吃屎！啊呀，他妈的……后来，过了很久，平反了。又过了很多年，他的一个学生，就是打过他的，觉得良心不安，终于给这个教授写了封信，痛悔过去的那些……你知道教授怎么答复的吗？他只写了四个字：我恨你们！结果，那个学生就受良心折磨死了……死了，他妈的！我当时一看到这个故事——我是从那个什么报？唉，反正就是从报纸上看到的，绝对是真事——我就觉得，觉得，唉！……"

"睡吧！""睡吧。""睡吧……"

傍晚六点三十分，我开始哭。其实我根本没有发出声音，我的泪水在眼眶里犹豫、徘徊，紧接着便冲破那稀疏的栅栏，漫过皮肉的缺口的围墙，和着茂盛的哀伤的节拍，不断奔泻。我可怜的虚荣心终于解了渴。我的脸上爬满了泪水，我的虚荣心却满足地微笑着。这虚荣由来已久，为了喂养它，我浪费了太多粮食。泪水一波一波地涌出，空气渐渐被浸染得潮湿。谁也不能说我无耻，难道没有野心的人就不能哭泣？在这个世界上，我几乎没有过奋斗的历史，我讨厌同别人争夺。忧郁同伤感遍地都是，我随手捡来而已——有的已经被那些体面的人踩脏。体面的人，你们就不能把鞋底也擦干净吗？六点五十分，我还在哭，而这时广场上的鸽子吃得饱饱的，打算收起轻浮的翅膀回家。人类，是它们见过的最大方的家伙，因此在变得厌倦之前，它们心怀感激。幼稚而纯洁的鸽子使我的泪水短暂地卡住。一名少女前来吻了我干枯的脸（她有意让嘴唇避开了未干的泪花），去年的这个时候，她神经错乱，一直至今。她命令我："别哭了！你再哭，我就要笑了。"广场上空空荡荡，圆形的石柱阴沉着脸度过了漫长的岁月。卖花的孩子聚在一起辱骂富人们。而我不知道还要哭到什么时候。

路灯无精打采地醒来，用廉价的光来骗取我至高无上的赞美。音乐也开始来搞事情。一只沉默的孤鹜惊慌地从我头顶上飞过，看样子它害怕掉下来，更害怕摔死。有人在广场上跳舞，他们的舞姿绝望。

我站在白天，不知所措地站在寒冷的冬日的暖昧的暖阳下，神经末梢还残留着一丝快乐。北风刮在脸上。可不能小看这些有气无力的风呢，风确实让我们感到寒冷，尽管阳光多么明媚。多亏我的棉袄，啊，多亏我破了洞的旧棉袄，让我冬天里有了保障。他们忙碌着把潮湿的物什都搬到宿舍楼顶，在阳光下摆着，晒着，他们把自己也摆在那里，懒洋洋地躺着，晒着太阳。我穿着棉袄，流出了细汗。我们麻木地唱着歌，声音嘶哑，鬼哭狼嚎。我们站在楼顶，锈蚀的护栏上挂满了腐烂的棉被，花花绿绿，后来我们把衣服脱了，只穿一条短裤（冷得发抖），想吸引楼下走过的各式各样的女生们，朝她们发出难听的声音，努力想让她们瞟我们一眼，因为我们只穿着一条裤衩。那些比较镇定的姑娘仍不紧不慢地走着，但绝不会抬头；而那些愚蠢的淑女们就会忍不住或是防不及防地朝我们看一下，然后羞得满脸通红，捂着脸跑了。我们心满意足地围成一圈坐下来，或躺在棉被上，怕冷的会穿上外套。他们谈女人，谈钱。有人讲起了政治。"……就像那个，叫什么来的，阿斌，英国的那个首相……""别问我，你知道我对政治从来不感兴趣。""我们还是谈女人吧。""女人是猪！""哇哦，你这样说……哼！真让我觉得好笑！"大家抽烟。我穿上衣服走了。

让我离开他们吧！离开他们！我想起小蔡，他总是一个人堕落，我觉得小蔡比他们好。你看我白天很快乐是吧？可你不知道我这儿疼得厉害。我的心不会放过我！看不到吧，这儿？因为这是我的心，伤痕累累，罪孽深重，却被一副漂亮的、柔软的躯壳包裹在里面，谁也看不到。哦！在秋天，我是写诗的。夏天，我的姐姐出嫁了，我没有了姐姐。在春天，我整天看书，很孤独，也很充实。过去，我是写诗的，我的诗句焦灼而痛苦，也很美丽。

庸俗的人，无聊的人
空虚且饱食终日的人
在最好的年华里快意自虐的人：
你们这些感受不到不幸的人啊——
你们的日子怎么过？对于青春的流逝
你们感受如何？
就算我痛恨你们

我也要问一问

问问你们这些业已疲倦的灵魂——

你们的日子怎么过？对于青春的流逝

你们感受如何？

　　我看过很多书。那时我整天看书，特别是在深夜里看。我读过波德莱尔的诗，象征主义的诗人我都读过。魏尔伦、兰波、洛特雷阿蒙、马拉美、瓦莱里、纪德，我都读过。我喜欢波德莱尔，还有兰波他们：魏尔伦朝兰波开过一枪。我觉得所有的作家里，写得最伤感的要数不幸的乔伊斯，夏多布里昂的那些作品根本比不上他的一行字伤感，也没那么美丽、真实。可要说到最痛苦的作品，那谁也比不上老陀，就是陀思妥耶夫斯基。他经历过很多苦难，都是你们想都不敢想的，所以我要说"你们这些感受不到不幸的人"。我也读过卡夫卡和康拉德，艾略特和皮扎尼克，王尔德和巴尔扎克。我最喜爱的还是卡夫卡。我说过：我用卡夫卡的怯懦生活和感受生活，用巴尔扎克的勇气支撑我怯懦的生活。但是所有这些人的作品，我关心的并不是故事本身，故事只有包裹在一种精神里面才显得美丽。所以我每次都不能答应李汉栋的要求讲故事给他听，尽管他说得对：我读过很多书。

　　我有一个骇人的计划，我要把图书馆里的书全都读完，当然是指那些对我有用的书。我将逐国通读世界文学。我已经读完了法国文学，不过还缺了一个普鲁斯特，因为图书馆里没有他的《追忆似水年华》，他的任何书都没有。我正在读英国文学，可是我已经沉不住气了。我开始变得消沉、慵懒、空虚、堕落。莎士比亚的那些剧作并不能改变我的生活、我生活中那股洪流般可怕的趋势。我已经写不出诗来了，我现在只写小说，不过我想我最终还是会回到诗歌那里，因为比起纯净的诗歌，小说总是庸俗的。任何行为都是庸俗的，除了史诗中诸神的行为。除了抒情，人的行为总是庸俗的。我不能容忍。

　　当我和小蔡在一起时，我们都显得心事重重，但都不知道对方在想些什么。我们就像一对朋友那样各自露出忧伤的表情，平淡地，在一起躺着，在草地上，或者在阴暗的宿舍内部，沉默地望着窗外的天空。我们像一对朋友那样从彼此身上感受到温暖，但从不将内心裸露给对方看。也不给别人看。班长有时会显得很关心地问我："在想些什么啦？"班长是吸着烟的，烟雾使得他的表情很不真实。我说："没想什么。"我还想说："谢谢。"他马上又不关心了，他永远不会知道我在想什么。我想这很好。

2003 年

记一次集体游行

公元前我们太小，公元后我们又太老。

海子《历史》

那天正好是星期五，下午没课，我和许志群蹲在男生宿舍的楼顶下象棋。我喜欢在楼顶待着，但对于下棋，我确实提不起兴趣，也缺乏耐心。长着一个睿智额头的许志群惊叹于自己所走的每一着妙棋，但面对我这样的臭棋篓子，无疑是对牛弹琴。

我那时充满了并不严肃的忧郁，我嘴里大声吟诵着诗句：

爱我吧，海！

脑子里却打着幼稚的歪主意。我冲那聪明绝顶的对弈者说："看！天上有只一条翅膀的鸟……"趁他扭头找鸟之际，我迅速偷掉了他的帅。这个掉了脑袋的人并没发觉自己的脑袋不见了，直到以绝对优势使我举旗投降。他便哈哈大笑起来，在我看来，他乐观得过于盲目，高兴得有点可怜。这时两个广东人——郑冬俊和邓红兵走了上来。他们像两匹迷惘的马。

我那时看谁都像一匹马，主要是因为我还没有见过真正的马，其次，我总爱幻想自己是一匹马，在这荒凉的城市里，向往着一片草原。直至我无意中登上宿舍楼的屋顶，我双腿仆地，泪水盈眶：寸草不生的屋顶啊，我梦寐中的草原，我荒凉的草原！我要在我的草原上放牧我的魂！浮在半空中的屋顶啊，寸草不生的屋顶，你是唯一一片平坦的地方，唯一一片生长诗歌的地方……

"你们在干什么？哈哈！"郑冬俊响亮地笑了起来。

"两个无可救药的孩子！"这是邓红兵一贯的论调。

我站起来说："兵哥！兵哥，请注意你的措辞，我们只是在下棋而已。"

邓红兵挺直地站在郑冬俊身后，似乎想要隐藏起来。但是他比郑冬俊高出一个头来，他的头——暴露出来——叠在郑冬俊的头上，远远看去就像郑冬俊长了两个脑袋。他在郑冬俊的头顶上说："事物是充满矛盾的，矛盾是辩证统一的。四季更替，非常听话。时间在走，你们谁也看不到。深夜失眠的人将听到母猫叫春的声音，很像婴儿的啼哭。下课铃响前的几分钟，你们端坐在椅子上，每个人的衣襟里面都藏着一只空碗。"

我等待着更深奥的下文，但他脸上的诡笑告诉我他已经说完了。我英勇地表示赞同："基本上是这样的，邓先生。"

于是，他的笑不可收拾地泛滥开来："所以，鳜膛弃，请你下去接电话，哈哈。"

我在他脸上狠狠地剜了一眼："邓先生，理性已经在我身上产生，世界是好的。我要赞美生活，我要祝福生命。我要爱我的兄弟。*下次有我的电话，请早点告诉我。"

我从楼梯口走下，他们三个在我身后笑成一团，而我察觉到暮色已经从建筑的内部升起。

"喂？"

"嗨！你是鳜膛弃吗？我在橱窗里读过你的诗，你写得太好了！'那个夜里很平常，那个夜里没阳光。'其实每个夜里都没有阳光，可你偏偏说那个夜里没阳光。我是说这样写真是太好了！"

"中秋节打电话给我的也是你？"

"是的，那天我曾叫你写一首诗来着。你写了吗，献给中秋节的诗？你一定写了，因为那是一个中国

---

* 这段话援引自兰波《地狱一季》。前文中邓红兵的话是在戏仿马列哲学老师的讲义和对学生们学习态度的批评。

人的节日，纪念伟大的爱国诗人屈原，是吧？我还有一个请求，不，我只是想问一问：你今天写了吗？今天，因为今天，可以说，也是一个节日，在人类的历史上，啊，我该怎么说，自耶稣诞生起直到现在，是吧，划时代……一个激动人心的时刻，值得用诗歌来纪念……"

妈的！我前世一定在草原上偷过马，在蓝色草原的夜空下抢劫过过往的旅客……

"我没写！啊，实在对不起！我没写，一个字也没写！我的诗只献给我自己的节日，那些只对我一个人来说值得纪念的日子。"

"啊……比如说失恋的夜？那个夜里很平常……"

"好啦。你该去迎接那'激动人心的时刻'了。"

大喇叭被尖锐的电流声刺醒，在各大建筑物的顶端响起："同学们！你还记得年幼时的梦吗？现在，让我们向着梦想进发！请每一位同学迅速来到操场上集合，我们马上出发。记住：每一位同学。来吧，如果你还是个人的话。"

是的，每一位都来了。他们从每一条道路上涌来，走在路上，大家都觉得自己是多么重要，都不约而同地想："每双眼睛都在注视着我，甚至连天空中都布满了温柔注视的眼睛。他们看我是因为他们已经彻底屈服于对我的爱。嗯，这是正确的。"

大喇叭无视于这立竿见影的奇效，它继续重复已说过的话："同学们！时代在召唤我们！让我们向着梦想进发！请每一位同学迅速来到操场上集合，我们马上出发。记住：每一位同学。来吧，如果你还是个人的话。"

我不由得回想起：某天中午，午睡的老祖母般的安详突然被音乐撕烂，小蔡的几个脚趾头率先醒来，它们联合起来把滋长噩梦的被窝踢到了床下。第一个梦呓般的宣言由他无聊且散发恶臭的嘴里发出："砸喇叭！"并且这个宣言马上生效：他赤着一只脚（另一只脚则被一只拖鞋穿上），跑到操场上捧来大堆的石块；他半睁着睡狮般困倦的眼睛，躲在宿舍的窗帘后面，用石头偷袭喇叭，因为它犯下了不可饶恕的罪行，即提醒沉睡的人们面对奶油般的现实。这铝合金的罪人很快身负重伤，为了不从澡堂那肮脏的屋顶摔下，它尖叫着拼命挣扎，用它巨大且深情的声音吼叫："还记得年幼时的梦吗？""我一点都不记得了！"小蔡朝它扔去最后一块相貌丑陋的卵石，但还是没能把敌人彻底消灭。他无奈地穿上袜子上课去了，走在校园里，他又发表了一通宣言：一辈子不原谅自己，也不原谅喇叭。

开始排队了。郑冬俊已经变得何等严肃。我们都喊他："班长！"

郑大班长煽动我们："我们班要做最好的！快，排整齐点。"

"为什么集合？"我排在队伍的中央，探出半截头来问。

"我不知道！"郑冬俊说，"可能是来了一位重要人物，听说还要发表演讲。也可能不是。请你把头缩回去，不要影响队形的美观。"

学生会的干部走了过来，像一位军人："郑冬俊！"

"到！"他绷直了身体。

"你们班到齐没有？"

"只差一个，他请假了！"

"那是他的损失，出发吧。"

"遵命！"

于是，我们跟着郑冬俊走。有好几个班级已经先于我们出发了，长长的队伍像一条滑溜溜的蛇，游出了校门。

后面的人在推我，我开始移动脚步。"我们要去哪儿？"我问身边的人。可是他们也问我："我们这是去哪儿？"

我们游出大坪路，我看到前面的队伍已出现在中华路上。不一会儿，我也到了中华路。我稍稍走出队伍，望向前方：他们已经过了汽车东站。不久，我也走在了汽车东站门口。还在向前走。

有的人开始脱离队伍，以更快的速度前进，也许他们从别的班上认出了他们的老乡。我的身边——前面和后面——似乎老是充斥着各种玩笑，他们并不在乎何为目的地，何为方向，而把这当成了一次惬意的出游。但我始终走在一片沉闷中——那玩笑的影子总与我保持着一段不变的距离。

许小林走在班级队伍的后头，他的尖嗓门所发出的声音刚好能抵达我的耳朵。还在操场上排队的时候，他就开始向邓红兵他们讲述他的一段爱情，现在仍在讲。也许那段回忆充满了欢乐，那一堆人里头总是有节奏地发出一阵绚烂的笑声。我被他们的欢快撩拨着，也许快乐使他们忘掉了一切，忘掉了寒冷的冬夜，一次惘然的有组织的行动所带来的困惑……且慢！我怎敢妄自揣测他们也跟我一样感到困惑呢？

每个人都跟着前面的人在走。没有人约束我们，也没有人指明道路。我想：走在最前面的那个人是谁呢？为什么第一个永远轮不到我？如果我超越了这支队伍，走在了这群人的最前列，我该把他们带向哪里……

我看到队伍里飘扬着几十面旗帜：每个班长都扛着自己班的班旗。

我们已经来到了中心广场，灯光一下子明亮起来。这里热闹多了。可是更热闹的声音从大河对岸的炎帝广场的方向传来。很多人在那边说话，一片雄壮的嗡嗡声，仿佛每个人都在不停地说着："嗡嗡！嗡嗡！"成群的人从队伍中间走出来，他们在陵墓般的玻璃建筑旁摄影留念，黑夜和灯光使他们的脸显得鬼魅。而我们还在朝前走，道路已经被堵塞，路人好奇地望着我们。汽车急躁地响起了喇叭。

那天确实是一个节日：1999 年 12 月 31 日。似乎对某些保守或邪恶的人来说，那是一个末日，因为即将到来的世纪是进步和美好的。

我发现身边走着寡言的许志群。我感到有点累，便把手臂搭在他的肩膀上。他一下子兴奋起来。

"大诗人！"

"我们去哪儿？"我疲软地问他。

"不知道！"他露出一排葱头一样白而细的牙齿。"跟着走就没错。"

"那我们去干什么？"

"可能有什么活动吧。今晚是千禧之夜呀！大诗人，有什么感触？"

我望着他，他的脸十分激动。一个由日出日落和一成不变的日常时分组成的日子，竟令他如此快活。尽管在下棋时，我偷掉了他的帅，但他还是凭借着某种良好的精神，将我击败。他多么值得我学习，我真想偷窃他的整个精神，据为己有。

我开始使自己沉浸在一种泡沫般的感动中。我终于发现了这个伟大的日子：是的，自耶稣诞生以来，这样的日子只出现过两次。而我恰好在这一天活着。我不再怀疑这次游行，对未知的目的地也不再担忧。我激动得浑身发抖：新年的钟声再过几个小时就要敲响，而钟声响起之后的那个时代，我们又该如何称呼它？啊，我怎么没想到——整个二十世纪将彻头彻尾地成为我的童年？

我们漫步在湘江大桥上！我从桥上向下望去，看不出河水在流动，但是我和别的人却在向前迈着步子。

河的那一岸仿佛一个新世界：漂亮的新建筑，宽阔的、人性化的大马路，令人自豪的高消费。但是这大桥是多么的长啊……

总算跨过了大桥，我感到自己提前进入了新世纪。到处都是欢天喜地的人在发放五颜六色的气球。天空中也飞着可爱的气球。停在路旁的汽车，车门大开，震天响的音乐从车厢里飘出来。到处都是尖叫和语言的碎片。所有人都在这样一个没有阳光的夜里变得疯狂。炎帝广场就在不远的前方了，那里是热闹的中心，人山人海，我隐约感觉我们终于到达了目的地，但我已经疲惫不堪。

我继续前行。我发现前面的队伍已经不见了，他们融入了人群中。很快，我感到了拥挤。人已经塞得满满的。像是在大海里，我被暗流卷着，双脚浮了起来。每个方向都是陌生人的脸，我努力使自己踩到了大地上。但是那踏实的感觉也显得如此陌生。我不知道人们在朝哪个方向涌去——也许每个人都在被别人卷向别处——我不知道人们急于寻找的意义是什么，这个夜晚的意义。

同学们一个都看不到了，他们立即被卷入了每一个漩涡中。我开始还担心自己脱离了他们：他们还在朝着某个目的地前进，而我不应该在这里停留。但是后来，我在汹涌的人潮中发现了邓红兵，他的眼睛睁得大大的，没有看到我。转眼间他又被卷走了。

我看到了盈动的水珠，腾起在半空中，那是喷泉。有人在欢呼。然后，永远是这样：成柱的水，腾起又落下。

我看着这些人，看着夜空中的喷泉，突然明白：我已经自由了。队伍早已涣散，或者说那队伍由于已经完成了使命，早已不存在了。我自由了，可以回去了。因为在这里，我将感到无比空虚。

然后，我开始挤出人群，人们的尖叫和欢声笑语在我背后展现出一种虚幻的魅力，极力诱惑我，挽留我。但是我已经下定决心：无论发生多么精彩的事情，我都决不再回头看一眼，仿佛一回头，那神话里的古老悲剧就会在我身上发生。

我一个人走回去。欢快的人群离我渐渐远去。从对面走来无数的人，他们的步子轻快而勇敢。我跟每一个人擦肩而过，他们也和我擦肩而过。

回去需要更大的勇气，因为我发现我已经徒步走了十几公里，而等待我的是同样漫长的路途。从我身后驶过的每一辆公交车都空无一人，而从对面驶来的公交车，每一辆都挤得满满的。这是谁安排的，为什么回去的人不让上车？

我感到惊讶：我走着走着，竟然看到了郑冬俊。原来他也在回去，而且走在我前面！

"班长！"

"是你啊？累死我了。"他手里提着那根不锈钢旗杆，班旗则被他扯下来当成一条裤带系在腰上。

"看到他们没有？"我问道。

"没有，一个都找不着了。真没意思。"他垂头丧气。

"为什么早不告诉我们，如果早知道是这样，就不去了。"

"我也不知道。没有人告诉过我。"

我们经过一个公交车站，我试图伸手拦住一辆空荡荡的28路。郑冬俊说："别拦了，没用的。他们回去接人过来。"

"那么多人去，为什么呢？"

"可能晚点会有精彩的节目，听说他们会在喷泉的水柱上放映水幕电影，但不知道还要等多久，而且人实在太多了。"

我们很晚才回到学校。整个校园里，静悄悄的，偶尔从某个黑暗的角落传来一声嚎叫。绝大多数人都还没回来。我们走近宿舍，发现灯是亮着的。推开门一看，许志群早已经回来了。他静静地坐在床头，听着收音机里的歌声，脸上呈现出老人般的安详神色，似乎岁月已经在他脸上爬过了一千个年头。

"敲过钟没有？"郑冬俊率先发问。

许志群缓缓地抬起手腕，看了一下表，像一位先知一样平静地告诉我们：“现在是凌晨两点过三分。早就敲过钟了。”

2005 年

[此篇献给我大学时期的班长郑冬俊，他于 2018 年 3 月 14 日因病去世。]

被爱摧垮

我感到孤寂向我逼来。

博尔赫斯《代表大会》

　　那时，我们刚从一场灾难中逃出。我们一行六个男人拖着累赘的行李匆匆登上一辆巴士。天黑的时候，终于到达一个偏僻的村子。

　　高层们因分赃不均引发了械斗，整个组织被公安机关取缔了。那个由高层们描画的财富神话，曾被我们矢志不渝地视为荣耀的理想，一夜之间无情地幻灭了。这一切都是咎由自取。因为已经哭过一场了，所以当我们六个人挤在一间临时租来的不足二十平方米的房间里时，并未再去悔恨自己的过去。我们趴在窗子上看着外面陌生的灯光和人们。明天怎么办？明天，我们就要融入这陌生的、讨厌的环境中去了。

何雪梅早已逃离了这一切，她比我们快。她及时地（这个词用在什么时候都显得极为勉强）放弃了那个愚蠢的理想，因此在我们的灾难来临时，她本已不必承担这种后果。应该说她已经比我们更早地承担了这种后果，她早已见识过那场灾难，她的梦早就破碎了。在这方面，她和H一样，不及我们那么固执、怯懦。

但是，我没有想到当事情发生时，她和H——那时他们都已经各自开始了新的生活——却不约而同地出现在大家面前。我们强颜欢笑的时候，她却哭了。我们反过来安慰她。我说："你哭什么？你的梦早就碎了。"

"现在才完全碎。"她说。她并不为自己的眼泪感到难为情。

那些日子里，我的脑子真是炸开了，但我能做到不动声色。当别人都哭泣、挣扎、咒骂甚至反抗时，我却一个人跑到旧书店去默默地摩挲着那套全新的《普希金文集》。我感到某种解脱，为抱着一个梦太久而付出了沉重的代价，现在这个可恶的梦终于不再压迫着我。我就是在那短短的一两天时间内，不知不觉地变成一个十足的坏人的——在只负责滋生恶意而不必真的付诸行动的内心层面，甚至更坏。为了庆祝这场灾难，我们准备大醉一场。就在我们买好酒和菜的时候，H和雪梅就先后到了。这真是让人喜出望外。

这悲痛的酒，使我大醉不醒。我喝得很多，也哭得很凶。所有人都哭了。那是我唯一一次哭。无论什么场合，总有人是清醒的，这些可怜的人！事已至此，还不敢再醉一场。他们就扶着我们去睡。（他们只配干这个。）我安静地躺下了，可雪梅却在外面走廊上时而哭，时而笑，说一些孩子气的话。我真想爬出去，用自己臭气熏天的嘴堵住她那张嘴。我快要裂开的脑子里只想着冲出去，借着酒力把她按倒在地板上，用手狠狠地揉她的乳房，然后强暴她。我想她一定是爱我的，这样我就必须占有她。

我醒来时，头痛欲裂。一直到傍晚，都没有好一点。我和另外几个人送走了H，他现在身居要职，前程似锦，耽误不起工作。雪梅也想去送，但没让她去。第二天，她也走了。

我们就暂时生活在那个村子里，条件极其简陋。那里的工业十分发达，但大多数人的生活却异常艰苦。有的人拖儿带女从遥远的农村来到这里进厂打工，一家几口就住在一间狭小的平房里。大多数人还没有结婚，年纪轻轻就一头扎进这种低劣生活的泥淖里。至于我，我知道自己的未来不至于此，但幸福的程度也许还不及他们。

　　我真是痛恨我那时的那副样子。别人都不认识我们，可是我们自己却嘲笑自己。那真是不要脸。我们不止一次在房间里像排练一样争相表演我们刚刚摆脱的那种耻辱的生活，振臂高喊出那些我们曾经信以为真的洗脑的口号，而这一切只是为了打发时光和逗人发笑而已。那时我们已经差不多失去了尊严，像社会上的几粒渣滓。我们暂时没有工作，身上的钱所剩无几，更重要的是我们自己觉得没有人爱我们。

　　其实，我们都没有放弃努力。立中打听到有几个老乡在附近打工，便跑去借了两辆自行车。某天，我和立中骑着自行车到镇上转了一天，打听工作。傍晚回来时，我们比着谁骑得更快。在驶近我们那间出租屋时，我听到一个熟悉的女孩的粗俗的笑声。我进去一看，雪梅正躺在我的床上和他们说话。

是我在头天晚上打电话叫她来这里找工作的。她便真的过来了。他们都为此责怪我，但我觉得没什么，因为她自己有钱，不会用我们的钱。况且身边有个女孩子，就不会觉得闷了。

他们说这里不方便，只有一个单间，白天人挤得不能转身就不说了，而且只有两张快散架的床，上铺都不能睡人。本来就有两个人打地铺了，她一来又得占用一张床，把另两个人赶到地上去睡。

我说："将就点吧！况且雪梅跟男人有什么区别？晚上就我跟她睡一张床呗。"

她脱下凉鞋来砸我。

我们吃的是最便宜的快餐。晚上又没有电视看，便打打牌。公用洗澡房在外面，上了锁，我们拿了钥匙一个一个地出去洗。洗完回来换裤子时，就叫雪梅先回避一下。洗了的衣服都挂在外面的走廊上。只有一把风扇，晚上睡觉时，雪梅一个人霸占着它，放在她床尾，对着她那肥壮的身躯整晚地吹。风扇每晚都会被她翻来覆去的身体绊倒，掉下来砸在我头上。我们总共有四个人睡在地板上。第二天起来，雪梅就发现她昨晚刚洗的那条绿色的裙子被人偷走了。她哈哈大笑起来，似乎觉得很有意思。

有一天，她没出去找工作。她拉着我，让我陪她到街上走一走。她经常这样，以为我是她的女仆。我们并没有到街上去走，而是在楼下的快餐店门外找了两张凳子坐下来，晒太阳。因为刚下过雨，所以并不很热。

她说她想去当一名业务员，一名成功的业务员，像 H 那样。"你说我该怎么办？"她问我。

"什么怎么办？你去呗，又没人拦着你。"话虽这么说，我心里却有一点佩服起她来。

"人家是讲真的啦！"她扯着嗓子生气地喊，"我从 H 那里借了一些营销方面的书来看，觉得很有兴趣，我就应该去做这一行。但我没把握能应聘上，我以前没做过，而且我——你也知道——我只有初中文化。"

"那你还是安安心心地进厂打工吧……"

"剑斌！"她严肃地叫我的名字，"你能不能认真点？我不想再去做那种重复的工作了，枯燥得要死，又没什么挑战性。我是真的想去跑业务，所以才向你讨教，你好歹做过一段时间销售。"

"做销售是最没有门槛的工作，谁都可以去做。只要你是个人，四肢健全，不聋不哑，你就已经成功了一半。"

"是吧？我也这么觉得，我还相信只要我能进这个行业，我就能成功另外那一半。不过万事开头难嘛，我就是不知道要怎么通过面试。你说别人考我时，我应该怎么说？"

"别问我。我以前做得很失败。我讨厌那种工作，讨厌跟人打交道，我跟你不是一类人，所以我也帮不了你什么。我的建议是——你刚才又不让我说完——你先进厂里当个普通的车间工人，然后尽量表现自己，老板看中你了就会不断地提拔你。如果你真有能耐的话，不要说业务员，就是销售经理也会让你做。你现在还小，才十七八岁，那样的机会总是有的。"

她想了想，又问："还有别的办法吗？"

"有。"我说，"你可以去找H，让他手把手地教你。他那么优秀，你不仅可以拜他为师，还可以考虑一下做他老婆。"

　　"你去死！"

　　后来，她不再想这个了。"你吃雪糕吗？"她问。

　　"吃。"

　　"一块的还是两块的？"

　　"两块的。"

　　她去买了回来。她自己却吃一块钱的。

　　"不说我了。你女朋友怎么样了？"

　　"不怎么样。"

　　"她现在知道你的事了吗？"

　　"可能知道吧，她好像听说了什么。"

　　"你最近没打电话给她啊？"

　　"打了。"

　　"说了什么？"

　　"没说什么。"

　　"一句话都没说？"

　　"要我好好工作。"

　　"打了多久？"

　　"两分钟。"

　　"以前呢？"

"两个小时。"

"你没打算告诉她？"

"以后再说吧。"

"你很爱她？"

"废话。"

"那她爱你吗？"

我真想一拳打在她那张胖脸上。

她的脸虽然胖，却因为骨架小，倒也十分可爱。她笑起来总是露出两个酒窝和很多牙齿。她的牙齿很白，很大。她的乳房，在她弯腰的时候便可以看到圆圆的轮廓。

我不再搭理她。两个六七岁的脏兮兮的小孩在一旁追逐打闹。他们的父母在附近工厂的车间里干活。我当时手上正玩弄着三张皱巴巴的角票。我把这三毛钱给了其中那个小女孩，条件是她得叫我一声爷爷。

"剑斌！你别这么无聊好不好。"雪梅对我的这种行为感到无语。

另一个小男孩便羡慕地看着那个小女孩。她不敢相信地接过钱走了。

"有时候，我常做一些梦。在夜深人静，四周一片漆黑和死寂的时候，我就梦到了死。"我把头靠在墙壁上，闭起眼睛，因为太阳正对着我们。

"那你就去死呗。"

"去死？是呀。第二天醒来，我回想起那个梦境，竟觉得那不是梦。那是我在深夜里，在临睡前尚清醒的头脑里反复想着的一件事。只不过我在想着它、看到它时，固执地认为自己是在做梦而已。"我停了一会儿，说，"你说如果我现在死了，会怎样？"

"你别疯了好不好？"

"只是想象一下那情景而已。"我说，"你也帮我想一想。那是很重要的东西，对每个人都至关重要，你知道吗？"

"人都死了，还有什么重要的？"

"想一想：有没有人为你哭泣，这是绝对在乎的。我就希望别人为我哭肿了眼。"

"你去死啊，没人会哭的。"

"所以我老想试一下。一个人要告别这个世界时，他最想知道的是一共有多少人爱他，爱到什么程度。这是他永远无法释怀的。人们对他的死的反应最能说明这个问题，可是如果他死了，他又无法知道这问题的答案了。"

"喂，你要死！你不会自杀吧？"

"开什么玩笑！不过，并不是没那个勇气，只是自杀也无法达到我的目的。我希望被人爱，希望自己感受到这种爱，但死并不能帮我实现这些。如果在我死后，我仍然可以拥有十秒钟生命，好看到别人怎么为我难过，怎么表示他们曾经爱过我，那我愿意去死。如果这十秒钟里我看到的是相反的情况，原来在我活着时根本没有人爱过我，那么说明我早就该去死了。"

关于这个话题，我们谈了很久，雪梅简直被我那些幼稚的观点给惊呆了。她一定觉得我比她还小几岁而不是相反。我们还谈到别的话题，比如当我们各自谈论起自己时，我就说："我讨厌我自己。这是一种本能，并不是因为我恨自己曾做过什么。"

她说："你一定是受了太多的打击。"

"没有。"我说，"我忘了自己受过什么打击了。也许遇到过一些倒霉的事，可我也忘了。并不是什么打击或是挫败使我产生这些想法，是因为这些想法本身诱惑着我，似乎有一种奇怪的魔力。"

谈到未来，我说："我一点也不担心，因为我根本不知道自己企求什么。我毫无所求，所以对一切都不热衷。我曾想拥有很多的钱，但一想到等实现这点后我又该追求什么时，我不得不放弃这个谈不上愿望的愿望。"

我本来还想说，在这个世界上我真正想要并且可以为之奋斗的，只有爱情。但我没说。

"天呐，爆雷的事对你打击太大了吧？"

"快别提，我已经忘了那事了。我倒希望能永远记住它，可是这才几天我就把它给淡忘了。没有什么事情能让我吸取到教训，我一直就这样子，你不了解我罢了。"

"你一直就有这些想法？"

"是呀。不过我伪装了一段时间，那时我装作自己十分热爱生活，想要去奋斗，连我自己都差不多信了。"

"像个正常人一样生活不好吗，你想那么多事情干什么呢？"

我也不知道。我说："为了让你开心。"

"关我什么事。你有病吧！"

我也是刚刚想到的，如果我这么狼狈的生存可以让她开心几分钟，那无疑也是值得的。

但她并没有开心起来。对于我来说，她只是另一个人。可我还是感到我需要她。

我的声音透着疲惫，或者说故意透着疲惫。也许我的话对她了解我起了一定的作用，可我宁愿说这些话对她误解我起了更大的作用。她完全看不清我了。我却希望她是爱我的，我需要她的爱，尽管我真正爱的却是我的女朋友。我说那些话的时候，便看着她。我想，如果她现在告诉我，她爱我，那么我一定会抱住她。我会感激地对她说，谢谢她，她的爱对我来说十分重要，请她务必相信这一点，但是我并不爱她，我希望她不必难过，因为我的爱和她的爱比起来，就显得微不足道了。

最后，她却嘲笑我的那些"幼稚的思想"。这说明我的想法是多么荒唐。我现在倒希望她能小看我，作为对这种可笑的心理的惩罚。

可我万万没想到，雪梅一直都在暗恋着 H。这是在另一天的傍晚，她叫我出去散步时忍不住告诉我的。当然她并不是要我帮她什么，她只是非得让别人哪怕只能让一个人知道。她已经受不了了。她的爱来得很猛烈，当她产生爱他的想法时，爱早已把她摧垮了。她害怕爱他，但还是屈服于这种热烈的爱。

我陷入了绝望。我了解 H，在被他骗来之前，我们一起共处过三年。他办事认真，表情严肃，也许这个傻女孩正是对他这一点心动不已。我能理解，这种爱是无望的，雪梅期待的结果昭然若揭。但是，她并没有什么期待了，她对自己感到失望，她很清楚自己不可以爱他的，那根本就是痴心妄想。

H，虽然曾短暂地来到我们身边，但他永远是那个优越社会的代表。他是高贵的，健康的。

2005 年

出头之日

> 岁月不能改变我们的本质，如果我们有本质的话。
>
> 博尔赫斯《代表大会》

对于岁月，我总是感到恐惧。如果我一生中还算经历过一些事情的话，那是因为时间拽着我的手不停地跑。这一点让我非常沮丧，再遥远的未来都无法在我眼里显得神秘了。当我回忆模糊的往事时（任何往事都是模糊的），我觉得那些日子并不是一天天地更迭；所有的日子啊，我看着它们像一群睡眼惺忪的野兽从我眼前乱糟糟地涌过，我一下子就处在了今天。从什么时候起，我经历了复杂的人生，游历了许多地方？我永远记得我坐在车窗边，陌生的事物一晃而过。我看到群山、傍晚时分燃烧的云彩、破旧的砖瓦房、人群中可怜的人、废弃的旧轮胎、站在马路边撒尿的小孩，还有那永远低着头的可笑的动物——马。我一直认为生活是可恶的，各种事情在各个角落里发生，人们接受着这一切。与其说他们经历着生活，不如说生活从他们生命中穿过。

思想是再滑稽不过的玩意儿，它无法使我前进，却像绳子一样束缚着我。它是自己来到的。比如说，有一天，我脑子里突然明确地闪过一个念头：我活在等待中。于是，我再也不能摆脱这一思想，我每天都在等。我不知道自己时刻期待的是什么，也许是任何事情的发生。这是因为我在自己心灵的这潭死水中一动不动地待得太久。

我的朋友不多，在我身边的更是没有。他们都在遥远的地方接受那些我永远觉得陌生的事物。我不知道，对于他们的生活来说，我终究意味着什么，或许只不过是一台复杂、庞大的机器上面一片可有可无的螺丝垫而已。有时，我无助地对自己说：我需要朋友，需要与此相关的美好回忆。

一天晚上，我和两个人到音乐吧去喝酒。其间，我无礼地邀请一位素不相识的美女陪我喝一杯。

在那之前，我一直用执拗的目光盯着她的脸看。她用一杯白水敷衍了我，我感到一种变态的满足。之后我喝得大醉。室友将我扶回住处，我一路上兴奋不已，心想：总算起了点变化……睡到半夜，我难受得从床上爬起来，这时心里才有了一丝悔意。我想我一定弄出了很大的响动，因为室友立马慌慌张张地跟了出来："你要去哪里？小心！"尽管如此，我还是从楼梯上滚了下来。但我马上又站了起来。我打开门，蹲在地上呕吐。我竟然幻想：吐完这一回，我便变成了一个新的我。我摇摇晃晃地站在门外，月光和冷风包围着我，但我并没有因此变得清醒。我难受得要命，内心无比恐惧，因为我怕自己会死掉。我看过很多类似的报道，有些人就是因为醉酒醉死的。

后来，不知怎么变成了这样：我倒在客厅里伤心地大哭，说了一些傻话，有一些话我还留有印象。我说："我要揭发我自己——我是彻头彻尾的虚伪……（哭泣）……我根本就是在撒谎嘛，我向所有人隐瞒了我的历史，对这个人撒谎，对那个人撒谎……（哭泣）……我为什么要撒谎？因为撒谎实在是太容易了，甚至都不用去坐牢……啊，天哪！（止不住的哭泣）……我的眼镜呢？"室友说："你眼镜刚才掉地上了，我帮你捡了。没事的，你先去睡吧。"我挣扎着坐起来，因为我想把话说得顺畅一点，而不要吞吞吐吐、被抽泣声打断。我说："我对你说了那么多谎话，你不恨我吗？"

"我不恨你，我们是朋友。"他说。

这件事只在我身上留下几块伤疤。第二天我才发现，因为感觉到疼痛。室友说："你从楼梯上滚了下来。"我说："我知道。"他又说："你还哭了。"似乎想暗示什么。我突然产生了强烈的厌恶，对自己，对他。我不高兴地说："我自己做过什么，我自己清楚。"其实，我只是讨厌印在我脑子里的关于昨晚的记忆，它可耻地背叛了我。

几天后，我的生活恢复了平静。那些伤口也结了厚厚的痂。有一块正好在我左脚的脚后跟处，当我坐在床上时，我经常忍不住抚摸它，甚至想把它整块儿掀起。但是当疼痛和鲜血一齐从这处旧伤口涌出来的时候，我又生出一股强烈的厌倦。

我讲述这次醉酒事件，并非因为它是我后来的生活的转机，我也不想说它是某种早已注定的后果在我生活中的体现。我只是……随便讲讲。

我继续等待。这等待漫长、无望。

一天傍晚，我正在玩弄脚后跟上的那块疤痕，手机突然响了。突如其来的兴奋，让我觉得我一直期待的便是这件事情的发生。但在接起电话之前，这兴奋早已消失得无影无踪。我想，如果这通电话不能使我的状况有所改变，我宁愿让它推迟几个世纪再响起，宁愿继续活在等待——这片荒凉的沙漠中。

"喂……"我听天由命地喊出这一声，在等待对方说话的短暂的间歇，我已经精疲力竭，似乎光是接起电话就用尽了毕生的力气。

果然不是我期盼的，因为对方也说："喂"。可是，荒唐！这难道能说明什么？但是我的预感那么强烈，很多不愉快的记忆从我大脑壁上刮过。我感觉自己快要完蛋了。也许我的等待已经结束，但是我的希望也将同时结束。

"喂？你还记得我吗？"我简直觉得这是一道幸灾乐祸的声音。

"我不记得了！"我生气地说。

"你猜猜！"

"你是谁？"我再次生气了。

"你好好想想。"但他并没有让我多想，因为他马上又说，"你是 H 吗？"

我思考着，这可以是一个哲学问题，我不知道我是不是 H，但人们都这样叫我，而且，我想，在这个问题上犹豫简直就是向这个人示弱。于是我提高嗓门，甚至还带着自豪，不可一世地说："是。我是 H。"

"这就对了嘛。我是剑斌啊！"

时间真是可恶。它并没有帮我做成任何事情，关键时候便可以看出这一点。眼下这个人，自从最后一次见他之后，我便再也没有想起过他，他的存在比他根本不曾存在在我看来——如果我想过这个问题的话——更加可悲，因为我已经彻底把他遗忘了。可是这时我才知道，我又一次错了，是时间欺骗了我。时间告诉我：你已经记不得他了。可当我再一次听到这个人的名字时，我竟然发现，他还顽固地残留在我的记忆里。

我并不恨他。这一点我不想让任何一个人包括我自己误会。我们曾经是要好的同学，在同一间宿舍里共处了三年，他从来没做过对不起我的事，我对他倒是——如果非要这么说的话——有所亏欠。但是我问心无愧。在一个奇异的环境里，我们又彼此加深了了解。因为在那里，人们除了谈心，没有别的事情可做。那时人人都在谈论奇异的理想，那理想征服了每一个可怜巴巴的人（但我们竟引以为荣）；同时，每个人都被这理想引诱着去欺骗他人。我们彼此馈赠着堂皇而感人的谎言，但每个人都无可指责，因为那谎言发自肺腑，且人人都首先欺骗了自己。只有己所不欲的东西，才是不可以施与别人的。说到底，即使在最糟糕的境况下，这些相互欺骗的人亦只不过是在相互安慰罢了。

共同的理想也没办法让人们变得完全相同。我的这位朋友生性活泼（在这里，它只是严肃的反义词），想法单纯，但极度世俗；我则严肃地看待一切问题，时常沉浸在忧郁中无法自拔。那些空气清新的夜晚，在干净而宽阔的音乐广场，我们曾许多次对着那美丽的、跃向深沉的夜空的喷泉交流着内心的想法和感受。

"H，"剑斌刚接受了一对情侣的请求，帮他们拍了一张合影，所以心情不错，他对我说，"你好像不怎么开心呀？"

我说："我只是有点儿忧郁。但我非常开心，真的，因为我发自内心地喜欢这些——黑夜、伤感和忧郁的冥想。"

他说："你看上去心里没底，因为什么事情没完没了地担忧。"

我把潮湿的绵绵的目光努力向黑夜的深处渗透，当我感到这目光不能更进一步时，我便获得了某种勇气追问他："你说，这一切都是真的吗？在将来，我们会变得富有，我们会成为时间和财富的主人，而不再是它们的奴隶——哪怕现在我们离这个目标正越来越远？"

我认真观察他的表情，希望他至少能有所思考，有所迟疑。我甚至希望他说："这一切在我看来都不怎么真实。其实我心里也隐隐感到不安。"

然而他用一个灿烂的笑容驱散了我这种奇怪的期许。他望着我的眼睛说："我们不怕。"

广场上人们的欢声笑语像是对我们的嘲讽。但是剑斌的微笑和回答让我勇敢地面对了那片嘈杂声。灯光大方地洒在每一个人的脸上，喷泉腾起又落下，像是在调戏黑着脸的天空。我望着这片扣人心弦的景象，心里升起更大的希望。我想：我们的希望是无穷大的。

现在回想起这些，多多少少有点儿叫人脸红。我想这会儿，他也许正在电话那头嘲笑我呢，因为我刚才竟然理直气壮地说："是！我是H！"

"听说你现在混得不错，兄弟。"

我皱了皱眉头说："也可以说不错，也可以说很糟糕。看你怎么看。"

"你现在当上经理了，应该满足啦。至少比我们强出不知多少倍。"

我不知道该说些什么。我突然觉得这样一个人虽然可以如此鲁莽地闯进我的记忆里来，但他对我来说终究是完全陌生的。

我们继续说了一些无关紧要的话。虽然当年那些让人尴尬的豪言壮语再也没有出现在我们的对话中，我却仍然产生了这样的印象：他一点也没有变，那段让我们大家深感耻辱的经历并没有让他吸取到一丁点儿教训，虽然比起我来，他更加"罪孽深重"，因为我好歹提前摆脱了它，他则是等到东窗事发之后才带着悔痛和不甘离开了那里。那不断上升的理想，像一个氢气球一样突然爆炸了，他们——这些可怜巴巴的人——纷纷跌落在他们所瞧不起的结实的大地上。

而我是在事发之前自己选择离开的。那时我的忧郁有增无减，并且全都写在了脸上。每一个人都为我担心、焦急。其实，他们同时也是在为自己担心，因为我的存在破坏了他们竭力维护的虚假氛围，让他们也嗅到了一丝不安的气息。剑斌曾为此骂过我两次，希望可以重振我的斗志，但从他的话里，我已经听不出一丁点儿实际的东西来了。他们在天上待得太久啦。我决心已定，必须不去计较之前付出过的一切代价，也不能计较以后将可能产生的任何形式的悔恨。说走就得走！我不能再去过一种我不认可的生活，哪怕为了再崇高的理想。如果理想非得让人丧失活着的乐趣，那么这个理想是该死的！我想我是第一次变得如此决绝。

但是我马上就后悔了。因为我知道自己其实是因为缺乏勇气才离开的。我害怕看到那个悲惨的结局，它像明白无误的一句话，清晰地写在未来的某个日子上。我努力压抑这种想法，结果也做到了。但是，我已经彻底地改变了。我虽然表面上坚决，当仁不让地做着每一件事情，像是在生活中争取什么应得的权益一样，但从那时起，我活着其实已经没什么目标了，对自己的所得所失也变得麻木不仁。

在跟他聊电话时，我就像一块木头一样，心里没有一丝情感的波澜，不但对那段可笑的友情没有丝毫眷恋，我甚至觉得对这个世界、对所有人都毫无眷恋了。尽管如此，在谈了太多不相关的话题后，我还是感到了一丝愧疚，我若不想让自己显得过于冷血，就应该关心一下他目前的处境，哪怕是假装关心。

"我吗？"听到我的提问后，他用一副谈论别人的口吻说，"我现在还是比较惨的。这两年我一直窝在家里，很久没有找过一份像样的工作了。你也知道，现在工作不好找。"

"你这样子是不行的。你已经成年，没有理由继续用你爸妈的钱。"

"我用他们的钱！"他的反应就好像我刚才说了一句石破天惊的无稽之谈，"他们早就看我不顺眼了，把我赶了出来，我现在跟我女朋友一块住。"

"你女朋友？"

"是的……你还记得何雪梅吗？"

我不记得这个身材比例失调、笑起来总露出两个酒窝和很多牙齿的、没心没肺的蠢丫头了。我甚至想连他也一块忘了。我说："没印象了。谁呀？"

"我女朋友……"他怅然道，"你忘了吗？何雪梅——"他停顿了几秒钟，似乎在给我时间回忆，"那时，她还暗恋过你呢，她很想跟着你去做销售来着。哈哈！不过自从跟我在一起之后，她好像突然对销售不感兴趣了。"

不感兴趣是对的。我就对这一切都提不起什么兴趣。但我还是感到了愤怒。总有人喜欢跟自己的耻辱捆在一起。我百思不得其解：在共同经历过那些事情之后，两个守着这些急需忘却的记忆的人，究竟是怎么做到每天厮守在一起的？难道真的没有别的出路了吗？

"那现在就是她在上班养着你喽？"

"话别说得这么难听嘛……"

我觉得够了。似乎整个世界达到了最大密度，我当时就有这种感觉。我心里清楚，我并不谴责他什么，在道德上我也是一条害虫。我只是有点儿——不，是太多——讨厌他。不知为什么。

他仍在絮叨："我现在可惨啦……唉，想起来真是佩服你。你有先见之明，而我们那时还在咬牙坚持，抱有幻想。那时还是太单纯了啊！雪梅为此也老笑话我。当然，她有资格嘲笑我，因为她跟你一样，也是自己选择离开的，你们都比我有勇气。其实，我也很想跟你们一样，一走了之，可是我太懦弱啦……"

那一刻我真是火冒三丈。

我并没在意他说了些什么，我在意的只是他竟然提到了那件事，提到了那个理想，提到了——好像还在继续说着——我跟他之间并不值得大书特书的友谊。他竟敢这样！一下午的对话里，哪怕再沉闷无聊，我一直都在小心翼翼地回避着这个尴尬的话题（其实跟他对话本身就够尴尬的了）——我以为他也如此：回避着这些事——虽然我们脑子里不去回想它是不可能的了——既然他——是他！而不是别人——让我的手机响了，我们聊了起来——但我们总可以做到不让它从我们嘴里说出来吧？这个混蛋！

"……当时，那么多人里面，我只欣赏你，因为你有自己的想法，从不人云亦云，也不粉饰什么……我印象中，你也是最讲义气的……"

我累极了，倒在沙发上闭上了眼，一边迷迷糊糊地想了很多东西。我记得我脑子里还蹦出这么一个想法：我也该找个女朋友了。我坐起来，用手扶着额头，隐约记得刚才还把这句话说了出来。天快黑了，窗外的巷子里有行人匆匆走过，远处的窗口隐隐透出幽暗的灯光，马路上传来尖锐而急促的刹车声，刺耳、骤然得好像真的轧死了什么人一样。在又一个到来的黑夜面前，我突然觉得：不但我的嘴，就连我的思想和意志都哑然了。

我还隐约记得的是，他突然很在乎地问我："我们是不是朋友？"我立马说是，并没觉得难以启齿。

但我对他又是冷漠的。我鼓励他出来找工作，却不答应帮他找。我说我工作很忙，没时间帮他，而且我帮他找并不比他自己找更有用。他便将找不到工作归咎于家乡的落后，流露出离开老家那个小县城来投奔我的想法。于是那股厌恶的情绪又涌了上来。我说："暂时不方便。"

"唉，恐怕很难有出头之日了。"被我拒绝之后，他自怨自艾地叹道。

"别这么说嘛。"

他便打着哈哈说没事没事，只不过跟我开个玩笑而已。我很讨厌这种玩笑。

毕业那年，也是在一通电话里，他极不严肃地抱怨工作累、工资低、前程灰暗，盼着天上掉馅饼，让我产生了一种自己有能力拯救他的错觉，从而拖着他一起陷入了更深的泥沼中……这一切都怪他对待生活太不严肃。我其实并不用对他的人生负全部责任。

日子一天天过着，我被某种来自内心的东西和一些外部的事物夹得透不过气来。我那模糊的等待已经逼近我的身体，但我所等待的东西却越来越渺茫，越来越远了。我病了一场，旧的伤口又渗出脓血来。我想：任何一件逝去的事情都在想方设法留下一些痕迹，甚至惩罚；时间让人觉得确实没有流逝，它不断远去又不断迁回。生病的那几天，太可怕了，一切都不动了：我的头痛得厉害，既不加重也不减轻。我感到太漫长了。也许是因为时间也停了，才会这么漫长。我的手机至少响了几百遍，它让我无法小睡一会儿，可我又没有力气起身去砸烂它。我愤怒地想：连一个病人都不放过，多么冷酷！

我最终还是睡着了。也许我沉睡了一百天，反正等我醒来时，世界已经变了。那是一个阳光明媚的上午，太阳已经升得很高，我感觉自己睡了一个让别人生气的大懒觉，突然心情大好。外面安静得使人惬意！空气中仿佛飘着轻快而不索的音乐。我的头已经不痛了，我感到自己的头脑异常干净，像一件刚刚浆洗过的白衬衫的领子。一丝忧郁——又仿佛是某种感动——飘拂在我那干净的脑子里，令我心情更加愉悦。天气多好啊！这是完完全全属于我的一天，没有什么是来不及的，我还可以变得有钱，还可以实现精神上的自足。我的生活应该像这阳光一样，趁别人沉睡的时候，痛快地打在他们身上……

手机响了，我从床上一跃而起。

"喂？ H 吗？"

"是！我是 H！"

"是我啊。打了那么多次都不接。"

"我在睡觉，才起床。"

"最近怎么样？"这是他每次必问的问题。一个愚蠢的问题。

"我吗？还可以。"以前我还会被这样的问题难倒，但现在我都是不假思索地回答。

"我还是住在雪梅家里。"

"……"

"唉，再找不到工作，雪梅说……"

"说什么，就要跟你分手吗？"

"她说她就要去卖身了。"

"那恭喜你啦，她为了养你可真下得去血本啊。"

"你就别笑话我了，我知道她只不过想羞辱我嘛。唉，反正……"他欲言又止，"唉，我感觉这辈子就这样了，没有出头之日喽！"

"别这么说嘛。干吗不出来找工作呢？"

"上哪儿找呀？你也知道，我们这种小县城，工作机会好少的，跟你们大城市没法比。兄弟，你帮帮我，好不好？"

"我怎么帮你？我自己的事都顾不过来。"

"我想住在你那里慢慢找，可以吗？"

"暂时不方便。"

"我吓唬你的。哈哈，看把你紧张的。你什么时候变得这么小气啦？哈哈！"

我沉着地说："对，我就是小气。"

"别当真嘛，我跟你开玩笑的……"

"我很认真的，我就这么小气。我也开不起什么玩笑。我不想帮你，知道吗，我他妈的谁也不想帮，谁的我也不欠！"我并没有生气，我心情好着呢。

他终于换了一副口吻，带着某种对我人格的威胁说："想不到你是这样对待朋友的。我看错人了。"

"对，我向来是这样的，我一直这样对待朋友。你之前高看了我。没什么事我就挂了。"

"我变成这样都是你害的！"挂电话之前，我在心里默默地替他说出了这句他一直忍着没说，也是我期待已久的话——这是唯一一句公正的话，他原本不妨大大方方地说出来的。我已经等得太久，不想再等了。

我心里清楚，我并不恨他，现在连讨厌他都不会了。虽然我拒绝了一个朋友的求助，但真正不幸的人却是我。我似乎只是用冷漠再次证明了自己的不幸，并从这种不幸中体会到莫大的快乐而已。

　　"这是多么难得的快乐啊！"我喜不自禁地含着眼泪告诉自己。

2006 年

稻田和屋顶

它的屋顶可以够到星星……

只有在那里才能平静，

但我注定在那里长久痛苦。

莱蒙托夫《我的家》

那年我还在读大学，暑假我回到家里。每个人都在说：热！可是又都不希望下雨，因为刚从地里收回来的稻谷必须得晒干才能放到谷仓里去，要不然肯定会生芽。

白天干了多少活，我也记不清了。反正忙个没完，我们一家人都在地里干到天黑，那架势好像连命都不要了。当然，村子里每个人都在自己的地里折腾着。打谷机在田野里嗡嗡地响，连成一片。每一家的打谷机发出的响声又略有不同。没有一个人是高兴的，尽管他们把黄灿灿的谷粒一担接一担地往家里挑。是啊，那种劳作是异常艰辛的，它剥夺了一切乐趣。

我只是一个书生啊，只是一个书生。我割稻子的时候还戴着眼镜呢。我妹妹也戴着一副眼镜，在泥泞的田里艰难地移步。她每看到一只田螺都要发出一声惊叫。晚饭我们把捡来的田螺炒了吃，平均每人分到四五只。

我气愤地对她说："麻烦你把眼镜摘掉吧！"因为那些挑着稻谷从我们的田埂上经过的人，不管多么劳累，都要露出一种揶揄的笑容。

妹妹毫不示弱："你不也戴着的吗？"

怎么说呢？叫我怎么回答她。我的眼睛简直快要瞎了，不戴上眼镜，我怕一镰刀下去，手里抓着的会是来自另一只手上的四根血淋淋的指头。爸爸磨镰刀可真是行家，他把刀口磨得那么锋利，好像他觉得那稻子是铁做的一样。

我说："我是男的！你看看别人怎么看你的吧！"

她的表情就变得十分高傲了，也不再说话。可能她觉得跟我这种人没有必要产生语言吧。我知道，她死也不会摘下眼镜的。这叫我很绝望，我一整天弯着腰干活，我感到自己快要累死了，可是我甚至没有办法叫自己的妹妹摘掉眼镜。就这么小的事，我却办不到。我真想冲上去打她，把她的头按到泥水里去。可是这肯定是不行的。她有时候就像刘胡兰，谁要是想让她屈服，那最终感到耻辱的只能是他自己。

那时，我像发疯一样地怨恨我的妹妹。我恨不能一刀砍下自己的手指，然后快意地在田野里嚎叫。我知道，这样妹妹就会哭起来，她一辈子都会后悔，因为她毕竟是爱我的。对啊，那样，她就会幡然醒悟，她会看到这阳光是多么恶心，因为在这阳光下，她终于发现自己十几年来一直坚持的性格竟是一种毫无意义、害人不浅的毒素。她会发现清高原来是要让爱的人付出沉重的代价的。而在她的余生里，她将会始终认定，来自泥土世界的孩子就应该有着泥土的品质：低贱、柔软，永远不要把毫无分量的头颅高高昂起。我断下的手指将会为她换来几十年生不如死的修女般的生活，一场在死时才会结束的重复着的噩梦……

但是，我却被自己的悲哀深深地埋葬着。我苟且地劳动，让稻子在我的手里倒下，同时一切都被我毫无来由地仇恨，这种仇恨使我显得没有骨气。我也没有必要去发泄这些仇恨，去完成什么壮举。

我也痛恨我的爸妈，倒不是因为他们使我生活在穷困中，对于穷困我并不在意。啊，如果在这无穷无尽的劳累中，他们——就像一切楷模一样——带头欢笑，那该有多好！他们要是能带领我和妹妹一齐向那些瞧不起我们的家伙发起一场总攻，把他们从我们的田埂上拖下来，痛打一顿，我的心中该会充满着怎样的爱意与豪情！

但是，别指望这个。他们自己倒是相互攻击起来。他们在为了一些什么而争吵？我永远都不想知道这个。他们那些世界上最能令人痛不欲生的尖锐的话语如果用在敌人身上倒刚好合适。

我们经历了多少天的劳作？一天接一天。在黑夜里，我只能悲观地看到明天：当晨曦微露，爸爸就会像一个地主似的叫我们起床，当然他不敢大声嚷嚷，只会说一些莫名其妙的表示愤慨的话。他甚至会说："为什么每天都是我最先起来？"那么还有什么希望？镰刀已经磨得锋利，我和妹妹又戴上了还沾着泥迹的眼镜。

我只能说：妈妈是十分勇敢的。（她教给我许多做人的道理。）她走在田埂上毫无畏惧，因为她把希望都给了儿女们。她真勇敢啊，在同爸爸的激烈的争吵与相互辱骂中（爸爸常常处下风），我真担心这个最终变得一声不响的，甚至变得有点陌生的男人，会忍受不了自己尊严扫地，而把她给杀了。连我都替她捏一把汗。可是她却像在生活中争取什么宝贵的东西一样，表现得毫不怯让。她的一切无法反驳的指责肯定会令我的父亲蒙侮终生……

我一直不知道我的父亲是一个怎样的角色。首先，他一定是自己活成了这个样子。也许母亲的教训在客观上反而给了他一定程度上的拯救，但他也一定承受着无尽的自我否定，如果他不是一个特别麻木的人的话，那么他也早就应该通过各种手段摆脱掉这一悲哀的处境了啊。

我冷静地打量着这个家庭。但是，无论我的思想多么成熟，我终究无法摆脱这一群仅仅和我有着血缘关系的陌生人的影响，无法把自己放到一个有利的、局外人的位置。这也许是因为太多个白昼，我们曾在同一片狭隘的泥地里挥舞着镰刀，这使我好像找到了自己的归宿，或是说那归宿宛如一个紧箍圈一样牢牢地套在了我的头上。

为什么我有时会哭泣？这眼泪难道真的毫无意义吗？记得有一次，我和妈妈一起到外婆家去，刚好舅舅也在。我们家不知什么时候起同舅舅一家存在了矛盾，而在以前是没有的。在我儿时，我曾感到舅舅是我的另一位爸爸。当然，这种感觉在今天看来是十分荒谬的。我记得那是一个大冷天，外婆和舅舅坐在火炉旁烤着火，外婆一副快要病死的样子，她身上裹了好几层棉衣，却似乎仍冷得瑟瑟发抖，恨不得用一双皮包骨的手去抓住那炉子里正燃烧着的炭。但她看到我们来了，却可笑地显得高兴，因为儿子和女儿都来看她了，在一个大冷天里。她也许是老糊涂了，竟忘了舅舅和我妈已有好几年不说话，还兴冲冲地对我妈说："你哥也在！"那当然是有点尴尬的，但我说过，妈妈是无比勇敢的。她一进屋，看到舅舅也在，而且只有外婆和舅舅两个人，她并不避让，也许她认为该从那屋子里赶紧退出去的不是她。她拉着我坐了下来，并当作舅舅不存在的样子问了一些关心外婆身体的话。

后来，舅舅就像一个忏悔的人那样，对我妈讲述起他俩之间的种种误会。我忘了他说了些什么，我说他像一个忏悔者，是因为他的脸上爬满了泪水。我头一次见到一个四十多岁的男人眼泪流成那样。但是妈妈，并不原谅他。"现在哭是没有用的。"她冷冷地说。

外婆不知所措地望着这一对儿女，也许她并不知道怎么回事，她天真地唠叨起他俩小时候的事情："那时，他总是让着你的啊！有什么东西也总是让你先吃……他是你哥哥……"

总之，那是多么伤感。虽然我脑子里想着："这一切跟我没什么关系。"但我的泪水却抑制不住地涌了出来。我不好意思让他们看到，于是紧紧地勾着脑袋，我看到炉火把我的脸颊映得通红，而每次当一滴泪水从我下巴滑落到炭火上的时候，就会发出"呲"的一声。有时，恰好他们都沉默着，于是这"呲"的声音就会显得特别刺耳。

我不想扯得太远，还是接着讲那个夏天吧。地狱般的白昼总有暂时熄灭的时候。入夜，我和一两个伙伴到井边洗澡。我们用桶从井里舀出冰凉的井水，然后淋在自己身上。农村里的人洗澡从不用香皂，我们就这样一桶接一桶地往自己身上浇着凉水。有时，我又感觉到身体里的这颗心终究是火热的。

晚上也几乎没有什么乐趣可言，电视节目根本就不合我的胃口。我把自己关在一个屋子里，就着一盏五瓦的黄色灯泡默读着莱蒙托夫的诗句。在那些夜里，我简直觉得自己必定得承受一些什么。我根本就没有资格去怨恨别人。

可是，闷热啊！晚上仍然是热的，汗水从我已经洗得干干净净的身上钻出来。

谁都不愿睡在屋里，那无疑是一种煎熬，热浪从墙壁里接连不断地涌出来。而那偶尔刮过的风就像一群瞎子一样，永远不会通过那小小的窗口吹进屋子里来。我们一家人就像受了诱惑似的，抱着席子、枕头和被单登上了水泥屋顶。屋顶也是热的，被白天的太阳晒得滚烫，但是几瓢井水泼下去之后，便有些清凉了。再在上面垫上竹席，就可以躺下来了。这一切都是由我来做，因为每晚都是我最先想睡。他们都忍受着闷热坐在家里看电视，看完了电视，他们也会上来。但那时我已经睡着了。

夏夜的风吹在皮肤上是最舒服的，但这也只有在屋顶上才能感受到。我独自躺在屋顶的中央，望着夜空，因为天气晴朗，所以每晚都能看到星星和月亮。高耸的树梢像是离天空很近，简直就要融入进去了。由于我是躺着的，远处灯火依稀的村庄就像是浮动在我的脑门上方。我那时确实有点书生气，身处这样美妙的夜景中，少不了大受感动。我想，如果身边有个人的话，我肯定会把藏在内心最深处的美好的东西向他倾诉，我将会忘了人世间种种难以预测的危险……

有一天晚上，停电了。结果，除了妈妈，一家人都早早地躺在了屋顶上。妈妈呢，肯定还在屋子里就着煤油灯准备第二天的猪食。

那是我从来没有想象过的情景：爸爸、妹妹和我一块儿睁着眼睛躺在一起，还看着星星。我心里难受得要命，我们什么话都没说。我真想把他们赶下去，因为我真是不能平静地接受他们躺在我身边。也许，在那样的环境下，我还哭了，但是我记不大清了，因为一切就像是朦胧的梦一样——也许我早就睡着了。

　　带着四周的大山的沉默和诡秘，带着满天的星光和摇晃的树影，我进入了梦乡。也许是这样的。

　　也许他们也睡着了……

　　我多想伸展身肢啊！日复一日的劳累，数不清的苦恼，还有与生俱来的绝望，这些东西压着我。我在睡梦中多想抖一抖身子哪。

　　但是，还是有什么压住了我。这使我觉得不顺利，这感觉令我非常厌恶，可能正是这样，我开始有些觉醒了。

　　有什么东西箍住了我——这难道是梦中的一个念头？啊，星星，我好像又看到星星了，离我如此的近，似乎趁我睡着的时候，它们全都好奇地俯下身来窥探着我。

　　接着一种无比恐惧的感觉笼罩了我。我难过得几乎想要呕吐。什么东西忽远忽近。我感到脖子正在熔化……然后是脸、鼻子……伴随着某个人紧促的呼吸和带着哭腔的梦话……我的头顶正在被温柔地挖开一个洞来……

　　一定是发生了什么不寻常的事。可能那时我已经醒了。一股热气喷在我脸上，我还是动弹不得。我怕。也许更是恶心。柔软的物从我脸上滑过，并啜饮我。我那时醒了吗？不知过了多久，我终于跳了起来。这一下，我发现自己站在屋顶，我的脚下躺着父亲，睡眠中的他好像在回味着什么，他的双手带着某种期待向前伸着。

一股恶心的电流彻底击穿了我。我激昂起来，心中充满了蔑视……屋顶上只有我和父亲，妹妹可能下去睡了，我不知道现在几点，远处村庄还有寥寥的几盏灯亮着。风一吹过，树林便发出一阵呜咽声。我独坐在屋顶的一个角落里，久久地想象着这件事。

也许这并不是事实，而只是我梦中的幻觉，但我相信它已经发生了。也许父亲只是梦到了小时候的我（他的宝贝，他的心肝），也许是他在梦中把我当成了妈妈（他的爱人，他的冤孽），啊……难道说，那样一种激烈的爱，真的还顽固地残留在他们两个人的身上吗？但是无论如何，我已经决定不再原谅他了。

我像一块冰冷的石头，坐在那个洒满星光的屋顶，我无意为父亲开脱而恳求我自己。他在睡梦中焦灼地翻了几次身，一定是梦到了无比惊恐的事情。但是，连这也打动不了我。我想，他的命运就是这样，为了某个无意中犯下的错误而承受着终生的惩罚。

2005 年

必然事件

闪电已闪过，我在等雷声。

莱辛《费罗塔斯》

1

我一直觉得像我这样聪明的后生在镇上开拖拉机只是暂时的。看吧，天将降大任于我的。我从小就智力发达，但四肢迟钝。我还没辍学的时候，全校的老师们几乎找不到可以难倒我的数学题，而我自己提出来的那些刁钻古怪的难题呢，包括校长都没办法解答。可体育方面，我不行。我拍不来皮球，跳不来橡皮筋，扔标枪像扔一根绳子，一游泳就往下沉。就连我现在用来谋生的拖拉机，也学了差不多两年才敢开着上路，这一切都表明我应该是干脑力活的。可我开了三年拖拉机，连一条狗都没撞伤过，一直稳稳当当，而且我感觉自己的技术越来越娴熟了，一坐上那弹簧硌屁股的驾驶座就信心十足，这似乎又在表明我天生就是开拖拉机的料。怎么说呢，我肯定希望平安驾驶，但我也肯定不希望自己一辈子就开个破拖拉机。不过话又说回来，这年月大家腰包都稍微鼓一点了，都铆足了劲地盖新房子，在我们这里开拖拉机倒是稳赚的营生，我开着父亲买给我的拖拉机，今天给这个运水泥，明天给那个运砖头，逢赶集的日子还可以来回拉上十几趟客，确实挣了点钱。

2

我现在马上要讲到另一个人，请原谅我这么唐突地让他上场，因为我实在没什么心情去搞什么铺垫。反正迟早要讲到他的，而且他才是重点呢。

那是一张永远笑着的脸，好像世界在他眼中再美好不过了。他总是穿着一件黄色的长袖衬衫，袖子卷起来，也难为他把那一排扣子全都拴对了扣眼，有人说那件衬衫在一年以前还是雪白雪白的；他整天背着个黑色塑料袋在校园里晃悠，埋着头，用呆滞的目光搜寻着被我们随手丢弃的垃圾；在这个过程中，不管是捡到了什么，还是一直毫无所获，他都一刻不停地自言自语，自说自笑。他跟我们年纪相仿，却没有我们那种躁动不安、莫名的苦恼和忧愁。他也不需要自尊和虚荣，更不必为此践踏别人。他把自己的鼻涕吃进嘴里，这样做对他来说反而是合乎情理的，比起用纸巾擦掉更自然。别人嘲弄他时，他看不出他们脸上的笑跟自己脸上的笑有什么不同。他不用也无法开动脑筋绕一个很大的弯去琢磨别人话中的含义。活着最大的乐趣在他看来莫过于他背上的黑色塑料袋一点点鼓起来。每天天一黑，他就背着收获的满袋宝藏走回家去，在离家不远的地方停下来，侦察一番，然后才踮起脚尖躲躲闪闪地想骗过他妈妈的眼睛，从侧门溜进屋里去。他妈妈早已等在门背，看见他进来，随手拿到什么就没头没脑地一顿猛抽。"我让你捡！捡！捡！捡！……"

他极其凄厉地叫起来。那叫声从他家那间简陋的平房里传出，像一阵电钻声响彻整个校园，久久地损害着我们的耳朵。长期以来，这惨叫声折磨过少数善良的心灵，有几个女同学还为此洒过眼泪。可是，被揍的当事人却从来不哭，这或许也是他生理上的一大缺陷吧。他只管倾尽所能地惨叫，却从来没有哪怕是敷衍地哭过一声。伴随着惨叫，我们也能听到哭声，但那都是他妈妈在哭，开始是打嗝儿一样地干号，最后是畅快地、像高歌一样地号啕大哭。但不管他妈妈怎么哭，只要揍他的手一停下，他便不叫了。他立刻就把发生的事忘了。他忍着痛一瘸一拐地走到屋子的某个黯淡的角落，乒乒乓乓一股脑把袋子里的东西全都倒在地上，一边满口含糊地自言自语，一边摸摸这件、捏捏那件，像是在和自己商计着什么，而一个重大决定即将在这满地的垃圾中产生。脸上还挂着泪的女人彻底心软了，她走过去，默默地把儿子的头揽在怀里。

"妈妈。"儿子转过头来看她。她低下头望着那张傻笑着的脸，眼泪又像阵雨一样洒了下来，打在那张无知的难看的笑脸上。儿子又扭过头去，专心地挑拣起那堆废物来。

"你看！你看！妈……"她听到儿子兴奋地说，手举着一对腐烂的壹号电池，那是他刚从一支生锈的手电筒里拆下来的。

"他一下就把什么都忘了，但他没忘记我是他妈。他一点也不会记仇。"想到这里，她内疚得难受，喉咙里涌起一股很难咽下去的苦味。"他知道我要打他，"她看着儿子动作迟缓的手上那一条条血痕想，"他躲躲闪闪，他怕疼，但他还是要回来。他甚至可能不知道我为什么打他。天哪！我造了什么孽啊！"她又一次抱住了儿子的头，在头顶上轻轻地吻了一下。

"妈妈，给你！"他从那支手电筒上拆下一个银光闪闪的反光杯，笑着送给她。

她看到自己的脸映在那弧面上变形得厉害。她又呜呜地哭起来。

3

他是一个傻子，一个被命运开了玩笑的白痴。

其实他是有名字的，只是没有人叫过而已，他的母亲应该叫过，但我们都没去留意。大家干脆都叫他"傻子"，反正校园里只有这一个傻子，作为指称，这就够了，混淆不了。但我不一样，我那时叫他"哥哥"，这完全是同学们不无恶意的玩笑所致。因为我这人看上去也有点呆滞，我那些经常在课堂上把老师难倒的怪问题（伴随着笨拙的、不协调的手势），难免让人觉得我脑子不大正常，但我却觉得这正是我头脑发达四肢简单的明证。于是有一天，某个自恃智力可以碾压我的、鬼点子特别多的同学突然得意扬扬地当众宣布了他的重大发现："咦！你跟傻子怎么那么像一对亲兄弟？"或许从表面看来，他这番话是有一定道理的，要不然也不会立马引起同学们的哄堂大笑，甚至拍案叫绝。从那以后，每当傻子背着黑色塑料袋，带着他那标志性的傻笑出现在校园里时，他们都故意在我面前挤眉弄眼，掩口窃笑。好吧，我不屑于争辩，我不想让自己的智力与他们的智力来一场贴身肉搏，那极有可能会让什么不干净的东西传染给我的脑子。最省事的做法就是迎合他们，不管他们说什么都点头称是。后来，由于某种扮演小丑的心理作怪，不等他们发现傻子，我就会主动提醒他们："哎呀，我哥来了！哥！哥——"我满足了他们的无聊，他们的怪笑也像一声声赞美满足了我悄然扭曲的虚荣心。

我的年龄应该是比他小的，但经过几年的迅猛发育，我后来倒是显得比他年长。而他则一直停留在了十三四岁的模样，智力的停滞似乎阻碍了年龄的增长。

说到这里，我心里掩埋的愧疚又开始冒头——不管我以前唤他"哥哥"是出于什么心理，他毕竟是被我真实呼唤过的兄弟。这可能又是我心智发达的缘故吧（还是我此时的心情所致？），这种感受你们可能从来没有体会过——此刻我真实觉得，一个人如果长期对着一块石头喊"父亲"，那么久而久之，这块石头便会成为他心目中的父亲。而他被我叫了那么久的"哥哥"，难道不应该是我兄弟吗？只不过后来，由于那不幸的、天生的萎缩使他看上去更像是我的弟弟。我应该主动担起哥哥的角色才对呀！那么作为一名优越的兄长，我难道不应该时刻保护着我那弱小的弟弟吗？可是，我又对他做了什么？

4

　好像有人开始关心起他来了。那是我刚学开拖拉机的那一年，我十三岁。拖拉机的扶手老是从我瘦弱的手中震得跳脱出去。那时，由于已经正式面对一种谋生手段，我第一次感觉到：我还多么幼小。我在学校后面的大操场上学开拖拉机，长久以来，这操场在不上体育课的时候就成了附近村民的公用场所。以前，水泥地还没有完全老化的时候，村民们还会在操场上晒稻谷和其他农作物；后来随着大块大块的水泥裂开、鼓胀、松动，在很短的时间内，操场就被同学们活生生地抠出了一幅世界地图，而代表着海洋连成一片的裸露的黄土上面很快长满了红蓼和车前草；等到我将刚买来的拖拉机开进这里时，已经连一块水泥残片都找不着了。有一天，我坐在拖拉机的驾驶座上，透过漫天的黄土看到傻子和他母亲走在一起。这是少有的情景，我们从来没有看到过他身边一米以内的地方有其他人。他身躯的孑然形象使他成为孤独的绝妙象征，虽然他很可能连孤独都没有成熟的器官去感受。其实这样的象征是毫无诗意的，就像田埂上留下的牲口的粪便，丑陋而干燥，被强烈的阳光晒得脱离了实际。而母亲的手紧握着他那只好像也被染上了弱智的手（那与其说是一只手，还不如说是一只"傻子"），这一形象出现在光天化日之下又立即变成了另一种生机勃勃的象征。它象征着令人温暖的奇迹，这象征开始有点像是田埂边那些在牛粪的滋养下生生不息的野菊花了。

我从不怀疑她是爱他的。但在我的臆断中，似乎这爱由于察觉到了自身的特殊性，出于人人都可以理解的原因，自觉地隐藏起来，而不愿招摇过市。好像从没有人想过有这种必要：她拉着她那傻儿子的手到操场上来晒晒太阳，宛如一对健康得不得了的母子那样。我仔细地观察了一会儿这两人：儿子没什么好说的，他比平时更傻；但母亲的脸上却挂着异常复杂的表情。我默默地领悟着，终于看出，那张脸之所以复杂，是因为它正暴露出一些希望。还有什么希望呢？我继续去驾驭那难缠的拖拉机。

她站在那里对他讲一些话，但柴油机的轰鸣声淹没了她的话音。我放慢速度，看看那边会发生什么。

看到了：他对她说的话置若罔闻。于是她又耐心地低下头去，似乎想把声音塞进他的耳朵里。可是他对我的拖拉机产生了强烈的兴趣。他死死地盯着这边，带着他一贯的"世界再美好不过"的表情。她慌了，好像她感到自己的声音变成了一堆麻绳，而她找不到头绪。她开始借助手势，那晃动的手让他产生了一些思想，使他觉得有必要做出回应。于是他打了她一个耳光。他认为这是理所当然的，他在表达他此刻的真实。他完蛋了。他的无辜也帮不了他。无辜不能长期成为他无理取闹的借口，不能不分场合，不分长幼。而主要的原因还是：他那一巴掌打得很重。他不是不知轻重，从他那一巴掌的力量来看，他倒是很好地理解了轻和重的区别。他本来就想狠狠地扇她一耳光。

后来，什么也没有发生。她默默地走在了他前面。

5

很多无关的因素我本不想赘述，但为了消除误解，我还是说明一下：她其实不是学校里的老师，我甚至不知道她和她儿子来自哪里。她只是每天到学生食堂里捡些剩饭，用来喂猪；每个周末，洗一洗寄宿生们轮流送过来的被单。

她的丈夫肯定早就死了，或者至少在她心里已经死了，这一点从她脸上被孤苦长期霸凌过才会有的冷漠和她与别人打招呼时那黯然的眼神便可以看出来，还有从她干活时的那副狠劲也能猜到。但是，虽然她如此卖命地干活，她的猪却喂来喂去老是喂不壮。我们怀疑她的猪也是傻子。

我们当中的大多数人都自然而然地厌恶她，宁可把吃不完的饭倒进阴沟里，也不愿让她捡去。而她又不会变着法子讨好这些虚荣心正在疯狂膨胀的学生。哪怕讲句好听的话给这些孩子听听，她的处境也会有所改观啊。但是，她完全没有这样狡猾的心机，她只是忧愁地想：这些娃儿的饭量越来越大了，怎么得了！

她万万想不到，在孩子们的心里，同情可以随机转变成为仇恨，他们有这种权利，甚至可以说有这种需求。并不需要她在行动上得罪他们，她的一个愁眉苦脸就已经把他们惹火了。而且只要一次，就是永远了，因为孩子们是固执的。

6

操场上的牵手散步也好，母亲脸上复杂的希望也好，对儿子耐心的授话也好，都是因为她已经下定决心要医治好儿子的病啦。

我刚才说过：好像有人关心起他来了。是这样的，那时，可能是镇上响应县里面搞什么活动的号召，而这样的活动往往都是从学校开始的。特别是那些老师们，他们平时无所事事，而在那无形的号召下，似乎个个都看到，原来还可以去管管闲事。他们到处热心地帮助人，这些学过一点文化的知识分子，先是在吃过晚饭后（他们的晚饭吃得很早，那时村民们都还在地里干活）到附近的田地里指导乡亲们怎样种植甘蔗。感觉到这些庄稼汉不怎么领情之后，他们把热情转向老人们，利用自己渊博的知识，问心无愧地当起了老人们的健康顾问。这倒是挺受欢迎的，那些平时对自己的儿孙都小气得要命的老糊涂虫，一看到老师来了，立马翻箱倒柜，恨不得把平时舍不得吃的东西都拿出来招待他们。

有两位一直没有解决"铁饭碗"的中年教师说是要用理论知识辅导我开拖拉机，折腾了半天，我才看出，他们只是想跟我免费学开拖拉机，可能是盘算着万一哪天饭碗不保，还可以有一技傍身。

凡事一旦不新鲜了，就会令人厌倦。当时那些老师们的情形就是这样，而那活动却没完没了，不肯结束。也许做善事也是需要灵感的，有一天背着黑色塑料袋在校园里溜达的傻子就给了一位老师这样的灵感。他们早就对村民和老人们失去耐心了，试想：跟一个傻子和他的寡妇母亲打打交道也不错啊。于是，吃完晚饭后，几乎所有的老师都聚集在傻子家里开起了会。这些会议的意义在于：教给她希望，同时教给她办法。

各种案例从这些老师的嘴里说了出来。他们所说的那些傻子比眼前这个还要傻十倍，可是自从去了某家医院，拜访了某位名医，采取了某种疗法之后，已经变成了正常人，或者比正常人还要机灵。

做母亲的开始心动了，她眼前浮现出一个令人赞叹的儿子的形象。那个形象连在她梦里都没出现过，因为她很久不做梦了。她幻想着那位儿子，并在幻想中对他进行不断的修改。那傻笑肯定是没有了的，那取而代之的会是怎样的表情呢？应该是眼前这些高尚的老师这般完美、自然的表情。不，应该比他们更显得成熟、深沉、稳重，因为他毕竟在活地狱里待了十几年啊，他的苦难将使他与众不同、独具魅力。他说起话来肯定不是现在这水平，他会有着怎样的谈吐呢？他将选择怎样的措辞？他一开口肯定是妙语连珠，引经据典（她根本不去想他还没受过教育），要是正儿八经地辩论起来，这些老师肯定不是他的对手；如果他跟自己的妈妈说话，声音应该是温柔的，眼中饱含着深情。他走路的样子将是很有力的，像一名军人。他娶的媳妇不必说，自然是这镇上最漂亮、最贤惠、最孝顺老人的姑娘。他将从事的事业，应该是崇高的，在镇上找不到第二个人有那样的资格去胜任……

希望自然萌生了，而且那么生动。接下来该考虑考虑实际：钱怎么办？

老师们感到有点为难，他们也觉得钱的问题不好办。但事到如今，他们也只好帮着她把希望撑下去。如果刚给一个人一丝希望，马上又搬出困难来把这希望吓跑，那简直就是作恶。

"钱嘛，想想办法总会有的。先借，能借的地方都去借。什么朋友啊、远亲啊、近邻啊……我们也可以借给你……"那位老师说到这里，不由得望了望别的老师，看到他们没有很明显的骚动，便接着说下去，"然后是发动学生们捐。学生们是很喜欢捐钱的，他们觉得好玩，而且又多了一个向父母要钱的理由。还可以呼吁社会，扩大影响，让全县、全省乃至全国的好心人都来资助一点。凑个医药费嘛，简直就不费吹灰之力。"

她脸上露出沉思和笑。

7

她真的行动起来。首先是要树立起儿子的信心，于是出现了她跟儿子一起散步的画面。树立一个傻子的信心可不是一件容易的事，她也知道这一点，所以她能容忍他那迟钝的接受能力。她现在只想在儿子的身上找到一丝丝正常人的影子。比如，儿子打她一巴掌，她立马想在儿子眼里看到他发自内心的痛苦和懊悔。她其实是想恳求儿子帮她一起来巩固她的信心。

另一方面，她开始想尽办法找钱。她多养了两头猪，多种了三畦菜。另外，她走出了借款的第一步。老师们为人师表，自然说话算数，在得到她画了押的借条后，都慷慨地借了钱给她。他们还发动班上的学生们捐款，因为那可以得到表扬，还可以避免一些惩罚，所以在动员大会之后，孩子们都或多或少地献出了自己的零花钱。亲戚们大多拉不下面子，因为她还是第一次向他们借钱，再加上情况特殊，实在没有理由拒绝。一位语文老师写了一则启事，刊登在省城的报纸上，几个素昧平生的社会人士也寄来了汇款单。为此，这位语文老师每天都到她家里去坐一坐，叫她不要觉得自己亏欠他什么，人与人之间相互帮忙也是人之常情。

第一笔费用算是凑齐了（至于齐的标准也只是老师们估摸出来的）。由于那时我已经辍学，没有捐款的资格，那笔费用里面自然就没有我的份。她揣着这笔钱，领着儿子去了一趟省人民医院，找到了那位有经验的名医。名医看了她儿子后对她说的第一句话就让她热泪盈眶："这小子不傻！"她的信心立即增长了百倍，她以为第二天便会领回一个健健康康、活蹦乱跳的儿子。但是她没想到，人家治病是按疗程计算的，而不是按天数——哪有第二天就能治好的？她以为自己拥有一笔巨款，哪知这笔钱还不够半个疗程的费用。

"那得治多少个疗程啊？"她揪着心问道。

医生一副真理在握的样子："治到他完全康复为止。"

虽然没有得到一个确切的答案，但至少医生回答问题的态度是极度认真的，不像对待上一个病人那么不耐烦。

钱很快花完了，医院催她赶快叫家里人送钱过来。

"我家里没人了。"在这大城市里，她觉得自己也快傻了。

"那总有钱吧？"

"钱，都在这里了。"她嗫嚅着，一副叫天天不应的委屈样。

"没钱治什么病！这病又不会死人。"

于是她和儿子又回来了。唯一的收获便是那傻子从城里学来了几句极不文雅的流行语，不过在乡下这倒是挺新鲜的玩意儿。

8

人们以为她放弃了，她除了每天逼着傻子吃几片从医院带来的药，便照旧对他放任自流。她还是喂她的猪，没事的时候对着几头猪说上半天话，而那些话当然是令猪们琢磨不透、大伤脑筋的。

可这只是表面看到的，实际上她经常偷偷跑出去借钱。到处都借。有一次竟然还借到我家去了。那是我父亲告诉我的。他在晚饭的餐桌上讲述："今天竟然有一个疯疯癫癫的女人跑到家里来，当时只有我在家。我正准备去赶集，手上拿着两百块钱，那是用来买种子的钱。她一进门就叫我大哥。我说干吗呢？她就慌慌张张地把自己的身份证、学校开给她的聘书和一些病历本拿出来，说了一大堆叫我相信她、同情她的话。然后求我借点钱给她。真是没有见过这种人……"

我问父亲："那你怎么说的？"

父亲没好气地说："我说——我刚买了拖拉机，自己都缺钱用呢！"

我知道他是在趁机挖苦我。

看到我不作声了，父亲才接着讲："于是，那女人又厚颜无耻地说：'你手上不是有两百块钱吗？'真是好笑。我告诉她，如果我连两百块钱都没有，这日子就真没法过了，我就要去当叫花子了。"

我父亲说话老是这样，暗藏杀机，我真是受不了。总有一天，我要把这倒霉的拖拉机还给他。

9

事情一直没有多大进展，但她从来没有放弃过希望。直到我学会了开拖拉机，把挣来的钱一笔一笔地还给我父亲时，她还在坚持着拯救儿子的梦想。

学校的老师们又在开会了，她似乎又看到一线生机，于是借打扫办公室之由偷听了他们的会议精神。可是他们开会的目的是动员班主任催收学生的学费。有的学生读了大半个学期，竟然没交过一分钱学费，太不要脸。她的心凉了一截，人家连学费都交不上了，哪来的钱捐给她啊？

她又一次卖掉了几头瘦骨嶙峋的猪，加上她死乞白赖向几位老人借来的钱，总算又可以上一趟省城，让儿子继续那个被中断的疗程了。

结果跟前几次一样，医院向她许诺了下一个疗程。

于是，她跑来跟我借钱。她对我说："你开拖拉机，肯定挣了不少。我们这么可怜，你就当做做善事吧。等我儿子懂事了，我叫他赚大把的钱，连本带利还给你。"

这是她第二次跟我说话。第一次还是我在学校念书时。我虽然是走读生，但碰上农忙时节父母没空给我做饭，我也会带午饭来学校吃。她那双眼睛死死地盯着我的碗："不要把自己撑坏了。"意思是叫我把剩下的饭送给她的猪吃。

这个女人只跟我说过两次话，却两次都是乞求我的施舍。但我一次都没有让她如愿。第一次，出于厌恶，我硬是把饭吃完了。而借钱这一次，她的语气让我极不舒服，好像我的钱来得很容易一样。不过，那时我倒是学会了掩饰，懂得了做人的基本礼节。我没有对她表现出厌恶，而是巧妙地对她讲起了我的苦衷："大姐，我的钱也不容易挣啊。现在活儿少，开拖拉机的人又越来越多了。我还指望着靠这台拖拉机娶媳妇呢。"

她便不再强求，只是自言自语地说了一句："我儿子什么时候才能娶上媳妇……"

10

唉，都是自作自受，如果当初我借个几百块钱给她，是不是现在就不用背负如此沉重的罪孽了呢？我真是痛恨那时的自己。不过，要说痛恨，我最痛恨的还是那帮多管闲事的老师。他们向她指出一条希望之路，然后又任由她在这条路上苦恼、挣扎、饱受折磨，自己却抽身事外袖手旁观。到后来，他们已经懒得理她，有的甚至还想催她还钱。

罢了，不说这些鸟老师了，我暂时应该展现世界美好光明的一面。

这个世上总是有好人。那名老中医就是这样一位好人，虽然我从没见过他。我现在才体会到，一个好人，必须要有高超的本领和菩萨心肠，这两方面相结合，那才是真正的好人呢！光有善心而力不足，往往就不能在关键时候帮助别人。我永远歌颂这位心地善良、医术高明的老者。

就在一年前，傻子的母亲开始对那一个接一个的疗程失去了信心，她甚至觉得儿子的情况越来越严重了。于是她开始打听别的门道。报纸、电视、广播、路人的嘴巴，她不放过一切消息来源。她听到了一条消息，眼睛为之一亮。她向来相信老人，相信他们的经验，和他们身上所具备的安全感。她激动了一夜，第二天就带着儿子去了很远的地方，投奔那名传说中的老中医。她见到了他和他的徒弟们，他除了样子丑陋，似乎一切都叫人放心。老中医话很少，只听她一个人讲，从不插嘴，尽管因为口音太重，她讲的他大多没听懂。等她讲完，他又温和地拉起了她儿子的一只手，在她毫无察觉的情况下，便已经完成了对她儿子的诊断。儿子在他面前表现出少有的文静。老中医最后只说："把他留在这里，你先回去。

留个电话号码，好了之后再通知你。"她有些犹豫，不过这大可不必。一个傻子，白白送给别人，人家都不一定肯要，叫他留在这里还有什么不放心的呢？

她走了，心里很轻快，因为老中医叫她别担心钱的问题。她想：一看就是个好人！

11

我们很久没见到傻子了。

别人问她傻子去哪里了，她故意装出不高兴的样子："我儿子不是傻子，他马上就要治好了。"

她又多养了两头猪，这一次长得很快。

她有时会显得很紧张，那是因为希望一下子变得那么大。

一天中午，学校办公室唯一的一部电话响了，一位老师接了电话。他半天不作声，别人问他找谁的，他愣头愣脑地说："不知道，讲普通话的！"另一位年轻教师马上认为表现的机会来了，连忙夺过电话，用他那蹩脚的普通话彬彬有礼地问道："喂，同志！你找哪个？"

那边报出一个女人的名字，可这是谁的名字呢？年轻教师不假思索地得出结论："不好意思，你搞错了。我们这里冇得这个人，没，没有……"

后来那边传来一句"傻子"，于是他马上明白了："哦，是的，是的！你麻烦等一下。"他把话筒握在手里，以一副胜利者洋洋自得的姿态向其他教师下达了如下命令："叫傻子的母亲来接。"命令被传达到门口的那位中年女教师那里，她不敢怠慢，赶忙起身伏在栏杆上向一楼的学生们转达了这道命令："叫傻子他妈接电话！"得此殊荣的孩子丢下伙伴们跑了起来，他要单枪匹马地去完成这项光荣的任务。

她冒冒失失地跑上楼来了，一进门就用眼光搜寻着那部黑色的话机。找到了，可是话筒握在另一个人手里，人家并不马上给她，而是进行了千叮万嘱："快点讲。一个讲普通话的，你听不听得懂，讲不讲得清啊？讲得清……那就长话短说，很多电话等着打进来的。"他明显是在吓唬她，这部电话几个月才响一次。她终于拿到了话筒。"喂？哎，你好！"她居然还会几句普通话！"哎，是啊！我在喂猪……"年轻教师摇了摇头，因为这几个字虽然勉强能让人听懂，可是发音实在差太远了，对方听了会笑话她的。他正想纠正她，可她却一个劲地哭了起来。"呜呜！呜呜……呜……呃呃……好……好……谢谢啦！我给你磕头……呜呜，菩萨啊……我说你是一个好人……呃呃——"可是在这样的情形下，那位老师还是很不舒服地注意到了：后面两句完全是当地的土话，怪不得人家听不懂。

12

傻子被治好了，成了一个正常人。听说老中医还教他识了好些字呢。老中医在电话里夸她儿子学字学得很快。他将派一名徒弟将她儿子送回来。这个世界是多么美好啊！如此令人满意的安排将会令世人何等地感激和留恋这人世间哪！都是老天有眼，观世音菩萨体恤苦难之人，那女人激动得泪眼婆娑。她想立即见到儿子——那个她日思夜想的、令她心动的儿子。老中医告诉她，他们今晚就动身，明天下午就能与她相见了。她又想此刻就听到儿子甜蜜的声音，可还没等她用她那吐字不清、半土半洋的话语表达完这一心愿，那年轻教师已经在一旁催她挂电话了。"教育局长有一个很重要的电话要打进来的。"她想，反正明天就能见到儿子，听到儿子说话了，于是便不再要求儿子与她通电话。她把电话一挂，立即给这些可敬的老师们鞠了一躬："谢谢！谢谢！"然后又哭又笑地跑了出去，弄得他们摸不着头脑，以至于那位年轻教师不由得深思起来：她是不是在玩某种讽刺啊？谅她也没有这水平……

从那一刻开始，时间对她来说是可憎的，不怀好意的。一秒钟都太漫长，而一天当中不应该安排那么多小时，那么多分钟。这是不合理的，一天嘛，只要两分钟就够了，顶多五分钟。她怎么去打发这些时间哪！她跟每一个遇见的人都纠缠不休，逼迫他们听她抒发喜悦。他们听了都半信半疑，又不好扫她的兴，只好客客气气地顺着她，说几句不痛不痒的祝福语，真好哇，老天开眼，你以后就等着享福吧。当她发现所有人都开始躲着她时，她就去喂猪，不停地对着猪说话。说到口水干了之后，她又去地里把菜砍回来，剁碎，煮成猪食。煮熟之后，再去喂猪，跟猪说话。这一天，那些猪被好心的主人喂了五顿，而且凌晨两点的时候，还意外迎来一餐平时没有的夜宵。

第二天，她一大早就起来喂猪了，可以说她根本就没睡。这一天，猪们已经不愿吃她提供的食物了。它们一不吃就睡觉，所以她跟它们讲话也是白讲。她便努力使自己安静下来，坐在学校门口，等着儿子归来。她忘了自己从昨天到现在，只吃过一餐饭。她一直坐在那里，一动不动，也忘了太阳此刻正强烈地照射着她的脸。她望着天上的太阳，觉得那也只不过是一张脸，比起她正等待着的那张脸来，这张脸显得那么难看，那么缺乏表情。后来，这张被她所轻视的太阳的脸也默默地躲了起来，躲到山后面去了，她感到眼前一片黑，什么脸都看不到了，儿子的脸也看不到，还有——连路也看不到了，儿子怎么从村口那狭窄的池塘岸上走回来？他该不会一脚踩空掉进池塘里吧？糟了，他不会游泳！

13

我就直接讲吧，不弄什么花哨的伏笔，不细致地描述那些作为陪衬的细节和经过，直接把事件的核心摆出来。因为我一直觉得那件事是必然的。必然得就像数学课本上的一条公理，只需要提到它就行了，甚至不需要简单的论证。必然事件只是用来帮助人们去了解别的东西（比如命运），而不是让人们去深入了解其本身。只有偶然事件才去吸引人们的目光，才教人大书特书，把事件本身渲染得神神秘秘，连细节中的细节、原因的原因都交代得那么清楚，仿佛时时在提醒人们：注意！注意！我就要发生了，多么偶然，多么巧合啊！

可我的事件不是这样的。它是生硬的。那天傍晚，老中医的徒弟必将带着被医治好的傻子从山脚下那条马路的拐弯处经过（或是傻子带着医生从那里经过），而我必将为了五十块钱报酬拉着那车沙子朝他们迎面驶去。我多年的自信必将使我麻痹大意，我必将在手忙脚乱中听任我父亲买给我的那台拖拉机径直朝傻子的身体撞过去，他必将躲闪不及与我驾驶的拖拉机重重地拥抱在一起，而这一拥吻必将是夺命的一吻。

后面的事也是顺理成章的，我除了把拖拉机停下别无选择。我听到那男人在用普通话喊着倒在一旁的那个人："小朋，你还好吗……"我不知道小朋是谁，那么只有上前看看。结果是傻子，我说："傻子，你没事吧？"那男人好像听懂了我的话，他说："他不傻，他治好了，他死了。"我赶紧掏出一包烟："大哥，你别吓我，他真的死了？"

他没接我的烟："我是当医生的。"然后他又说，"他死了。"

这是必然的，必然的！我就知道他会这么说。我就知道，傻子会变成小朋，小朋会被我杀死，而傻子他妈在等小朋回家……

我就知道：我罪孽深重，必将给别人带去天塌地陷的痛苦，给自己带来无穷无尽的悔恨。当我还在学校，叫那个傻子"哥哥"的时候，我就知道今天的一切，我就强烈地感觉到了：那人正是我的兄弟，我们有朝一日定会紧紧地拥抱在一起。

我抽完了那支烟，缓缓地跪下来，把小朋温热的身体抱在我怀里，嘴里轻声地呼唤着："弟弟。弟弟。弟弟。弟弟。弟弟。"

2005 年

白日病

阳光下，一个麻脸的孩子

鼻翼两侧露出白天精神病的光芒

戈麦《我们背上的污点》

H每个月来看我一次，待两个小时就走。这次临别，我紧紧攥住他的手："朋友，快想想办法吧！这样的日子，我快要疯掉了！"他说："你这么紧张干什么？像你这种人，疯掉不是更好吗？"我立马慌了，连忙摇头："不好，不好！疯掉一点都不好！"他非常同情地看着我说："你呀！你到底想要怎样呢？""我不知道呀！"我说，"可能一点变化就行，一点点惊喜，只要把我的生活打乱一下……""你放心吧，我已经把你的电话告诉那谁了，他到时候会打给你的。"我眼里立刻放出光来："真的吗？那谁——到底是谁呢？他什么时候打给我？"他不耐烦地挥了挥手："这个你就别管了，你只管耐心等就是了。"说完他就急匆匆地走了。

"你叫他快点打给我！"我望着他的背影喊道，"不管他是谁，我都会等的！"

送走朋友之后，我又不知道干什么好了。虽然我每天都觉得在这一天里我可以去做很多新鲜美妙的事情，但是每一天我最终还是待在自己家里。那天也是一样，朋友一走，我立即想到我可以到公园去坐过山车。对啊！过山车有什么不好呢？刺激，恐怖，就像拿根针去扎自己的胆，扎一下，那绿色的胆囊就缩紧一下，等它不注意了，再偷偷地扎它一下。那滋味甭提有多美了。不去玩过山车简直太愚蠢啦。再看看天气多好啊，我发誓，我要去玩——过——山——车——！我这样想着，不知不觉走回了家里，然后把门用力一关，一整天都不再出来。

我一般都窝在家里做菜。我每天要做几十道菜。其实我根本就吃不了那么多，我只是喜欢做菜。说喜欢也不对，只不过除了做菜就没有别的事情可做了。当然，还除了去坐过山车。可是说实话，我从来没有去坐过过山车，也不知道过山车是什么样子的，不过，我对过山车这东西却有很多遐想。有一次我还证明出来：过山车完全不同于火车。坐火车也是很久以前的事情了，几乎还是在我刚懂事的时候，我和爸爸一块儿去坐过一次火车。那儿时的经历真是太有趣了，很久没碰到过那么有趣的事了，我现在想起那火车会自己跑起来，就忍不住想笑。那些树木和房屋也在车窗外面跟着我跑了起来，没有比这个更有意思的事情了。比如说，我每天都在重复的做菜这件事，就实在没多大意思。

我的卧室后面是一间冷库，里面堆了一屋子的菜：各种令人生厌的水果蔬菜、有着不同的可怕的生活习性的动物身上的肉，还有和石头一样叫人闹心的各种菌类。我做菜前第一件功课就是先把菜刀磨一磨，其实这完全没有必要，我这把菜刀质量还不赖，十天半个月不磨也不会生锈，照样锋利无比。可是我已经养成了习惯，好像不磨刀就做不了菜一样。其实做不了菜不是更好吗，我可以去做别的事情。可我每天握着菜刀往磨刀石前那么一蹲，我就知道我又干不成别的事情了。那么就做菜。每天要做几十道菜啊（反正做到天黑上床睡觉），做来做去还是免不了做一些我早已做过的菜。我允许自己重复，就算不允许又怎样，难道我就不用做菜啦？其实我就什么也不想，拿起磨好的菜刀就开始做西红柿炒蛋。这道菜在别人看来是很容易做的，在我看来就更容易了，因为我从来不管做出来的菜味道如何，我自己几乎不吃，也不给别人吃。当然，也没有人看到我每天做这么多菜就上我家来蹭饭吃，他们都知道我做菜马马虎虎，且不说味道能否叫人满意，可能连卫生都不合格。但是咱有一说一：每一样食材在下锅之前，我还是会细心地洗干净的。我不知道我是不是对洗菜怀有什么特殊的感情，我可以告诉你们的是，我一洗菜就会情不自禁地唱歌。洗西红柿的时候，就唱《西红柿之歌》；洗菠菜的时候，就唱那首十分单调的《菠菜歌》。这些歌都是我没事的时候瞎编的，而我，可以说每天都无事可做，我做菜的时候同样觉得我无事可做，所以这样的歌我就编了很多。这些歌也没什么深意，比如《西红柿之歌》，唱来唱去无非是说西红柿这东西很圆，除此之外还很红，除此之外就没什么了。至于《菠菜歌》就更无聊了，我唱道：像菠菜这样的植物，别的都挺好，就是不该叫菠菜。我唱歌并非说明我心情好，仅仅说明我在洗菜，洗完菜我就不唱了。客观地讲，对于切菜，我还是做得挺细致的，不是说我想把这件事做得细致一点，而是我要么就不切菜，一切就会切得很细致。如果有人看到我切出来的那些土豆丝，一定会认为我是一个经历丰富的厨师。土豆丝的确被我切得十分匀称，切出来都是同样的长短和粗细，不过也浪费了很多，因为我为了切出完美的土豆丝，首先把那些奇形怪状的土豆全都削成方方正正的了，我管它们叫土豆盒。土豆盒切起来就好切多了，当刀子下去，不至于躲开。土豆丝我一般都用来炒胡萝卜丝或白萝卜丝，理由很简单：因为它们都是一些丝。

我做的菜经常让人感觉怪怪的，这只是因为我有时会变得很懒惰。像狗肉大战枸杞、油淋西瓜皮、金针菇煸鱼大肠、娃娃鱼恋上娃娃菜等诸如此类的菜品，全都是我一动也不想动的时候，敷衍了事地瞎鼓捣出来的。

H 刚得知我"专注"于做菜那会儿，就提醒我千万要注意掌握火候，可是我烧菜却经常忘了开火，有时一盘菜做好了，才发现它完全是生的。我很喜欢煲汤，架在灶上小火一煲就是一两个钟头，而且不用去管它，这个时候我就有一种获得了自由的感觉。年轻的邮递员每天中午十二点钟准时送来《都市报》，我便利用这惬意的闲暇来读当天的报纸。那些报纸也没什么好读的，当然我不可能因为这个原因就不去读它。事实上，我不光读，我还把每天的报纸都抄写一遍，这件事就更加枯燥了。抄报纸跟炒菜不同，炒菜我可以任意发挥，随心所欲，胡炒瞎炒，就算没炒熟我还是把它当成一道菜；但抄报就不一样了，因为有一份现成的报纸摆在眼前，它就是范本，我必须做到一字不差，每次发觉抄错，我就会异常痛苦。抄报的工作必须非常谨慎，进展也十分缓慢，同时压力也挺大的，一旦出错，连觉都睡不安稳。后来，我想到一个办法，碰到不想抄或没把握的地方，就跳过去，在括号里标明这个地方省去多少字。自从采取这个办法之后，我晚上睡觉就很少做噩梦了。但是抄报这样毫无意义的工作也特别容易让人委屈，我常常抄着抄着就会哭起来，因为我实在是厌倦了这件差事。我一边抄，一边哭，还一边骂："我抄你妈！我抄你妈！我抄你妈……"有时，报纸抄完汤也就煲好了；有时，汤煲好了但报纸还没抄完，碰到这种情况我就会再煲一锅汤。

我每天都等着 H 说的那个人打电话给我。虽然我不知道那是一个什么样的人，他会跟我聊些什么话题，出于何种目的打电话给我，但不管怎么样，他都是我全部的期待。也许我期待的根本不是他，而仅仅是我的电话能响起来。自从家里装了这部电话之后，它就从来没响过，连别人拨错号码打到我这里来的情况都没发生过，好像每个人都不会出错一样。H 也从来不会打电话给我，因为他知道，每次来我这里，我只会待在家里做菜；而他不来我这里的时候，他根本不会想到打电话给我。我也恳求过他几次，叫他在我意想不到的情况下打个电话给我，那会给我带来很大的惊喜，说不定还会彻底改变我的生活。他问我，什么时候才是我意想不到的，我说任何时候我都意想不到。可 H 老说不喜欢打电话给我。我说你没打过怎么知道不喜欢呢？他叹了一口气，很为难地说：没打过也不喜欢。他说，他到时候委托一个人打给我。我说也好，你委托的这个人是谁呢？他叫我别管，反正会有人打给我的。这件事说过几次了，我还是没有接到过谁的电话。我认为并不是因为 H 找的那个人不肯打给我，而是 H 自己根本就没把这件事放在心上，他也压根没去找那个人，叫他打给我。不过他这次临走前对我的承诺倒像是有点认真，我相信马上就会有人打电话过来。

我这两天做菜都心不在焉，因为我知道我可能做不了几天菜了，只要电话一响，我就不会再做这些劳什子菜。只可惜等电话铃响算不上什么正式的工作，要不然，我早就丢下菜刀、锅铲专门去等待了；它非但不算什么正事，还弄得我严重分神——我这两天抄报老是出错，晚上睡觉噩梦不断。更可笑的是，这两天我竟然接连犯了同一个错误：错把门铃当成电话铃了。我在切土豆盒的时候，那门铃突然响了，我立即把那些可恶的土豆盒、土豆片、土豆丝一股脑全都倒进了垃圾桶里，然后神魂颠倒地去接电话。我用颤抖的手提起话筒，可是那铃声仍然响个不停。那邮递员有一个毛病，他明知道我在家里做菜，却每次都把门铃摁得跟催命似的。我窝着一肚子火跑去开门，于是就看到他那张叫人看了都腻的笑脸。他一成不变地说出那句话："哟，您在家做菜哪？"我说："是啊，进来吃一点吧。"他每次都要皱一皱眉再说："谢了，我忙着呢，您哪！"我知道他是不放心我做的菜，要说他那张嘴，一看就知道比谁都馋。他把《都市报》递给我，然后就走了。他消失在墙角之前，总要回头再看我两眼。这个人有点意思，下次我得拜托他帮忙给我打个电话——这电话本来就是他给我装上的嘛，我以前怎么没想到？我总以为除了 H 便无人能帮我。H 固然是我的朋友，但他也明确说过，他做任何事都需要一个强大的理由。"强大的理由"，真真吓死人。可邮递员这个小东西应该不一样，在我看来他就像一棵菠菜。

那几天我等电话都快等疯了，我从来没有这样焦虑过。不过一想到一个电话就能改变人的一生，还是蛮划算的，再等一等又何妨，我应该学会满足。一想到要知足常乐，我便高兴起来，做菜做得可带劲了。我几乎从来没有这么高兴过，在洗菜的时候，我甚至把以前唱过的歌都改动了一下，我这样唱那首《西红柿之歌》——

西红柿这东西
其实并不是很圆
也不像人们说的那样红

有谁知道听到电话铃响起时的那种快乐吗？我虽然没听过，但我能想象出来。这还不容易吗？只要设想一下，电话铃（它到底是怎样的？）在那边急促地响了，响得十分欢快，它跟高压锅的响法是不一样的，跟抽油烟机的响声简直相差十万八千里。不，它有时候应该是缓缓地响，听起来让人感觉到有那么一点迟钝，好像这部电话机在睡觉，被人扰醒了，于是发出两声拖长的鼻息那样。不管它如何响起，都将叫人心惊肉跳，因为你完全不知道它恰巧会在这个时候响起，关于它响的确切时间，你事先没有被通知。高压锅有时也会在你毫无准备的情况下响起，就像一个小孩突然嘹亮地啼哭起来一样，但是高压锅响过之后就没有悬念了，而电话铃一响，悬念才刚开始。总之，我完全能想象电话铃突然响起所带给我的愉悦将是多么强烈，就像我能想象过山车一样。

这天上床之前，我特意做了一道拼盘：淀粉裹栀子花拌油炸马铃薯，我用这道菜象征美好的电话铃。我尝了尝，味道还过得去，就是不该放多了盐。

日子就这样过着，我不知道是不是应该去坐一次过山车，放松一下。不过过山车这玩意儿在我的想象中变得越来越讨厌，我对它怀有抵触。我的情绪仍然很不稳定，有一次切土豆盒时，差点把一个手指头切掉了，吓得我大喊大叫："妈妈救我！"过后我认真想了想，又觉得我可能是故意的。在我最疯狂、最绝望的那会儿，我甚至准备把电话机和抄好的报纸一起放到锅里去蒸熟。可是，电话铃肯定会响起的——这个念头又时不时地让我开心一下，那是我全部的希望，就像在一望无垠的沙漠里，看到远处有一朵鲜花，它那么遥远、那么渺茫，又那么真切、那么美好，叫人忽喜忽忧。

我每天都做一大桌子的菜，我每天都抄好几版报纸，我每天把做好的菜用抄好的报纸包起来，丢在门口的垃圾堆里。那些菜一到中午，在太阳光的照射下，就开始变馊，再过一天就会发出臭味，招来许多苍蝇。每天的馊味和臭味缠绵在一起，像一道气味的长城横亘在我家门口。邮递员每天给我送完报纸后，都得捏着鼻子从那垃圾堆旁走过，那臭味熏得他头痛。他故意从我窗户下边经过，大声抱怨："朱门酒肉臭喽！"

这就是我每一天的生活，而每个月都要出现一次的是 H 的到来。然后年复一年。我刚开始尝试做菜的那会儿，还每天到菜市场去买菜（当然那个时候做的菜也没现在这么多），并接触到了不少人。后来，H 就说："既然你这么喜欢做菜，以后我来的时候顺便给你载些菜来。"H 是自己开车过来的，从那以后他来一次就载一卡车的菜来，卸在我的冷库里。我连买菜也省了，每天就安安心心地做菜、抄报。

我记得以前，虽然说不上喜欢，但我每天做这两件事都会心无杂念，日子也过得平平淡淡。直到有一天，邮递员来送报时比往日多说了一句话，他说："您要装一部电话吗？"我没怎么想就说好吧。第二天他便带来一部红色的电话机给我装上。这件事就像一个小插曲，它过去之后，日子又恢复了以往的按部就班。电话机装上去之后，给我的世界带来一些变化，这变化就是屋子里多了一部电话机。开始我还挺得意，可慢慢地我发现它是死的，它除了自身的存在，不会往我的生活里添加任何东西。我想它可能是放错了地方，应该放到冷库里，因为我越瞅它越觉得它像冷库里那些冻得僵硬的动物尸体，可能用来做成菜倒是蛮好。可是红烧电话机，或者清蒸电话机，或者电话麻辣烫这道菜我一直没去做，是因为我通过想象而知道：如果有人打电话进来，应该是蛮有意思的。

正是当初这一连串错误的决定，致使我今天在这里经历着等待的煎熬。今天的等待似乎比往日更漫长，这种漫长指的不是时间——我的世界里没有时间，我没有日历本，没有钟表，我只知道邮递员给我带来《都市报》和中午十二点钟，而 H 给我带来菜和每月初一——这漫长指的是我和被期待的事物之间的距离，我预感到那事物从我眼前错过，离我越来越遥远了。这种预感使我非常难过，也使我明白了漫长的含义。总之，这希望没有希望。

我悲痛欲绝地开始洗菜，我洗的是大白菜，我唱《悲哀的大白菜之歌》：

　　　　大白菜啊，大白菜
　　　　你生命的意义何在——
　　　　你生命的意义在于倒进垃圾袋

　　　　大白菜啊，大白菜
　　　　谁是你的罪魁祸首——
　　　　你的罪魁祸首就是你大爷我

我狠心地把大白菜煮得稀烂，做了一道大白菜糊。我又杀了一条鱼，在洗鱼的时候，我唱起了《谁来拯救鱼儿们》这首歌：

　　　　鱼儿们在这个世界上
　　　　活着就像一条狗
　　　　死的时候也像一条狗

我用鱼肉拌着大米煮了一道"鱼米之香"。不知不觉中，一道又一道菜在我手中诞生，屋子里菜香弥漫。可是我知道外面正臭气熏天。如果可以不做菜多好啊，如果可以去坐过山车多好啊，如果可以接电话该会让我变得多么上进，如果不用抄报纸了，比什么都好。

偏偏这个时候，那代表着苦难的门铃响起。一想到又要开始抄报纸，我脸都白了。我别无选择，只好去开门，那张笑脸说："哟，在做菜啊，您哪？"

我接过报纸，跟他客气："您受累，进屋吃一点吧。"

"好嘞，谢啦。"他欢喜地进了屋。

我愣住了："每次叫你吃，你都会拒绝，今天怎么突然改变主意了呢？"

"因为我想宰了你啊！"他迅速从邮包里抽出一把尖刀，趁着我还来不及多想，一刀捅进了我的肚子里。我的身体像刚从冷库里拿出来一样变得僵硬，同时有一种放多了辣椒的感觉。我想了想，决定还是问他："你干吗要这样呢？你非这样做不可吗？"

他把嘴唇一拧，轻蔑地说："我为什么要告诉你？我连你都杀了，难道还有必要回答你的问题吗？"他将刀子从我肚子里抽了出来，血像摔破了瓶的酱油一样流个不停。他又一刀扎在我的心脏上，走了。那刀柄还在我胸口轻微地颤抖……"路有冻死骨……"

我全身无力，不得不扶住一面墙，可是那墙壁也许积了太多的油垢，简直像冰一样滑。我像一堆液体似的顺着墙壁淌到了地板上，并在不断地漫开。这时，那电话铃响了，它响起来就像我无数次想象过的那样，真是丝毫不差，是我真真正正非常喜欢的那种响法。它无可挑剔。只是它不停地响下去，无人理睬，令我替它感到惋惜。啊，我的想象多么准确啊，我通过想象知道了那么多事情。现在我又已经想象出了打电话的那个人的样子，他不是我见过的任何一个，但我知道他的相貌，他的表情，他的穿着，完全不用我描述了，因为我感到他就站在我眼前。我还知道了过山车是什么样子的：它就像火车一样，有许多轮子，人们坐在上面，全都安安静静。

可是我唯一不知道的，也是我永远没办法知道的是，那电话铃真的响起来了吗？还仅仅是我想象它在响？

2006 年

小夜曲

当我们的嘴唇紧贴在一起……

只有沉默的夜继续倾听。

魏尔伦《伤感的低语》

星期六下午，放学的时候，我把写好的纸条往阿梅手里一塞，就跑出了教室。天气很冷，北风沿着校门口那片死灰色的原野不断地袭来。我的眼睛有点睁不开，不一会儿就眼泪汪汪了，真是厉害啊。我决计一个人慢慢地走到中心公园，好让心情平静下来。反正时间还早。我很担忧阿梅不会来赴约，那我明天就得跟她说，我只是同她开个玩笑。公园门口的路灯早早地亮起来了，使得这里看上去像是提前进入了夜晚。小商贩们不停地忙乎，把成箱的小玩意儿从三轮车上搬下来，整整齐齐地摆上货摊，为夜市做准备。很快这里将变得热闹非凡。

几个卖烤红薯的妇女身上，破烂不堪的衣服裹了一层又一层，尽管如此，她们还是冻得直哆嗦，好像是冷清的生意使得她们的心都凉透了；她们紧紧缩成一团，立在火炉旁，仿佛只是在那里烤火。一些苗民穿着民族服饰，背着硕大的空箩筐，三三两两地在附近游荡，那冷漠、空洞的表情使他们的行动显得毫无目标。在一棵大树底下，三四个年轻人蹲在那里，他们抽烟、吐痰、目光怪异地打量行人，显得无所顾忌。我匆匆地瞟了他们一眼，便立马走开了，离他们远远的。

我这里瞧瞧，那里看看，时间很快就过去了。我原本可以成为一个悠闲自在的旁观者，处于一切事件的外头——这样一想，我就觉得自己又做了一件蠢事，而且是明知故犯，不免恼恨自己。最后，我无精打采地朝公园门口走去。

公园里只亮着寥寥的三两盏灯，树干在暗淡的灯光下投下稀疏的影子，使这里的气氛更加冷清。走进公园，竟然难得发现一个人影，而且越往里走越是寂静。在一个比较暗的角落里，我隐约看到一个熟悉的身影立在那里，翘首盼望。那正是阿梅。

看到我出现，阿梅立马把头低了下去。我已经忘了刚见面时我们说了些什么，反正都挺紧张的。两人都放松了一点之后，阿梅说："你这么久不来，我还以为你是开玩笑的呢。"

我说："这种事情，哪能开玩笑？我一直在门口等，竟然没看到你进来。"

"真怪啊……"

我们慢慢地走着，吞吞吐吐地聊一些学习上的事情，要不就议论一下班上的同学。走过一片草地的时候，阿梅提议坐下来，因为她觉得风太大了，吹得她头痛。她突然跟我说起考大学的事情。我本来是抱着无所谓的态度，认为大学可上可不上，可是我却说："到时候，你考哪所大学我就考哪所大学。"阿梅用双手抱着膝盖，把她那好看的、像弹簧一样会微微颤动的脸庞枕在手腕上，嘴角带着动人的微笑。她一点也不觉得羞涩。我想这不能说明什么，相反只能证明她过于纯洁。她突然抬起头问我："你说，我们在这个时候谈恋爱，不会影响考大学吧？"说完之后，脸仍然冲着我，口型就随最后一个字的发音保持着不变，样子挺逗人。我立时受到感染，随即轻松了许多。我开玩笑说："谁说要跟你谈恋爱啊？"她哈哈大笑起来，让我现在就去死。在这样轻松的氛围中，我毫不困难地找到了她的手，握在我手里。她的脸一下子就红了。那时我也是头一回经历这种事，简直比她还害羞，但我又不愿放开她的手；那只手有点冷，很快就被我焐热了。我们各自陷入了心事一样，默默不语。阿梅睁大眼睛在那里想啊想，像是碰到了什么十分头痛的问题，然后又自个儿笑了起来。"你笑什么？""嗯……"她脖子一缩，把小脑袋靠在我手臂上，不好意思地说，"虽然你现在是我男朋友了，可我还不知道自己对你有哪些要求呢！我刚才想了很久，还是不知道。嘻嘻！"她觉得很有趣。我说："先别急着提要求嘛，你还没告诉我有哪些优惠政策呢。"

"哼！你想干什么？"她瞪了我一眼，马上生气了，想把手从我掌中拽脱，但是被我紧紧抓住了；她只好作罢。很快，不必我道歉她就同我和好了。她又把头靠在我手臂上，一双水汪汪的眼睛直望向天空，那眼神里充满着对未知世界的不自量力的挑衅。不知什么时候，她开始哼起了歌儿，我侧着脸望向她，她多可爱！我却感到我的甜蜜又空了。我得赶快往内心里注入新的甜蜜，幸福的感觉一刻也不能少，不能停。因为我已经预感到以后的日子将无比艰辛。我该怎样应对内心深处对幸福的渴求——它无穷无尽，没完没了。还有，对我身边这个人，我要如何努力才能使她觉得不曾被亏欠？这些问题我以前从来没有想过，在今晚之前，我也从没觉得自己是幸福的。现在幸福好像来了，却原来还伴随着许多焦虑。

后来，有一阵子，我出去打电话，叫阿梅待在公园里等我。我走到公园门口时，简直被吓了一跳，外面人山人海，震人耳膜的嘈杂声就好像附近什么地方有一群凶猛的野兽正在向我冲过来。人们兴致勃勃地挑选着各种商品，不过似乎由于过于兴奋，他们已经把自己弄得疲惫不堪了。在路旁的公用电话亭里，我拨通了那个老头的电话。

"你在哪里？"他大声问道，让我再次受到惊吓。

"我现在……跟……阿梅在一起。她赴约了。"

"怎么样？"

"我感觉很怪。太顺利了，反而没什么把握……我也说不好……"

"行啦，你说的我全明白。"

"哦。"我非常失落——我不愿意别人有跟我一样的感受，哪怕他活过的岁数是我的几倍。不过我想，他说明白，并不一定就真的明白。

"你们在什么地方？"

"在公园。"

"废话！说具体点。"

"那个……我可以不说吗……"

"你爱说不说！"

"本来就是嘛，您说您问这个干什么呢？"

"行啦，行啦，你省省吧。"

"本来就是嘛……"

"你瞧瞧你，"他嘲弄地说，"你们去了中心公园，你以为我不知道吗？"

"……"

"这样——你现在只管吻她。"

"什么？"

"我叫你吻她！吻她！"

"您别那么大声……"

"你不想吻她吗？"他还是大着嗓门，每个字都从喉咙深处裹着痰喷向我的耳膜。

"想……当然想，狗才不想呢。"我紧张得咽下一口口水。我甚至觉得，原来我一晚上都在想着吻她。

"那就对了。吻她。"他放低音量，深沉地呢喃。

"那……她不肯怎么办？"

"她肯的。"

"你怎么知道？"

"就凭我的岁数。我太清楚她这种女孩装的什么心思了。"

我心里很乱，不理解为什么要打这个电话。我完全不用理会他的，他那么老了，还想怎样呢？我料定他没几年好活的，会死得透透的，等着看就是了。他总不能拉着我去殉葬吧？他老是把"等你活到我这个岁数"挂在嘴边。很多时候，我也承认，年长确确实实是个优势，但它也有不好的地方，就是让他离死亡更近。我什么也不用做就能把他熬死。等着看就是了。可是有时候，比方说刚才，我又毫无道理地相信他，相信他会帮我，真是中了他的邪了。眼下我当然是十分后悔，就跟做贼一样，觉得自己被无数双眼睛盯着。我低下头，看到几十双腿从我身边迈过去。我紧张得忘了还有什么要说的，以至于语无伦次、词不达意，等我意识到这一点的时候，我听见自己正在问他："吻、吻、吻哪里？"

"吻、吻、吻哪里？"他故意瘪着他那张本来就漏风的嘴，惟妙惟肖地学了一遍，接着便咆哮起来，"当然是嘴唇！你这个怂货——你还想吻哪里？"

我气恼地挂了电话，在电话亭前打了个大大的冷战，好像是对今晚一切的总结。我站在那里起码有一刻钟之久。我久久地看着那些吵吵嚷嚷的人在我眼前飘来飘去。最后，我突然想起我出来的时间太长了。我不应该把阿梅一个人撂在公园里，自己跑出来打这个荒唐透顶的电话。但是我又觉得老头说得对，我应该吻她。我将吻她是因为我爱她，这有什么错呢？这没有错。如果她不让我吻，那么我应该冲她发脾气，不管她出于什么理由拒绝我，对我来说都是极不公平的。

正当我激动地想着这些的时候，有人在我身后拍了一下我的肩膀。我顿时吓出一身冷汗，这才意识到自己在哪里。

我回过头，看到身边已经围了好几个年轻人。我知道我碰到混子了，心里涌出一阵尖锐的悔恨。这四男一女，五个怪物一样的青年热热闹闹地把我围在中间，他们大声地问我最近过得怎么样，说好久没见到我了，大家都挺想念的。那女的甚至还伸出手来轻轻地挠我的头发，说："头发都这么长了，也不晓得剪一剪。"他们很友善地冲着我笑，可我根本就不认识他们。我想，这多么像一场玩笑，他们就像是我的老朋友一样在我身上的每个口袋里搜钱。也许旁边经过的人还真的以为这只是我们之间的一场玩笑，竟没有一个人放慢脚步。我知道他们腰间一定藏着砍刀。没准还有枪呢，我想。我一声都不敢吱，也不敢明显地表现出害怕。我只感觉到自己渐渐地变得微不足道，不仅在此时此地，以后的任何时刻，任何地方，我都将是微不足道的。他们抢走了我的钱，并觉得很好玩似的挨个拍拍我的脸，叫我滚蛋。我转身走了，没敢回头。

我冷静地走在漆黑的公园深处，觉得很耻辱。我怀疑我是否还有权利去吻阿梅那纯洁的嘴唇。当我想到这一点时，阿梅已经立在我眼前了。

她问我怎么去了这么久。我想：说实话的机会只有一秒，这一秒钟等于是天赐的良机，但我肯定会浪费这个机会，因为它太短暂了。这一秒消逝之后，便只有撒谎。

"我不是告诉你了吗？去给一个朋友打个电话。"

"什么电话，非得这时候打，还打这么久？"

"他老缠着我不停地说，我总不能告诉他……告诉他我在……约会吧？"

"那，你告诉我打给谁了，说了什么事，真的是那么急的事吗？"

"阿梅，对不起！"

她歪起嘴巴，眼睛忽闪忽闪地看着我，脚尖一跐一跐的。她想了一会儿，说："我也不是叫你非告诉我不可。你有你的隐私，不一定事无巨细都得向我汇报。你说是吗，这位同学？你笑一笑嘛，你是不是生气了？是我管得太死了吗？老板，今天是人家第一天上班，有些制度我不清楚，不要太苛刻嘛，我保证以后不会了……"

我又开始想吻她了，这使我陷入无穷的苦恼中。"阿梅，"我唤着阿梅，却突然发现没什么好说的。最后我说："你在哪里？"

"我在这里啊。就在你身边。"阿梅把手向我伸过来。我拉住她的手，把她拉得更近一点，再近一点。阿梅蹒跚着向我走了两步。"我们现在只能牵手。"她说。

"为什么？"

"没有为什么。噢，你还想怎么样？"她的脸又红了。她把头勾下去，目光斜向下望着别处，说："我们现在还小。人家肯把手交给你就不错了，你要好好珍惜。知不知道？"

但我望着她的头顶，心里对自己说：今晚我一定要吻到她。这个明确的念头，把我自己给吓着了。

当那几个人再次出现时，还是阿梅先发现了他们。他们站在离我们不远的地方，脸上带着诡异的笑容。阿梅问我："那是你朋友吗？"我不由得从心里发出一声苦笑，如果他们是我朋友就好了。

那女的首先向我走来，像刚才一样的挠着我的头发，还捏了捏我的脸。她看了看我身边的阿梅，意味深长地说了一声："怪不得……"

　　阿梅警惕地盯着他们，又一次问我："你的朋友吗？"

　　我说："是啊，我的朋友……"

　　"谁是你朋友？你还真逗。"一个戴眼镜的瘦小个儿说。

　　那女的嗤笑一声："荒唐！"

　　我很紧张阿梅的反应。我看到她很生气，也许她是因为那女人傲慢的态度而生气，但更多的可能是生我的气。她冷冷地对我说："我们走。"我几乎没反应过来，因为她这句话让我很吃惊：我一点也不相信我们能走掉。阿梅丝毫不知道我们正面临着什么，她只顾着自己生气，这叫我很恼火。正当她拉着我的手想要走开的时候，一个凶狠的黑脸的家伙扑了上来，在她脸上狠狠地砸了一巴掌。我又惊又怕，像木鸡一样呆立在那里，等着属于我的那一巴掌。但是他没有打我。阿梅似乎也被这猛的一巴掌给打蒙了，有那么一阵，她面无表情。我望着她，等待她放声大哭，但她始终没哭。我觉得我等她哭都等得筋疲力尽了。

我恳求他们放过我们，但他们微笑着，不说话。他们到底想干什么呢？如果他们把企图告诉我，我可能反而不再害怕。我只是不知道也不敢想象会发生什么，我可能会被打死，但是如果我乖乖地听他们的话，他们也可能不会伤害我。还有，他们会怎么对阿梅？想到这个，我开始恨阿梅，她不该气鼓鼓地拉我走，不应该挑衅他们来伤害我们，尤其是伤害她自己——我的阿梅。如果一开始我们就和和气气、大大方方地对待他们，就像对待自己的朋友一样，如果我们大家成了朋友，他们还会为难我们吗？

从这时起，阿梅便不再说话，她的心情似乎很沉重，显然是对我感到失望。她这副样子再次激怒了我，难道她看不出来，我打不过他们吗……这时我突然冒出一个侥幸的想法，我用诚恳的语气对他们说："我的钱都给了你们了，我们没有钱了。"阿梅疑惑地望着我，好像想质问我什么，但又懒得开口。看到她这样，我真想大声告诉她：我刚才被这伙人抢了钱，怎么着吧！

其中一个家伙突然同情起我们来，他用怜悯的口吻对我说："没有用的，我们只是感到无聊。"他们全都笑出声来。我举目四望，竟然看不到一个可以帮助我的人。那女的早已独自坐在一个角落里，百无聊赖地望着深沉的夜空，那神情仿佛在表明：连她自己也对这一切感到绝望，她不知道自己想要干什么。

接下来，他们（那几个男的）给我和阿梅上了一堂深刻的思想教育课。他们你一言我一语地抢着说话，指出我们犯下的幼稚的错误。他们说一看就知道我们是高三的学生，马上面临着考大学，却不抓紧时间用功念书，跑到这里来学别人搞起谈恋爱的鬼名堂，这一切在大人们的眼里——比如他们几个的眼里——是多么好笑。也许我们现在还意识不到，但是等我们长大后便会为此感到羞愧，追悔莫及。"喏，像那个家伙，就是这样。"他们指着那女的对我说。那女的正在那里自得其乐，听到有人拿她来做反面教材，便扯着嗓门大骂起来："放你妈的狗屁！别在那里废话了，抓紧时间，有仇报仇，有冤报冤。"他们继续教育。他们有时油腔滑调，有时却一本正经，说得我心里一个劲地赞同。我的脸红得发烫，因为他们确实懂得很多道理，而我呢，相比之下，简直就是什么也不清白。我相信他们说得没错，我不应该谈恋爱，连这样的念头都不应该有。我几乎放松了警惕，觉得他们原来就是想跟我们聊一聊这些东西，我还想劝阿梅放轻松点，告诉她没必要把这些人想象得那么坏。这时，一个家伙便问我："你到底明不明白？"我赶紧说："明白。"

"明白？那你该怎么做？"我怕说错，于是回答："我不知道。"他们便火了，有两个人同时冲上来揍我，扇我耳光，我一下子清醒了不少，耳朵里发出可怕的嗡嗡声。阿梅在一边发出了尖叫，那叫声像是一个即将崩溃的人发出来的。另外一个人便按住了阿梅的头，于是立马安静了。我一看，急了。我对他们说："我真的没有钱了！"他们又扇我耳光。其中一个还说：

"你真他妈的没用。"对于耻辱，我好像已经没什么时间去感受了，我只想着逃离，马上逃到一个安全的地方去。

我朝阿梅望去，她也正在看着我，不过我说不清那是什么样的目光。那戴眼镜的家伙察觉到了这一细节，便恨恨地对我说："你这就算谈恋爱？你就这样保护你的女朋友？这就是你谈的狗屎恋爱？"他每说一句，就把一个巴掌重重地打在我脸上，先是左边，再是右边，然后又是左边……这时阿梅便哭了起来。我才知道原来她也吓坏了啊！她只是一个女孩子，面对这样的场面怎能不恐惧呢？听到阿梅哭，那个头头模样的人便不耐烦地挥了挥手，说："把这婊子带到那边去。""大哥，带到那边去干什么？"黑脸的家伙问道。看来他们并没有事先计划。那大哥看样子真是快要烦死了，他大声吼道："干什么？叫你剥了她的裤子啊！"黑脸疑惑地望着他大哥，好像完全领会不了他的意思。这时我几乎快要跳起来了，我的手不由自主地捏成一只拳头，而那个开始变得心事重重的大哥回过头来，看都没看劈头就给了我一巴掌——把我给打散了。

　　阿梅挣扎着，号啕起来，又哭又叫。她被两个人拉着远去，她咒骂他们，冲他们吐口水，但是她的声音马上变得含糊，定是被他们捂住了嘴。我正想大呼阿梅的名字，却被又一个没头没脑的巴掌打得张不开嘴来。有一会儿，我以为自己被打傻了。后来，我就不再去想别的，开始鼓起眼睛观察眼前这两个人——那个"大哥"和戴眼镜的家伙，他们根本不看我，低着头在那里谈其他的事情。那戴眼镜的说他老婆昨天买了一副猪皮手套，今天就掉了一只。他大哥便拍着他的肩膀说："老弟，那一定是不该属于你的东西。"他们就谈论着这些有趣的事情，有时发出爽朗的笑声，偶尔也瞪我一眼，看我老不老实。那女的，一直坐在那个角落，伸长脖子朝阿梅被带去的地方张望，脸上隐约可以看到一丝好奇和严肃，像是一位家长看着自己的孩子在河边玩耍时的表情。在那边，阿梅早已不再发出任何声音，让人觉得她跟那两个家伙早已经串通好了，正躲在哪棵树底下观察我的反应。而我此时完全不愿意识到自己，我嘴角带着冷笑，拒绝涌上心头的任何感受。

"你昨晚赢钱了吧？"他们又开始聊打麻将的事情。

"赢个卵！"戴眼镜的家伙说着便哼起歌来，"我的口袋，只有三十三块，这样的夜晚……实在没脸回来……"

"那你还记得快毕业那会儿吗？全宿舍的人都赌得昏天黑地，日夜颠倒。饿了就吃方便面，没烟了就捡烟屁股抽。女朋友打电话来，他妈的，一个个都不接的，都觉得约会浪费时间。那真的是，争分夺秒地赌哇。白天睡觉，晚上通宵，起码有半个月吧，我寻思，我压根没见到过太阳。你知道吗？那时我都觉得自己精神不大正常了，我好像快失忆了，我想不起来，我生命中似乎丢失了什么，已经好些天没见到它了，可到底是什么呢？我使劲地想啊，想啊——你知道吗，我想了好久才想起来。是早晨。被我搞丢的东西是早晨。"

"你说这个，我也想起一件事情。我记得那次，我跟隔壁宿舍的连着赌了三天三夜，没合过眼，结果一数口袋里的钱，竟然一分没输一分没赢！真是让人感到人生一世，荒谬之至啊！他妈的，就连输得最多的也笑话我，说他输钱都好过我。"

此话，两人似乎都感受至深，他们抬起头来若有所思地笑了两声；又好像这番话给他们带来了寒意，于是更加缩紧了身子，在原地轻轻地跳着。

"明年有什么打算，老大？"

"狗屁打算！好冷啊！你老婆什么时候生？"

"快了。"

"嗯。好冷！他们在干什么？他妈的，这两个畜生！我们回去吧。嗨！玲子，你在发什么春？叫他们回去了！"

回去。回去。一切转变得那么出乎意料。黑脸和另一个家伙马上从那边钻了出来，他们拍拍玲子的屁股，和她走在了前头。这边，"大哥"和眼镜也开始离去，不过他们一边走一边还在说着去年春节骑摩托车的事。他们回去了！黑夜里，他们的背影像是喝醉了的酒鬼，显得滑稽可笑。我坐在冰冷的草地上，突然听到一支似曾熟识的曲子正从远方的地平线上传来。

我想起阿梅，马上朝那个方向跑去。"阿梅！阿梅！"我呼唤着她，盼望她能应我一声，哪怕是一声呜咽。但我马上觉得这个名字从我嘴里喊出来，有着让人无法承受的讽刺意味，我从内心里对自己的声音感到一阵恶心。我不再叫她，只是焦灼不安地寻找着她。在一个漆黑无比的角落里，我看到了她，她颓然地坐在地上，长发披散下来遮住她的脸，像是另一种黑夜把我同她完全阻隔。

"阿梅！"我扑过去，跪在她面前，"他们把你怎么啦？你……怎么啦？"

阿梅不说话，她一动不动。我想我多么应该哭呀，于是我终于忍不住痛哭起来。我含泪的目光在她身上仔细地搜索着，她的衣服整洁，像是并没有遭受什么，但是——她已经无可挽回地崩溃了。我上前抱住了她，她的身子无力地倒在我怀里，我看到了她的脸，她的脸布满了痛苦和倦意，似乎已经变得有点麻木了。我捧住这张脸，颤抖的手指不经意碰触到她的嘴唇，那苍白而火热的嘴唇。我的心剧烈地摇晃着，呼吸变得急促；我终于伏下身去，发疯一般地吻着她的嘴唇……

那个阿梅，她冷冷地接受着我的吻，既不反抗也不迎合，她毫无反应，目光呆滞，就像已经死了一样。

2004 年一稿 /2006 年二稿

最初的怨恨

我要诅咒那片刻欢娱的一夜！

波德莱尔《恶之花》

启蒙的时间迫近。他们说，会有你好受的，看你以后还怎么黏着你妈妈！可爸爸说，读了书你才能学到很多为人处世的道理。我才不想学那些道理——为人处世跟我有什么关系？我之所以答应去上学，是因为妈妈吓唬我说，如果我一天到晚像她拉的屎一样黏在她屁股上，她就会看不起我。

在学校，我学会好多字。妈妈拿起我的格子簿翻了翻，高兴地说："有一箩筐啦！"老师说，世上所有事情都可以用这些字讲述出来。他让我们一遍一遍地写，有时候一节课反反复复只写同一个生字。我奋力地写完了整本格子簿，尽量把每个格子都撑满，写到手指头都僵掉，还是不知道它们能讲述一件什么事。

我等下课铃响等了很久，工友*还不去敲铃，于是我就拉在裤裆里了。我哭了。他们就笑。"有人养没人教的狗东西！"老师把我从座位上猛地拽起，从我裤裆里面抖出一张圆饼来，他叫我自己将它扫进垃圾铲里，捏着鼻子说："狗东西！幸好拉的不是稀屎。以后想上厕所记得举手告诉老师。"

厕所的门洞正对着操场，我去上厕所只需穿过操场就行了。狭长的厕所又脏又臭，蹲在那里的人都捂住口鼻，从指缝里漏出一连串叹息和呻吟，间或朝地上射油口水。我蹲在由两块砖头搭起的蹲位上，听到背后的墙那边，叽叽喳喳，传来一串清脆的欢声笑语。他们说厕所背面还有一个厕所，可我一直都只上这边的厕所——何必多绕一截路呢？现在看来，去那边上厕所的人多行那几步路一点也不亏，想必那个厕所比这个厕所干净、好闻，否则，在那种时候是怎么做到有说有笑的哦？

---

* 学校勤杂工，旧称工友，负责上课、下课时敲铃，食堂炊事等。

那么下次想屙屎的时候，我就特意绕到背面去，发现那边果然也有一堵弯折的矮墙，矮墙后面也掩藏着一个门洞，进去之后也是一排蹲坑。我刚解完裤子，明明还在操场上追追打打的那帮人就拥了进来，他们拍着手，扯着嗓子尖叫或怪笑。

"丢不丢人，都快二年级了还识不清男女。"妈妈只是在给我洗澡的时候，假装很生气地敲了一下我的脑袋。

老师趁机重申："生活中，每个字都有实际用途。"上课时，便以这件事情做例子说：厕所的两堵矮墙上，分别写了个"男"字和"女"字，如果在生字课上认真听了老师讲的话，就不会被同学们喊"骚鸡公"了。他们又发出和那天一样的怪笑。

不知从哪天起，厕所矮墙上的"男"字和"女"字各被人加上了很粗的一点，分别加在"男"字的胯下和"女"字的腹部，变成了两个好像熟悉却又生疏的怪字。紧接着，这两个新创的字被许多人或涂或刻写在了学校那些隐秘的角落里；也有人将"男"和"女"粗鄙地组合在一起，形成"嬲"字。他们都在传：这种组合或加点的怪异写法，就是关于那件事的两种不同的表述。但我查遍了《新华字典》都查不到这几个字。

我还听说了一个新观点：他们说那件事不仅仅是用来骂人的，同时也用来指某种真相，因为在现实生活中，人们真的会那样做。这个观点令我震惊，我万万没想到有些人居然那么坏，会去做那几个字所描述的那种龌龊事。

虽然老师说过，每个字都有它的实际用途，但在我看来，这两组字的实际意义只不过是用来辱骂别人、发泄私愤而已，而不是用来描述事实。譬如，万一有人得罪了我，我就会悄悄地在某处留下一行字，将他的名字和班上某个名声不好的女生的名字放到一块："彭晓明和李先桃孍 ×！"

三年级下学期，我们换了一个脾气暴躁的语文老师。他每周五下午都会点名叫一些人站到讲台上去背书。后来这个老师的名字就和一串女生的名字出现在一起。我怀疑是哪个被他体罚过的男生写的。

我处处谨小慎微，生怕一不小心得罪了别人，自己的名字就会出现在那样一行肮脏的字句里——那是我不能接受的。

周五下午，我终于鼓起勇气没去学校。在家吃过午饭后，走出村口，穿过油菜花丛，沿着池塘窄小的堤岸，绕行到一排不久前还是一片建筑工地的红砖房前。这些房屋门洞大开，里面没有刷石灰，外墙也没有贴瓷片，甚至连窗框上的玻璃都还没装上。阵阵熟悉的喧闹声在裸露出砖头的墙面上来回撞击、摩擦，变得粗糙、膨胀，再弹出门窗飘进我的耳朵里。我脸上露出欣喜。驾！驾！我快跑起来。这时，学校的上课铃敲响了，我感到刺激，想象每跑一步就躲过了一梭照准我脑袋射过来的子弹，等到工友将铃声敲得越发密集时，我飞身一跃便置于坚固的碉堡内部了：那里面昏暗且潮闷。

"你们都在这里。"

"来吧，一起。怕个卵嘞！"

"刚才才有趣呢，谁叫你不早来……"有两个人迎上来，试图让我相信：我错过了最精彩的一幕。但大多数人就跟没看见我进来一样，仍然三三两两地聚在一起，头都没扭一下。

我的心舒展开来。夏太鹏也在。他成绩那么好，又是班长，居然也学坏了。他红着脸，生怕别人对他的一举一动过于关注。但我看到他，一颗悬着的心彻底放松下来。

"上课了没？"

"叮叮叮，你们没听见吗？刚刚打过铃。"

"那他现在应该在点人数了。"

"让他点，我怕他个卵！"

"他不是说要罚那些逃课的人……"

"反正背不出课文也是一顿打！"

"放心，到下周他一准儿忘啦。"

我跟他们玩了起来。太鹏也在这儿！真好。两个高个子揪着彼此的衣襟倒在地上滚了起来。

"哦！——哦！——"我们围成一圈起哄。

地面坑坑洼洼，将一层一层的软泥黏附在鞋底，我们的脚步变得越发沉重。等到抬不动腿的时候，我们就到门槛上去刮掉鞋底的泥。

有人骑在了对手身上，双手用力地掐住那人的手腕，死死地摁在他胸前。被制服的人又羞又急，精疲力竭地从嘴里呲出口水来。

"哎哟！你个不要脸的！"

——啪！一记响亮的耳光。

"臭婊子养的！"

"自己说自己！"

"你！你！你才是……"

我心痒难耐，可我根本不是他们的对手。他们能一下子把我撂倒在地。要是他们用膝盖抵住我胸口，我的肋骨就会断掉："咔嚓！"这是妈妈告诉我的。千万不能那样做！

有人带头组织大家玩斗膝，将高个的和矮个的打乱，分成两个阵营，双方各派出一员大将，输了的被斩落马下，继续派出一员大将跟赢了的鏖战，直到某一方的人马全部被斩落为止。绰号"土行孙"的龚茂军个头最小，而且一只脚有点跛，谁也没料到他这么擅长斗膝，一口气斩落对方六员大将，其中包括两名牛高马大的骁将。

"驾！驾！"个头最高的彭晓明滑稽地拍打自己的屁股，端着硕大的铁膝单腿跳着向他冲了过去，被他轻轻一晃就躲闪开来。晓明一个趔趄，差点儿摔倒，好不容易稳住，土行孙手捧膝头往他腰眼上一撞，他顿时像一茎被快镰刀割断的茅草一样，慢慢仆倒在地。

晓明本来想冲上去打他，又怕别人嘲笑他气量小，于是涨红了脸，拍拍身上的泥，咕哝了一句："这个死跛子，跛惯了吧！"

我暗自赞同彭晓明，他恼羞之下说出了问题的关键：玩斗膝考验的不是力量，而是身体的平衡能力，土行孙正因为是跛子，所以才比我们更容易适应这个必须保持单腿独立的游戏。

"快来看这是什么！"有人在另一个房间里发现了几张稻草垫。大家一窝蜂地跑了过去。这个房间比较暖和，窗框上蒙了一层薄膜纸，没有一丝风透进来。太鹏说，这里应该就是建这排房子的工人们之前睡觉的地方。我们横七竖八地躺倒在稻草垫上，议论起这排新建的房子，猜测它的用途。有人说会建成一个发电站。马上有人反驳说会建成一个发屁站。另一个没有理会他俩，煞有介事地说，这里落成后将是一排豪华的"嬲房"，以后人们想嬲×就到这里来。

如果真是那样的话，我希望这房子突然倒塌，将那些人全部压死。

"喂，你们看到那些人了吗？听说他们坏得很！"

“谁呀？你说的是谁！”

“建这排房子的人。戴一顶那种塑料做的帽子……”

“那是安全帽！”

“咳，就你懂！我让你插嘴了吗？……戴着那种帽子，衣服从来不洗……”

“我见过。他们是从很远的外地来的，经常无缘无故地大笑。”

“他们真的很坏吗？”

“坏。他们到镇上去找不认识的女人嬲×。”

“他们很快就会走的。我爸说，他们到处去建房子。”

他们说的这些人我也见过两次：肩上挎着一大捆很粗的绳索，嘴里叼一根狗尾巴草，走路时眼睛望着天空。

晚上，我和妈妈围着炉火一边等去了邻村吃包子*的爸爸回来，一边制订着第二天到镇上采购的计划。因为每逢周六，镇上就会有大型的集市，各

---

* 乡俚，指吃丧席。

种新鲜的货物将在这一天从四面八方汇集到镇子的马路两旁，甚至还会进一些价格适中的城里货来卖呢。我早就想要一件带帽子的黑皮袄了。在学校，差不多每个男孩都有一件。我看妈妈兴致非常好，便斗胆把这一心愿讲了出来。妈妈说，这个完全没问题，其实她早就想找个时间带我到集市上自己挑一件了。"不过你记得提醒我，明天咱们还要买盐、豆豉、肥皂粉、火柴、塑料桶，哦，对了，还要买一把新镰刀。我忘性大，老是记不齐。"我说，这个好办，我把它写下来就是了。我把它们写在一张纸上，碰到不会写的字，就问妈妈。就在这个时候，爸爸闯了进来。他还没坐稳就问我今天下午是不是逃学了。我望了望妈妈，低下头说是的。

爸爸叫我把手摊在桌面上，用棍子狠狠地敲在离我的指尖不到一厘米的地方："叫你去读书，你读的什么包子书！"

"那个老师坏得很，背不出课文他就打！"我眼泪在眼眶里颤。

"你逃学他就不打啦？"

"他又记不住哪些人逃学。"

爸爸当然不信我的话，他甚至还想替老师行道，省去那一厘米的距离，直接敲断我的手指。不过他忍住了。说实话，他今晚喝得有点醉。他尽量克制地问我逃过几次学，是不是更坏的事情也干过。他提到了语文老师的房间被盗的事。

我说，只是第一次逃学，别的事情都与我无关。

"既然你是个好孩子，为什么不各个方面都做好？为什么要逃学，给老子……给你自己脸上抹黑。一次？一次逃学就够毁掉你一辈子了！"

我暗示他说，夏太鹏，我们班那个班长，那么听话的学生，也被逼得逃学了。

这时，一直没吭声的妈妈黯然起身，走进卧室去了。我听到她猛地掀开被子，沉重地躺在床上的声音。

我突然觉得无比伤心，一种无所不在的压力向我袭来，我无处逃避，瞬间被它死死地夹住。我不禁抖了抖身躯。在剧烈的颤抖中，我感到这身躯好小。爸爸因不胜酒力，靠在椅子上扯起了鼾。

我经过妈妈的床边时，听到她在轻声饮泣。我真想立刻躲到自己的床上去。但是妈妈叫住了我，她叫我站在她床前。我看到她只露出脑袋，将脸埋在枕头里，从那里发出含糊但勉强能听清的声音："你好好想一想：自己到底有没有错。"

"我错了。"我强忍住哭，逐字逐字地咬道。

"错在哪里？"

但是我不愿再回答她的话了。我把头扭过去，因为我的脸上早已爬满了泪水。我使劲地咬着嘴唇，心想，总有一天我要离开这里，我将教会他们同情我的不幸。我就这样同她僵持着，心里回荡着骄傲的感情。在这可怕的寂静中，我忘记了这种可怕，觉得自己可悲的形象变得无比高大。

"错在哪里！"妈妈等得不耐烦了，她的口气变得严厉。

你们干的好事！哦，我想起她背着我干的那些龌龊事。竟然还有脸来教训我，装作一副无辜的、被我伤害的样子。夏太鹏都告诉我了！如果从别人嘴里说出来，我指定不信，但是太鹏他绝不会无凭无据地乱说。他直截了当："你知道你是怎么来的吗？你爸和你妈嬲了。"我顿时感到一阵恶心，差点伸手揍他。我想我一定是什么地方得了罪他。

我壮起胆子回敬他："你爸妈才孬了！"太鹏竟然一点也不生气，他平静地点了点头，说："对，我爸妈也孬了。"我以为他犯了一个低级错误，一次致命的口误，当即大笑起来：

"哈哈哈，你自己说的，你自己说的哦，你爸妈孬了！"他还是非常镇定的样子："是我说的，我爸妈孬了，不然怎么会有我呢？但是你爸妈也孬了，不然也不会有你。"我又恼羞成怒："我孬你妈！我孬你妈！"夏太鹏转身走开了。

等我情绪平复之后，他才教我如何冷静地分析判断，自己选择信或不信。他说他开始也不信，但是毫无办法，事实就是这样。不知道你想过没有，为什么所有人的爸妈都是一男一女——除了那件事情，还有什么非得是一男一女才能做的呢？"反正我是决定信了，信了反倒不在乎了。你不妨这样想：就当他们是为了我。我爸就说过，他们无论做什么都是为了我。"

可我在乎：要说我爸能干出那龌龊事来，我一点也不奇怪，可是妈妈……

不知过了多久，妈妈有气无力地说："去睡

吧！"我移动着脚步。当我走到床边时，我感到一阵无以复加的耻辱。

可是一个孩子的心是多么宽广啊！第二天，我一醒来就完全忘了头天晚上的苦闷与耻辱。我马上想到的是小镇的马路，热闹的集市，拥挤的、身着各种奇异衣服的人，诱人的商品……妈妈起得比我早，她把一沓卷了边的五颜六色的钱数了又数。我一直搞不懂他们把钱藏在什么地方。为什么我没有钱呢？吃早饭的时候，妈妈一个劲地催我快点吃，因为她担心赶不上开往镇上的唯一一趟客车。

我们朝村口跑去。一群人在那里焦急地等待。

"车子还没过！"妈妈高兴地对我说。

有人冲我们打招呼，是村里的一些女人。她们都挎着一只破篮子，每个人都要问我一遍——怎么，你也去吗？我懒得搭理她们，因为我对她们的这种大惊小怪感到十分好笑。蹲在路旁的几个男人，我不认识，但我对他们产生了好奇。他们大声地说着话，他们怪异的笑声震得我骨头都酥了。有时，从他们喉咙里发出很响的像是要吐痰的声音，但是过了半天，他们也没有吐出痰来。这使得我极不舒服。

"他们从很远的地方来。"

"他们很快就会走的。"

正是他们！今天只是没有戴那奇怪的帽子罢了，而且身上的衣服也显得比平时干净一些。看，他们有人开始折路边的狗尾巴草了。我知道，他们折狗尾巴草是用来放在嘴里的。他们真是一些怪人！我还没来得及注意听他们在说些什么，可是车子已经过来了。

刚才还在亲切交谈的女人们，纷纷互不相让地朝车门涌去，有的人还做着那样的动作——像是一不小心落了水一样。但这是毫无必要的，因为车子还很空，每个人都有座位。男人们最后上了车。他们可不似女人，在车厢里大呼小叫地冲过来跑过去；他们只要看到一个空位子就满不在乎地坐下来。有人拿出烟来，叼在嘴里，然后在身上的各个口袋里慌慌张张地找打火机。有一个男人坐在了我和妈妈的前面。

车子猛地发动了。几个还在犹豫的女人发出刺耳的尖叫。

"哎，哎，我还没坐下呢！咯咯——"

"怎么回事？哈哈哈！把我屁股都摔坏了……"

但是车子越开越快。我们的村庄就这样不可思议地从我的视线里消失了。接着出现的是一些我从没去过的光秃秃的山、田野和几棵歪歪扭扭的树，但它们旋转着、旋转着，也慢慢地消失不见了。

车厢里很快又热闹起来，人们似乎立刻习惯了这美妙的眩晕。女人们自然谈论起各自要去买些什么新鲜的货品。那位独眼婶婶又在说她要去买一台带两根天线的收音机。但我知道她只是说说而已。每次赶集回来，她都说："看哪，四处找不到那家伙。我问了好多店子，他们都说只有城里的百货商场才有得卖。"

妈妈却没有来由地跟这群讨厌的女人说起我昨天逃学的事来。"可把我气死了。你们想想看，要不是酒席上有人跟他老子告状，我们还被他蒙在鼓里。"

"啊呀！真的是，不晓得我们家那个杀千刀的是不是也逃了学。"

"是啊，是啊！孩子，快告诉我，他有没有逃啊？"

她们纷纷嚷道。

"他们没有！"我大声地说，"因为他们不敢！"

她们都笑了，妈妈也笑了。

男人们早已把烟点着了，白色的烟雾升腾。有人开始昏昏欲睡，一大截烟灰掉在裤子上都浑然不觉。他们是些怎样的人呢？他们为什么跑到别人的地方来？如果遇到有人揍他们怎么办？啊，他们又开始动了起来！他们当中坐在一起的两个人率先因为某件一定很有意思的事使劲地憋笑。那笑声由弱变强，马上就要抑制不住啦。于是，坐在他们后面快要睡着的人马上醒了，他掸了掸裤子上的烟灰。似乎他在睡着的时候梦到了伙计们发笑的原因，所以也马上望着他们笑了起来。那两人便回过头来，对他们的伙计说了几句话。他们好像提到了母猪，还提到了搂在一起睡觉。我看到妈妈的脸立即红了。她紧张地望了我一眼，又朝车窗外望去。她的脖子在发抖！我意识到那两个男人的笑声和话语一定带着某种性质严重的罪恶或是更严重的揭露，立刻显得不安起来。

他们越发放肆。从车厢的每个角落都传来他们粗犷而无耻的声音。更多的这种声音汇合在了一起。他们不断地重复着刚才的话，并不断地添加新的内容。他们的笑声啊，真是叫人觉得难堪！他们的话一定是世界上最无耻的话，因为他们每描述一个我听不懂的细节，女人们的脸就绷得更紧了，有的甚至向他们投去厌恶的目光。但是，他们对这一切毫不在乎，也许他们甚至都没有注意到这样的变化，因为他们还不如一个孩子会观察别人的脸色。一个长着浓浓的胡须的家伙一次又一次地说到"母猪"这个词，他好像在讲述某次十分难忘的经历——对于他那并不连贯的故事，我很难完全领会，但是他的眼神和声音已经告诉我，那一定是一次极其肮脏恶心的经历，而他呢，看样子，似乎正是因为其肮脏恶心，才对这样一次经历表现出洋洋自得。而且我隐约感觉到，他们谈论的并不真的是一头母猪，而是某个跟他们一样坏的女人。

　　但我还是认真地听他们讲的每一句话。在那样的羞耻中，我体会到别样的兴奋。我紧张得要死。我看到妈妈的脸色已经变得苍白，她被某种我不知道的恐怖的后果给吓垮了。我希望他们立马安静下来，同时又害怕他们突然变得安静。

车子一路上走走停停。不断地有人挤上车来。每一次，上车的人都会带来一阵不小的骚动，争吵声、跟售票员讨价还价的声音、被人踩到脚的怒骂声、碰见熟人后热情的招呼声……但是这一切很快化为寂静，响彻整个车厢的又只剩下那几个男人下流的谈笑声。

有人在使劲咳嗽，也有人在低声咒骂，相互交换鄙夷的眼色。我更加确定他们所谈论的事情的罪恶了。但是我产生了一个狡猾的想法：这种罪恶与我无关。

车子驶上一个很陡的斜坡，发出吃力的巨响。那几个家伙不得不提高了声音，简直像是在喊一样。

"下回就抓一头母猪！让你好好瞧一瞧它的屁股！"

"看仔细点哦！最好是拿个放大镜，里里外外都看一遍，到底像不像！"

这时，妈妈气愤地站了起来。她大声而严厉地喝道——

"你们真的连一头猪都不如吗！说这些不要脸

的话，这车上还有一个孩子嘛，你们是瞎了眼浆、黑了良心吗？真是一群猪狗都孵不出来的东西！"

终于安静了。那几个男人互相传递一个狡黠的笑。我羞愧地低下了头，脸和脖子烧得滚烫。我感到自己罪孽深重，成了同他们一样令人痛恨的人。我觉得我彻底地被妈妈和一车厢的人遗弃了。司机长长地按了两下喇叭，像是对我发出两声最尖锐的嘲笑。从这一刻起，直到下了车，我再也没有办法集中精力去注意身边的一切。下车时，独眼婶婶和另外两个女人小心翼翼地扶住我，叫我注意脚下的台阶，她们还和气地搓了搓我滚烫的脸蛋。我激动得差点哭了，因为她们竟然还不嫌弃我。

妈妈阴沉着脸，拖起我的手疾行进人群中。我立刻被眼前的热闹纷繁所吸引。各式各样着装的人！各式各样的商品！嗡嗡、嘀嘀的响声！装在竹笼里的鸡！挂成一排排的新衣服！堆成坟冢的鸡蛋！四层楼的房子！坐在路边的"茶叶老孃孃"，肥得完全看不到她屁股底下的矮板凳！放大的彩色照片！长长的臭水沟！玻璃门！两根天线的录音机！黑色的湿漉漉的沥青路！路中间不知被谁挖开的大水坑！扔在路上避都避不开、被无数双腿踩扁掉的烂橘子！……

我贪婪地看着、感受着这一切。

妈妈在一家店铺门口停了下来。她同老板讲了很久的价钱，然后买了肥皂粉、火柴和一只蓝色的塑料桶。再往前走时，她的脸色稍微温和了些。我们又买了盐和臭豆豉。她开始笑了。她呀，一定跟我一样，喜欢集市上的热闹和新鲜！经过一家药店时，妈妈犹豫了很久，最后买了一瓶药酒。那是给爸爸的。她说："你赞成你爸喝酒吗？我也不赞成。你是不用和他睡觉——喝得醉醺醺的臭死了。但他又戒不断，那就给他试试药酒，反正对身体没啥坏处，还能治他的风湿。"

我说："他还抽烟呢。牙齿都熏黑了，嘴巴臭臭的。"

"是的，你长大后可不能抽烟。快走吧，我们抓紧时间去给你买皮袄，带帽子的。"妈妈拖着我的手在人群中跑了起来。

"我很累了。"我边跑边说。

"那也得赶紧了，晚了就赶不上回去的车了。"

可是一旦挑起皮袄来，妈妈又顾不上快了。她仔细地挑选着，每一件她都让我试一试。我试到自己中意的，她也非要挑出一些毛病来。她用力地拉扯那些崭新的皮袄，似乎想把它们弄破。妈妈说她是想看看牢不牢固。最后，我和妈妈不约而同地相中了同一件——它黑得发亮，帽子的边沿镶着一圈白色的软毛，背上用彩色丝线绣着一只巨大的、他们都管它叫大鹏的鸟；前面有着四个很深的口袋，胸前的口袋可以用来放钢笔和钥匙，下摆两侧的斜口袋则可以用来兜手；它甚至在里面也隐藏着一个口袋，大约在左边腹部的位置。"你以后有什么最宝贵的东西，就可以收藏在这个口袋里。"妈妈高兴地说。我站在镜子前试了试这件漂亮的皮袄。

"好啊，我就想买这件！"

妈妈跟老板娘讲价钱的时候，我就一直站在镜子前，看着镜子里被我穿在身上的那件漂亮的新衣服，无比陶醉。我从换下的衣服口袋里掏出昨晚写购物清单的那张皱巴巴的纸片，展开抚平，又小心翼翼地对折起来，放进漂亮皮袄的那个贴身的口袋里。

"妈妈，我们还没买镰刀吧？"

"我知道。下回买吧。"

"为什么？"

"钱不够了。给你买这件衣服花了不少钱，还有那瓶药酒……"

"我们没有镰刀了吗？"

"钝了。"

"我们回去跟大伯家借把镰刀用着吧！"

"我们回去把钝的磨快，还可以用几天。"

我们回去。身上穿着新买的黑皮袄，我感到帽子在背上一跳一跳的。

"妈妈，我们还赶得上车吗？"

妈妈不说话，她的表情变成了她沉默时的样子。在圩口那棵很大的樟树底下，村里的女人们早已经聚在一起等车了。

"回去啊？"她们冲我们问道。

"回去。"妈妈说。

她们向妈妈展示自己刚购买的货品，并比较着价钱。她们竟没有留意到我身上的新衣服。我真希望妈妈也向她们展示她的购物成果，可是她却推着我往圩口外面走去。

"车还没来呢。"一个女人说。

"我们到前面去买点东西。"妈妈指着有群山和田野的那头说。

"快点啊！"

"没事，车子来了，我们可以在前面拦。"妈妈推着我继续朝前走。

"我们还要买什么呀？"我问妈妈。

"不买什么。"

可是，我们已经走出镇子了。妈妈板着脸推着我飞快地走，我得小跑才能消化她推在我背上的那股劲儿。

我发现我们是在回家！

"为什么不坐车！"我生气地问。

妈妈不回答。

"是不是没钱坐车了？"

妈妈停下来，把手伸进外衣口袋里。

"有，有钱坐车！但是，我们走路回去。"她把剩下的钱拿给我看。

我明白了，她是故意让我跟着她一步一步地走回家去。我觉得双腿发软。我知道，我们肯定会走到天黑，那时各种虫子会在路边吱吱地叫。

妈妈用力地捏着我的手，拽着我走。她的每一个步伐都震得她脸上的肌肉微微颤动。她张了张嘴，最后却什么也没说。她的目光如此坚定，似乎她的愤怒可以使我们脚下的路无限缩短，而在这种愤怒中，我们一抬腿就可以毫无困难地跨越世上的一切距离。她竟可以那么坚强、自负。

我跟跟跄跄地走着。有时我故意停下来，大喘几口气。下沉的太阳晒得焐在新皮袄里的我大汗直流。无穷无尽的大山和田野一齐发出低沉的嗡鸣，令我深感悲哀。我真想叫她也听听这些嗡鸣声，我希望她一生都会因为这个决定懊悔不已。

这个带着此种罪恶想法的小男孩，就这样困乏地同妈妈一道形同陌路地走在乡间没有铺沥青的马路上，脚下的石块一次次地让他差点绊倒。

一辆东倒西歪的大客车满载着疲倦而满足的人们从他们身后驶来，卷起漫天的尘土，从那车厢里发出人们对这对母子的热烈的呼唤。但是这一切很快远去了，只有尘土还在他们头顶上飞舞。

他固执地望着前方路上那渐渐缩小的逝去的影子，心里第一次滋长出对母亲的怨恨。

2005 年

抓捕

——爸，要是你不打我……

——男孩子粗野没规矩，就该挨鞭子。

乔伊斯《都柏林人》

我的堂哥没有多少文化，但他在家乡可是了不得的人物。他在二十岁出头的时候，便通过躲避政府的稽查倒卖烟草积累了第一笔雄厚的资金。如今他开了一家赌场，生意火爆。同时，他还巧妙地利用几间隐蔽的陋室开了一家妓院，他从外地不知怎么弄来的几条妞正好符合当地男人的胃口，连镇上的警察也为她们着了迷，隔三岔五地光顾。不到三十岁，堂哥的威名便在这一带树起来了，镇上的人没有谁敢得罪他老人家。只有几个为他卖命的兄弟经常同他吵吵，对此堂哥表现出少有的无奈：唉，谁叫我平时不忍心管教他们呢！

这也许是有原因的吧。老话说：己所不欲，勿施于人。堂哥从小就生活在二伯的棍棒之下，他讨厌不近人情的压制。他把手下的那帮小兄弟看作自己的孩子，因此他从来不用棍棒来约束他们。

堂哥心气很高，不管他老子的棍子多粗，他从来就没有服气过。堂哥十六岁的时候，实在厌倦了校园生活，眼看着初中就要毕业，他知道二伯一定会逼他上高中，因此找一个机会把学校的几位重要的领导给得罪了。校长一怒之下开除了他。堂哥双手抱拳作揖，对着校长鞠了一躬："啊呀，真是感激不尽！嘻嘻……"

他开始在村子里赌起钱来。他的钱是从哪里来的呢？没有人知道。但是，也没有人去刨根问底，他嘛，弄点钱还不是"洒洒水"？也许他赌钱是有技巧的吧，他几乎从来没有输过。我见过他赌钱时的样子，一个十六七岁的孩子，稚气未脱，但是一双鹰一样的眼睛却如此专注于牌桌。他认真观察每一个人的表情，以及他们握牌的手颤抖的程度。他让一份自信的微笑保留在青春的脸上，不管摸到多烂的牌，他从来没有沮丧过。他思考着对手出牌的套路，揣摩着他们的心思，同时用两个脚趾玩弄着脚下的拖鞋或是地上的虫子。偶尔简洁地说两句话，声音不大，却掷地有声。当牌出到一半，他把手上的牌一合："你们输了！"稍不稳重的，手心便已经冒出了细汗。果然，他又赢了。"给钱！给钱！嘿嘿——给钱！"他迫不及待地把手伸向别人，并不理会他们厌恶的神情。这个锐气十足的孩子，是不是从那时就开始构想他未来事业的蓝图了呢？

堂哥开始忙乎起来。他经常骑着朋友的摩托车从镇上到另一个很远的地方去（鬼知道什么地方）。他驶过自家门口时，从来不看一眼那些瞪大眼睛的好奇的（或是看不惯他的）人——他把头高高昂起。他有时从镇上弄一些鞭炮来，卖给村子里的小孩。我那时就开始崇拜起他来，因为当时在我们那个小地方，会骑摩托车的人并不多，况且他还常常带回来三五个好朋友。他那些朋友看上去都潇洒不羁，一到我们村来并不马上进堂哥家里坐，而是和堂哥一道懒散地往屋后的池塘边一站，认真而又轻松地商议着什么。水中倒映着他们消瘦而挺拔的身影，真是美不胜收。那时，无论他们的衣着发型，还是举止言谈，都令我觉得无比成熟。

但是堂哥从来就不屑于跟我一起玩。他讽刺我说："你们读书人嘛，当然是更有出息的。"这使得我既失望又气愤。我的清高已经不允许我的心向他靠近。

二伯不得不向堂哥的辍学做出妥协，但他不希望他在外面瞎混。他交给堂哥一把锄头，叫他通过自己的双手来养活自己。有一次，我经过二伯家时，里面传来一声咆哮，接着三五个青年从门口一齐挤出，四散而逃。二伯提着一根扁担从后面追了出来。他用扁担狠狠地击打着地面，嘴里粗暴地喊着：

"滚！滚蛋！你们这些蚱蜢！"他赶走了堂哥的客人。

很快，年尾近了，家家户户忙着走人家。对于一些一年都没有走动过而又不想断绝往来的远亲，趁着这几天去拜访一下是当务之急。这天，父亲去找二伯商量到三十里外的一户亲戚家里去做客。二伯说："崽儿们也长到半大小子了，叫他们去就可以啦。"于是决定让堂哥带我去。

"我不去！"堂哥说。他正在擦着他的大头皮鞋，看样子他要出去办别的事。

"你要去哪里？"二伯板着脸问道。

"去镇上。"

"你家里什么人在镇上吗？"

"我的生意，我的事业。"堂哥回敬他，"还有我以后的家，也会在镇上。"

"你今天必须去走这个人家！"二伯的口气无可商量。

"我对那一家人没有任何感情，我不会浪费时间去那么远的地方，就为了和那些傻蛋一起吃顿饭。"堂哥已经站直了腰，准备出门。

于是，二伯决定对他实施抓捕。他腾地从火炉旁站了起来，差点儿摔一跟头！但他很快稳住了重心，而这时堂哥已经跑出几十米远了。二伯随手操起一根篾片撵了上去。堂哥跑过池塘，向水井窜去。但是水井一带的地面太滑了，所以他半路又折了回来，这时二伯正迎面赶来。堂哥跑到二伯面前时，摇身一晃，虽然挨了二伯一家伙，但还是成功地躲过了抓捕，跑到二伯身后去了。二伯气急败坏地转身，直朝堂哥的屁股撵去。堂哥的面前是平坦的大道，他撒腿疯狂地跑了起来。他跑到了田野里，穿行在大片的白菜花丛中！他奋身跃起，跨过一米多宽的渠道，跳进一小丛荆棘中！他抬起被刺出血来的膝盖，一瘸一拐地冲上一人高的斜堤，然后沿着通往大山里的小路一路挺进。他回头望了望，二伯已经被撂下很远了，远远看去，就像一只可怜的灶鸡子。他弯着腰，双手按膝，停下来喘了喘气，又英勇地追了上来。堂哥也继续朝着山顶跑去。他走走停停，一会儿小跑，一会儿又改成跳着前进。他知道：老东西永远赶不上他啦！他想放慢速度，可是山顶已经在眼前了。他一阵狂喜，于是一鼓作气冲上了那潮湿的顶峰。他戏谑地朝他父亲挥了挥手。他捡起一块条形的石子，朝脚下那片小得可怜的平川扔去，条石在空气中快速旋转，发出巨大的嗡嗡声。他相信，他父亲一定也听到了这响声。

"你给老子下来！"二伯还在不懈地追来。他下达这道可笑的命令时，还把手中的篾片指向山顶，在堂哥看来像是竖起的一根触须。

二伯慢吞吞地前行。他已经穿过了白菜花的广场，正试图跨过那条渠道。片刻犹豫之后，他那庞大的身躯一跃而起，他的手紧紧地抓住了对岸的枯草，而一条腿却差点探进那刺骨的寒水中！

这一切开始震撼着我的堂哥。他胜利的狂喜渐渐地消融，诸多感受向他袭来。他感到自己是多么不幸，他被一种巨大的哀伤笼罩着。这哀伤扰得他的心儿如此疼痛，似乎他的全身已经布满了尖锐的神经，那必定是用来割断一切阻碍的。他愤怒起来，用拳头横扫灌木丛的枝叶，怨恨的话语直冲云霄：

"我不去！你一直这样，一直这样！我就是想让你认识到你的错误，和你对人家的伤害。你的抓捕是不讲道理的，我说'我不去'，就已经说得很明白了。你必须认同这个结果，这结果就是——我他妈的不去！不去！"

我站在池塘边，默默地看着这一幕。那一次我是真的被某种东西触动了。我忘记了堂哥曾经对我的侮辱和冷漠，我让我率真的眼泪无私地为他洒落。

2005 年

来访

> "……把酒瓶递给我。"
>
> 康拉德《青春》

　　这种感觉越来越强烈：那就是一种绝对的陌生。那常在记忆里闪现的童年，原来是我和这片土地之间曾发生过的一段荒谬的感情。一到晚上，我就困得要命，早早地躺在自己的床上，在入睡之前，头脑里匆匆地闪过一些想法。这个时候，盼了一天的我，却开始讨厌起这些独属于我的时光来。半夜里，察觉出灯亮了，刺得我两眼发酸，又不敢睁开。妈妈（肯定是妈妈）轻轻地走进来，在某个角落弄出一些轻微的响声。我猜测着她会不会默默地望我一眼。妈妈出去之后，我再也无法入睡。我有一个年轻的叔叔，最近刚刚结婚，我便久久地想象他们小两口整夜在床上折腾着，一次又一次用猩红的舌头舔过对方的皮肤，他们整夜地搂着、滚着、折腾着，好像永不疲倦，整夜都是这样……我感到焦急。在这种反反复复的假想中，我渐渐忘掉了夜的漫长。困倦一次又一次地袭来，最后一次困倦煎熬着全身时，我发现自己正从那不断的噩梦中醒来。我望向窗外，努力地想了好久，才想起来，那亮晃晃的一片，是阳光。

在一个雷雨交加的午后，我大胆地跟妈妈提出了我的心愿。那天，我们一家早早起床，本来是打算到田里割稻，可是眼看天气要变，便又留在了家里。暑假里，倒是难得有这样的空闲。我们嘴上说着：不会真的下吧？心里却已经做好了休息一天的准备。大约十点钟的时候，一阵大风总算把雨给带来了。我跑去关窗，还被淋了一脸。我站在那里，迟疑了一下，还是把窗子关上了。然后，坐在书桌前安心地读着莱蒙托夫的小说。光线很暗，我就偷偷地把灯给开了。可是我一直无法放下"外面在下大雨"这个念头。爸妈在另一个房里，一边拣着烟叶，一边嗡嗡地说话。我老是忘了留心听他们说什么，他们声音很低，而且似乎因天气的原因变得潮湿含混。如果他们声音里夹杂着我的名字，我便会马上察觉，放下书本认真地听上一阵。等到吃午饭的时候，上午的一切让我觉得已变得遥远，不可追忆。我也没有刻意去回想他们究竟说过些什么。吃过午饭，妈妈还兴致很好地要煮花生吃。我那段时间正在琢磨着写一个小说，以自己为原型写一个追求理想的青年，在周围环境的侵蚀下，心灵渐渐变得枯竭，总之就是这么一个小说，并且雄心勃勃地想要写成长篇。但是我根本就不相信自己眼下能写出这部小说，我无从下笔。我想，准是我现在读的书还不够，等我读完巴尔扎克和狄更斯的全部作品后，我将获得这种能力。就在我这样胡思乱想的时候（也有点苦闷），花生煮好了。妈妈进来说："来吃花生吧。"我连忙把手里的《当代英雄》合了起来，并说："好的。"妈妈见我把灯开着，又说："到外边的房间来看吧，你这里光线不够。"可是我一直都这样，不在旁人面前看文学书。吃花生的时候，爸妈还因为某件事情笑了，爸爸露出黑黑的牙齿。妈妈笑了一阵，突然说："剑斌，你看你爸。"他就不笑了。他牙齿是抽烟给抽黑的。他站起身来，拿了把伞走出去，说是到田里去看一下水。爸爸走后，我对妈妈说出了我的心愿。我说："妈，过完暑假，我想不去学校了。"于是，一切发生了戏剧性的转变：这安逸的下午变成了一个令人心碎的下午。这是我始料不及的，我还以为妈妈能理解我。

　　……不断地叹气，摇头。妈妈简直不相信我说的是真的，因为我已经念到了大二，再坚持一年就能毕业了。种种迹象表明我已经变得懂事，她总能看到我在房间里认真地看书，有时还埋头写着——虽然她不知道我写的是什么。但这两年来她一直认为我已经痛改前非，对过去的事情已经知道悔改，从某个令她宽慰的日子开始变得热爱学习，并学会思考未来的人生了。但结果一切都是假的，我还是露出了我的狐狸尾巴，我根本就是在演戏。我试图向她解释这一切，我说："在那里我什么也学不到。我只学会了抽烟。"她把脸埋在手掌后面，声音却清清楚楚：

　　"我一直不知道你抽烟……我只请你好好地想一想，你花的每一分钱是怎么来的？如果你想过的话，我看哪怕那烟的味道再好，你也抽不下去，更何况它是苦的。"这马上让我有了罪恶感，我不知道是喜欢还是厌恶这种感觉。

"可是在学校里他们都抽烟，在那种环境里……"我记得我当时真的说出了"环境"这个词，可是妈妈吼了起来："我一直相信你跟别人是不一样的！"

我隐约感觉到她哭了，她的手一直不愿从脸上移开。没想到事情会是这样子，我原以为我们可以好好地谈一谈，推心置腹地。

接下来的半个月里，妈妈一直不愿和我说话，也不跟家里任何一个人说话。当她在路上碰到我迎面走来时，就像遇见了仇人一样，板着脸，从不好好看我一眼。我努力使自己陷入缥缈的幻想中去。当白天太阳最毒辣的时候，我们一家人一声不响地在稻田里收割，我脑海里不断浮现的却是普希金短篇小说里的大雪、街道和房屋。

收完稻子，玉米又熟了。屋顶晒满了玉米棒子。我一个人坐在那里剥玉米，金黄的颗粒堆成了小山。正在这个时候，海威跑来看我。他从几十里外的城里来，那时他们已经举家搬到了县城，为了迎接他的第二次高考。

"剑斌，我有很多话要对你说。"他站在我面前，显得无比激动。

我曾和他一起玩过泥巴，读初中时利用他对我的崇拜向他借过钱花。但现在我已经瞧不起他。他在我面前经常是毫无主见。他连站在那里都东倒西歪："我有一肚子话想要告诉你，这些天我一直想跑来找你，我不想你帮我什么，我只想把那些东西讲给你听。"

我有点冷淡地看着这个比我小两岁的人，似乎看到了我和他一起走在田埂上的画面：我们手里提着一个塑料袋子，里面装着一玻璃瓶一星期要吃的菜，一前一后穿过大片稻田，接着就一直文文静静地并排走在柏油马路上，从不追追打打，甚至不敢走到马路中间去……一路上，我们小声地交谈着，大部分时候都是他在认真地听我说。那时我和他一块在镇上读寄宿中学，不管是回家还是返校，我们总是结伴而行。我记起，就是在上学的路上，我曾劝告过他：不要离家出走。

"我有太多话要告诉你啊……"

他跟我讲了些什么呢？我差不多忘了。不着边际。我记得他好像说过："我觉得你以前说过的很多话都是对的。我已经不怎么去理会别人——当然不是说你，你不要误会啊——我只想管好我自己，我也不会像以前那么幼稚，去看不惯班上的一些人，对他们恨得咬牙切齿——像你说的，管他们干吗呢？"

他好像还说了他的第一次爱情，正如我听过无数次的那种毫无希望的单相思。这让我很烦躁，我不知道是不是每个这个年纪的人都在经历着完全一样的事情：喜欢一个女孩，她肯定算不上漂亮，但特别善良——因为在一个高中生看来，善良是致命的美。但是她对爱情，对一个暗恋她的可怜虫却一点也谈不上善良。她只会时时处处躲着他，甚至在他认为根本没有必要的情况下，将他写给她的情书拿到班主任那里去告发。结果，可想而知：他非常痛苦，无心念书。我记不太清他所讲述的自己的故事是不是这样的（我听得心不在焉），但我确实听说过不少这样的事情。总之，对于发生在别人身上的千篇一律的故事，我残忍地缺乏耐心。

我还记得的是，他说，自从听了我的话之后（我三年前跟他讲过的话），他也变得爱看书了，尤其是"充满哲理性的散文"，让他体味颇深。这样的书他看了很多，每一本他都非常喜欢，并从中明白了不少道理，不过这也使得他的成绩下滑不少。

他的烦恼可多哩！他当时跟我讲的肯定不止这些。他满脸悲伤而又兴奋不已地跟我絮叨了半天。在他看来，他正"面临着艰难的抉择"。

我再努力想想。啊，想起来了，他还问我喜不喜欢听歌。得到我否定的回答之后，他有点失望地说：

"我现在倒听一点。我特别喜欢听王杰唱的歌——你听过没有？我也听不懂，但我一听就会很舒服，有时也会流泪。有几晚，我还失眠了。"

我的头胀胀的。他又非常焦虑地谈起民族感情、父母的养育之恩什么的……他穿着一件过大的衣服，那多半是他爸穿过的。他满不在乎地撸起衣袖，用长长的下摆抹着脸上的油汗。不一会儿，他茸茸的胡须上又挂满了汗珠。那个夏天真是闷热啊。他的头发短短的，可以看到头皮，看得出他不久前剃过一次光头。他穿着一双脏兮兮的拖鞋，裤腿被他踩在脚板下，沾着灰泥，显得厚了几分。而他整颗心却沉迷在痛苦的精神世界里。他像是怕晒似的眯起眼睛，他那些含泪的感受和阴暗的经历让他手臂上的血管愉快地膨胀。不一会儿，他又面带微笑，像是在暗自讽刺某个假想中的敌人。

我的心不在焉并没有引起他的注意。他天真地以为我还是以前那个和他分担一切的大哥。他刻意提起了一些以往的事情，还说："每次遇到困难，我就会想起你这位朋友，我总想着见到了你，我就变得有勇气了。"

这样的恭维已不是第一次从他嘴里说出，但他那软骨动物一样谦卑的笑容已经令我无法忍受。我起身去撵走一群偷食玉米的鸟儿。他紧跟在我身后，从侧面仔细地欣赏着我："你长得真好看。你的眉毛很浓，嘴唇端庄，一定有很多女孩子喜欢你。"

我说："海威，其实你也长得不错。如果你把腰杆挺直，你就比我高出一个头啦。你不要剃光头，衣服穿整齐点。你不仅长得好看，身体也很强壮……"

说到强壮，他就开始扯起了篮球。他说他生命里顶重要的事就只剩下篮球了，这让他忘掉了一切。他希望能不停地打篮球，一整天地打，因为他把很多话憋在心里，就通过运动来发泄。

能想起来的就这些吧。但他真的讲了很多很多，他自己都说不知哪来这么多话讲，因为他平时都是比较木讷的一个人。他说："我发现你变了很多，你不怎么爱说话了，好像有什么心事。"

我说："没有。怎么会呢？"

把该说的说完了，他就走了，连饭都没吃。我留他吃饭，他竟跑了起来。他边跑边说："我对饭没什么感觉了。我现在可以一整天不吃东西。跟你讲了那些话，我就很高兴了。我要回去啦……"

整件事情就是这样的。大二的那个闷热的暑假，我满肚子苦恼。另一个同样苦恼的人从四十里外的县城跑来看我，他专程来对我讲了一大堆马上就被我忘记了的话。

2005 年一稿 /2006 年二稿

一日欢

回忆它们原来的光使我悲伤。

卡瓦菲斯《蜡烛》

因为年轻，或者说因为有资本堕落，但终归还是因为年轻，大多数时候我还是快乐的，即使是今天——我一睡醒就意识到自己身无分文的一天。我们几乎个个都没钱了。阿良打了一早上的电话，用普通话、白话甚至像美洲土著语一样难听的湛江话聒噪了半个钟头之后（我正是被他躺在被窝里打电话吵醒的），终于舒了一口气，宣布：有人答应立即给他汇一百块钱过来。

他问了我的卡号。这笔巨款无疑将汇到我的账户上来。等了半个小时左右，我们猜测着，汇款已经到了大良的上空，很快就可以抵达东莞了。又等了大约十分钟，我们再也按捺不住，非得去银行看看。阿良甚至连眼镜都没戴，趿拉着一双拖鞋。在自动取款机上，我笨手笨脚地让卡被机器吞了进去，连查询都没来得及。阿良一脸苦笑。我们返回住处，一路上争论着用存折能不能把卡上的钱取出来。我的观点是不能，因为我记得谁曾经这样说过。但他似乎很乐意叫我去试一试。我从箱子底下翻出从未使用过的存折，又和那个因为没戴眼镜而眯缝着眼，仍然趿拉着拖鞋的阿良，一块穿过那条长长的、乏味的街巷来到同一家银行。银行的职员都准备下班吃午饭了，只留下一个长得没有任何特色，也看不出实际年龄的男职员在3号窗口值班。这就提示我们，如果还取不到钱，我们就只能去另一个还没有发明那句谚语的世界上碰碰运气，看那里有没有免费的午餐吃。我们首先担心的是钱汇到没有，其次是用存折能不能取出汇到卡上的钱。面对这双重的不确定性，我是不抱希望的。但是命运总喜欢跟我开玩笑，存心证明我的猜测从没有准确过——那个长得跟一棵白菜毫无区别的男职员在电脑上忙乎了一阵之后，立刻打开抽屉，拿出一张百元大钞，在数了不下二十遍之后，终于连存折一块推到了我面前。

我们去了金沙湾购物广场——全世界最奢华的商场——四楼的火锅城，点了一个最便宜的火锅，然后神气十足地坐在那里，边等边叫那些"靓女"端茶倒水。"靓女！"阿良似乎对女侍者一笑都不肯笑的表情耿耿于怀，"是不是失恋了，啊？"——所以这样诋毁人家。我们的头顶上便是电视机，正在直播阿根廷对乌拉圭的一场足球赛。这里，不用说，是一个再热闹不过的地方，客人几乎爆满。三四个一桌，男男女女，老老少少，看不出他们之间什么关系。只见他们的脸舒展着，嘴唇一张一闭，但你无法从这嘈杂的环境中分辨出他们的笑声和话语，让人觉得他们是一群失去了身上的某样东西（比如说声音）之后显得十分别扭的怪物。这些亲人、情侣、朋友、老乡、生意伙伴、帮凶、雇主，甚至说不定还有敌人们，都把尖尖的筷子伸向面前沸腾着的汤锅里，捞起一块块动植物的尸体——可口的食物。每个人都在瓜分着属于自己的食物。终于，属于我们的那一份被端了上来。一个大约只有十四五岁的、衣服穿得潦草马虎的男孩，不知从身上的什么地方掏出一只打火机，帮我们点着酒精，煞有介事地说了一声："先生，请慢用！"然后，几乎是一蹦一跳地离开了。我忍不住寻思：他们用什么有趣的玩具收买了这个孩子？

我迫不及待地拿起筷子往锅里撩了撩，马上，又像一个没有胃口的人那样把筷子放下，因为我看到阿良还没动弹。我似乎从他的眼神里领悟到了：先等汤烧开。于是我极力忍耐着，费力地昂起脖子观看球赛。电视机就在我的头顶上，那些球员看起来像是在一面立着的墙上跑动。他们随时都有可能从电视机上栽倒下来，所以必须一刻不停地晃动着身体保持平衡。

阿良夹起一块肉放进嘴里，这无疑给了我勇气和提示。谁这时阻止我往嘴里送肉，我都会吃了他。在吃的过程中，我们又叫了两次靓女，一次是加茶，一次是加酒精。我终于对这里的靓女失望透顶，她们要是能笑一笑该多好啊！

阿良起身结账，女收银员接过那张百元大钞，迅速地举到额前看了看，与此同时，她胸前一个装钱的薄薄的抽屉自动弹了出来。

"打开这个是不是要输入密码的？"阿良把头凑过去，装作很好奇地问。

想不到，这位靓女竟然笑得合不拢嘴。"哪里要？"她说，同时递上找回的钱。这一顿吃掉了二十五块。

我一边离开，一边咒骂这里竟然找不到一根他妈的牙签。两名女侍者利用休息的间隙坐在过道旁的一张桌子上，叽叽喳喳地讲一些似乎见不得人的话，其中一个还拿支笔在纸上画着。

"靓女，"阿良故意从一旁经过，阴阳怪气地嘀咕，"在写情书呐？"

我感到脸上一热，心想：你说这么小声，人家才听不到呢。没想到，从我们身后竟传来那靓女欢快的声音："是啊！写给你的，要不要喽？"

我们乐了，哈哈地笑。"要。"阿良回过头去说。显然，他一直希望能从外面捡回点什么。这家伙总在我睡觉前缠着我听他讲如何甩掉他老婆的计划。

下午，同样是快乐的。我们几个就像一些上了年纪的妇女一样，坐在家里看电视、打牌、嚼舌根。

我们玩一种叫"锄大地"的牌，谁输了就在纸上给他记上一笔，最终输出去的钱变成了那张纸上面一个个无法兑现的数字。我们几乎可以玩一整天。电视里播放歌曲的时候，我们就跟着吼，但手里的牌无须停下来。阿良最近买了一个水烟筒，放在角落里，只需塞上一小撮黑黑的烟丝，就可以"咕噜咕噜"地吸上几口，像一头牛在喝水，又像是抽大烟的瘾君子一样，脸上露出变态的表情。我立刻喜欢上了这玩意儿，也"咕噜咕噜"地来上几口。

我想，我得过河那边向义哥借点钱用用才行，几十块就行，我会尽快还给他。

后来玩的游戏才叫人上瘾。电视里有一个地方台一整天都搞有奖知识竞赛，无数道选择题一道接一道，出题后大约十秒钟还会亮出答案。我建议我们四个比一比，看谁答对的多。这是好玩的，意味着一下午很快就会过去。有一阵子，我还以为我不会过河去借钱了，因为时间很快地溜走，而这游戏玩起来似乎永无尽头，永远也不会叫人疲倦。天快黑的时候，大家的兴致明显没那么高了，有的人纯粹在乱答，还有人打起了哈欠。这时我果断地起身。

"祝你好运！"他们几个窝在沙发上，有气无力地冲我挥了挥手。

外面的灯光那么明亮刺眼，仿佛在向我颠覆一个我相信了二十年的事实：眼前来临的才是白昼，而黑夜则是刚刚过去的那些昏昏沉沉的、灰色的光阴。

冷！开始有这种感觉了。我裹紧自己瘦小的身躯，疾步走在两边尽是便宜货摊的、灯光扎眼的街巷，似乎要逃离每一寸被我的脚步所踩踏的土地。我终于想到应该事先通知义哥一声，于是用手机里仅剩的两毛钱话费发了一条短信给他：义哥，等我吃饭不？我现在过去。

他回了信息："好的，我等你咯。"此时，我还搞不懂这个"咯"字是什么意思，只觉得很时尚。但我同样不知道它的发音，所以即便我想，我也无法在手机里打出这个字来。可是义哥什么时候也变得这么时尚了呢？

我在金沙湾购物广场旁边等商场的免费接送车的时候，义哥的电话就打过来了。一听却是女孩子的声音，那是张春，义哥的同事，我们都是大学同学。她说你来了吗？在等车。那你快点啊，我们等你吃饭。好的。快点。好，好。嗯，就这样，快点……

车子总算发动了。其间，义哥又发了两次信息过来催我。可我的手机已经欠费了，只能收不能发。我只好怀揣着巨大的不安。路程并不是很远，虽然车子走走停停，但还是不出意外地到了。"停一停！"我一看目的地近了，赶忙从座位上站起来，但车子一个颠簸，又将我重重地掼在了座位上。惯性使得车子继续滑行。这时一个女孩也急了："停车！停车！停车！"好像掉了魂似的。

下车后，我嘴里愤愤不平地咕哝着，随即又意识到像这样小声地、自言自语地在背后埋怨别人真不是什么光彩的行为。"操他妈的！到这儿才停！"那女孩子拖着她的男朋友下车后也大声骂道。她这样骂，完全是为了让她那位板着脸一声不吱的男朋友听见。我感到一阵恶心，于是往回跑了起来，想象着义哥他们围着一桌子菜等我吃饭的难受的样子。

在上次那家笼罩着一股古怪气息的东北饺子馆里，我看到了明亮的灯火下我所熟悉的背影，或者说那只是张春的外衣，甚至可以说只是一种我以前见过的颜色，这颜色三年来一直未变。我站了片刻。

我又看到了义哥，连那背影都是谈笑风生的样子。其实我知道义哥的工作还不如我的，但他一向是那么盲目乐观，或者说他甚至都不知道什么叫乐观，所以也不知悲观为何物。不过他最近总喜欢用手指戳着我的胸口说："妈的，你小子得改一改了，不要再像以前那样消极。出了学校，就别对社会不满了，要不然好难搞的。"知道了，义哥，可是顺便问一句，我什么时候对社会不满了吗？

我进去坐下。我们从不用像那些身心健康、充满活力的年轻人那样"嗨嗨嗨"地乱打招呼，顶多点下头，说一声："来了？""来了。"一起坐的还有义哥的两名同事，一男一女，我忘了是否跟他们点头问好了。我进来坐下的过程中，他们甚至连谈话都没中断一下。我当然不会认为这是不礼貌的——我们很随便的。而且我也知道，如果我是那种很健谈的人，我会立刻加入他们的谈话，尽管他们如此兴致勃勃地谈论的只是他们四人之间共同的工作。但我不是那样的人，我喜欢一个人坐着，用疲倦的眼神四处瞭瞭。我看着义哥那两片不断变化着形状的又厚又长的嘴唇，心想：他还有钱借给我吗？这时义哥在与他旁边那位像是从胡萝卜地里拔出来的女同事的谈话中，做了一个撇嘴、歪头、耸肩、摊手的西方式的无奈动作（他经常突如其来地做出一些诸如此类的动作，让对方觉得浑身不自在），像是在回答我心里想的问题。

我完全没了兴致，应该说我从一开始就没什么兴致。那个混账北方人就坐在张春的旁边，不顾一切但又从容不迫地处处显示着他的成熟魅力和绅士风度。他在微笑的时候都精确地控制着每块面部肌肉的舒展程度，好使别人看到他那若有所思般的可爱模样。他说完一句充满机智和狡黠的俏皮话之后，不像那些简单透明的白痴一样，眼巴巴地等着别人的笑声，而是立即扭过头去，或是掸掸衣服上的褶皱。总之他会立刻装作不再在意这句话，像是往人群中扔了一颗炸弹，然后不动声色地躲在墙角等着一声爆炸和惨叫。等到别人（当然不包括我）轰地笑了之后，他又满脸正经地开始另一个话题，好像在劝别人赶快从那句幽默的话中摆脱出来。多么谦逊的小伙子，可我只想往他那张堂皇的脸上吐一口口水！

"贵子上班了吗？"我终于插嘴了，问起我们班上另一个同样混迹于东莞的同学的近况，他在大学时和张春情同姐妹。

"上班了。他没打电话给你吗？"张春说。

"呃，打了，几天前。他好像换了号码？"

"他现在用我的手机；我用李兹义的手机。"张春说着，晃了晃她手中那台义哥以前用过的手机。

"哦。"

这么说，刚才那个"咯"字就是她的喽？怪不得……什么时候我也能有一个关系好到可以互换手机用的人呐？想到这个，我顿觉失落，只好强作镇定地用手摸一摸筷子，然后又端一下茶杯。

菜还没上来！而且我根本不知道他们点了什么菜。我们又无精打采地说些断断续续的话，可是义哥一笑起来还是挺有力气的样子。北方人已经开始吃他的汤面。其实他们并不是一起来吃饭的。他们公司很多职员下班后都来这里吃饭，有时大家会坐在一桌，但并不是事先约好的，所以各吃各的也不足为怪。

北方人。面条。我想，这个人跟我有什么关系呢？我为什么要在一旁看着他吃他那同样跟我无关的面条呢？在他说话的时候，我也会笑一笑，但笑过之后我想：其实我完全不用笑的。他很快吃完了，喝了两口汤，站起来抹抹嘴说："不好意思，我还有事，失陪了！"这次我敢确定我没有向他点头示意了。

等那女同事也吃完走了之后，我们的晚饭才姗姗来迟。原来他们点了一大盘饺子。张春最近回了一趟母校，自然跟我们聊起学校里发生的事情：谁当选了学生会主席，谁跟谁谈恋爱了，谁又成了系主任的新宠。我突然站起来说，义哥，你帮帮我吧！我求求你了，给我借一百块钱！

义哥愕然地说，妈的，我还以为你叫我去帮你杀一个人呢。

又过去两个多月吧，那天早上我坐在公交车上，浏览着存在手机里的电话号码。我根本没料到里面还存着老马的号码，所谓老马就是我的高中同桌，一个曾令我心碎的女孩。现在当然没什么感觉了（我没办法）。"你还在用这个号码吗？"我发了一条短信过去。"你是哪位？"我告诉她我是谁，没有用任何定语，事实上就回了三个字：我的名字。后来就问到了她的QQ号。当晚回家上网，也没想到加她，又过了两天，才从手机里找出她那条有QQ号的短信，请求她加为好友。第二天她才加。我刚好在线，就和她聊了聊。她发了她的近照过来（我没做此要求），她变漂亮了，成熟了，也有女人味了。好像还会打扮了。

其实，我并不是无故联系她。那天早上，坐在公交车上，我突然想起一张单纯、故作忧伤却并不令人恶心反而叫人无限怜爱的脸蛋，跃然于某张纯粹出于简单的崇拜而模仿某位诗人的肖像拍的黑白艺术照上的脸蛋，那脸蛋就是我高三时候的脸蛋。那时我穿白衬衣，我好像只有那件衣服。毕业越来越近了，我到照相馆去拍了那张相片，相片洗出来后，我看傻了。那张脸把我的心思全都泄露了，我想的是：看到相片的人，准会明白我的一切。无法说出口的，也在那张脸上了。我送给她一张。后来，我自己的那张不出意外地丢失了。

时间过去那么久，我联系她只是想再看一看那张相片上的我。她说放在老家。她答应我过年回家找出来，扫描给我。

　　快过年了，我想发个短信给她，提醒她别忘了重要的事。

2003 年 /2007 年

存在主义的狗

> 像条存在主义的狗在稍纵即逝的时间夹缝中，在充满玩笑的影子的街道上左奔右突。面对世界沉稳而持重的面容，我们的焦虑不可救药，我们的存在一钱不值。
>
> 卫慧《水中的处女》

五一七天长假，我闲得不知道干什么好。今天是五月五日。五月一日那天，我还没睡醒就知道这将是彻底不同的一天，奇妙得就像发生了什么政变，突然没有人逼着我重复那些每天不变的事情：极度痛苦地起床，急匆匆、敷衍了事地洗漱，机械地、习惯性地小便（由于心急，经常有尿液溅到裤子上），风风火火地摔门而出，挤公车上班。同时，与这些大的变化相比，我感到身体内部也在发生一些细小的变化。我躺在被窝里（半睡半醒）清楚地体会着这些变化，心里莫名其妙地回忆起萨特的小说里，主人公洛根丁的那些呆滞而美妙的时光。"一条存在主义的狗"，我想起某位女作家曾写下这样一个词组。我赶紧起床，因为我觉得再不起床，就会变成一条狗，而且是一条存在主义的狗。虽然我不知道存在主义的狗和普通的狗有什么区别，但是从一个人变成一条狗的想法确实让我无法忍受。

早起的鸟儿有虫吃。我头一次听说这句话还是从一位大学师兄的嘴里（而他，八成是他奶奶教给他的），我每天早起，这句话却从没有应验过。可是在今天这个本不该早起却偏偏还是早起的日子里，这话却向我证实了它自有其道理：在去买早餐的路上，我捡到了五块钱。

我从来都是低着头走路，一来为了方便思考，二来为了避免看到每一张令人不快的面孔。但我还没发现，低着头可以捡到钱。其实也很简单，如果我昂着头，就看不到掉在地上的那五块钱了。我毫不犹豫地弯腰捡了起来。没有多大的兴奋（区区五块钱嘛），但我觉得有趣。觉得有趣就是好事，至少不会变成存在主义的狗或超现实主义的猪。我买了一份两块钱的早餐，接过找回的三块钱时，我才想到：原来明天的早餐也有了。这让我很得意。我甚至心猿意马，试图给捡钱一事找一个不同寻常的意义。但绞尽脑汁，想不到。尽管如此，我还是觉得很有趣。

休息日的中午，我一般都是到朋友那里蹭饭吃。这一天也不例外。我有一个固定的朋友圈，成员有六人，有男有女（之间没有谁与谁是情侣关系），但并不是一个六人的整体，也就是说，六个人里面，任意两人之间都是很好的朋友，任意三人在一起，都不会显得谁是多余的。长假前，W 就提议：七天长假里，我们不外出旅游，不购物，不开 party，总之不让庸俗的假日气息腐蚀我们清高的心灵。结果，没有一个人赞成，除了我。W 的提议纯属哗众取宠，她想说点别出心裁的想法，如此而已——只是说说。她以为每个人都不会同意，这样她照样可以旅游，照样可以购物，照样可以跟大家一起去疯玩——她其实很想这样。但是她没想到她的提议得到了我的坚决拥护——只有我才是真正不愿在长假里搞任何特殊行动的人，因为那样太累，而且会使得这悠闲的假日一下子就过去，甚至还没来得及仔细回味一下，那忒不划算。"我同意！"我说，"W，他们不同意就算了，我们一言为定。假日里我们就待守这个城市，待守家里。"我看到 W 的脸上露出一些不情愿的意思，她似乎陷入了矛盾与糊涂中，最后在这糊涂中稀里糊涂地答应了我。也就是说，她本来是想跟大伙一道去旅游的，但是因为自己刚说过的话，因为某种可笑的心理，她做出了非自己所愿的选择。其实她完全没有必要这样，我根本不会为难她（我甚至觉得我独自待在这个城市或许更好），大家也不会取笑她——我们都不是什么刻薄的人。她这个人有时是有些扭扭捏捏，让人感觉不敞亮。但大多数时候，她还是很爽快的。比如说，五一那天中午，我在她家见到她的时候，她就变得很快活了，她说："留在家里是对的，我感觉很轻松。"她能一下子就想通，就像用凿子在脑子里快速凿出一个洞，把思想打通了。

我们懒洋洋地躺在沙发上，连电视也不开（图清静嘛），尽量讲些好玩的事。她再次讲起，以前她一个刚谈了几个月的男朋友想强占她，霸王硬上弓，结果被她一拳打掉了两颗门牙。

"我真的不知道哪来那么大的力气，"她边讲边忍不住大笑，"我当时就傻眼了，但又觉得很有意思。我看到他蹲在地上，很痛苦的样子，就问他：喂，没事吧？一问就忍不住笑了。他羞得无地自容，又很恼火，二话不说就走了。从此再也不理我……"

"这事我听你讲过了。"

"哦，是吗。"她一点也不觉得难堪，还是很开心地笑着。"那你觉得有没有意思啊？"

"非常有意思。"尽管这已经是第七次还是第八次听她说起这事了，但我还是忍不住乐呵。

"喂，你相不相信啊？相不相信是真的啊？"

"越离奇的事，越不容怀疑。"

"老是说些酸溜溜的话。"她很不满我这一点，认为我是故作高深。她其实是很庸俗的，不过这是一种无害的庸俗，一种只会令人感到轻松愉快的庸俗。我有时简直被她迷住，觉得她这浑身的庸俗正是我空虚乏味的内心所需要的。

"我刚才捡了五块钱。"

"是吗？还从没听说过这种事。"W说。

确实，我以前还从没捡过钱呢。也许W也没有。

"你不相信吗？"

"谁信呐，你会捡到钱吗？"她有时真是固执得可恨。

其实我知道 W 是故意这样说的，因为谁也不会不相信另一个人捡了五块钱——这么简单的事。

但我却愣是很在乎这个。我可笑地想从她嘴里听到一句真心话，仿佛想获得一种安慰一样。我极力诱导她，暗示她，请她说一声相信，真诚地。可她狡猾得很，偏说不信，还一一列举了我以前曾说过的谎言。说到最后，她大笑起来，这笑声透露出她内心此刻正感到一阵美妙的无聊。一切都是为了培养这妙不可言的无聊。我相信——她内心并不怀疑我说的话。她固执地说不信，是因为她有一颗美好、善良且纤细的心。

我感到"相信"这样一个词，仅仅一个词而已，多么无足轻重。我甚至觉得她就算真的不相信也是有道理的，因为我确实有可能会编造出我捡钱的谎言（如果我不曾捡钱的话），只不过一般情况下，我没想到要去编这样的谎言罢了。

这一天是愉快的。分手前，我们约好第二天再相会。

晚上睡觉的时候，我差不多忘了捡钱的事了，那实在不值一提。五块钱，两顿早餐而已。我脑子里不断萦绕着 W 可爱的表情和爽朗的笑声，她一直跟随到我的梦里来。

第二天醒来，我没有再产生存在主义的狗一类的想法。这一天可能会比较平常。我预感到这一天将会是头一天的简单重复。重复有时会起到强调作用，有时却只代表平庸无趣。

昨天买早餐时补回的三块钱还放在我的小桌子上，我拿了这三块钱，没多想（有时我实在不愿去想什么）就去买早餐。在楼梯间，我又捡到了十块钱。我差点就捡不到了。我看到它时，正好抬起头。我走下好几级阶梯，才想起刚才应该看到了什么——那最后的一瞥。于是我转身回去。是一张第四版的拾圆人民币，被捏成一团；上面那个戴帽子的工人的脸缩成了一张老鼠的尖脸。这回比昨天兴奋多了，简直开心得要死。一是因为这是短时间内第二次捡钱，二是因为这次数额多了一倍。当然，我也觉得这事更加有趣了。

这天去 W 家的路上，我多了一份急切与期待。我没有去想这是为什么。但当我见到 W 时，我才明白：原来我急着把再次捡到钱的事告诉她。

"我又捡到钱了，这次是十块。"我兴冲冲地说。当我说出这话时，我才意识到这事多么不可思议——昨天捡五块，今天又捡十块。

"是吗？"W 也有点惊讶，她把这份惊讶很好地表现在了脸上，这正好符合我的期待。"好，好，好，今天你请客哦！"

那么表示她相信了，毫不怀疑地相信了。这事也就到此结束。

我没想到她这么快相信。我们谈起了别的。她又提到了她打那个男人的事。

中午，我请她到附近的一家餐厅吃饭，因为心情不错，我们还点了两瓶啤酒。W 很高兴地说："好啊，昨天捡五块，今天捡十块，明天就捡十五，后天捡二十……这样是不是很有规律啊？"

"是有规律，哈！你数学学得不错，这叫以 5 的倍数递增，如果利用公式，还可以推算出到 60 岁那天总共可以捡到多少钱。"

W更开心了。她说："加把油！明天好好地低着头走路，争取捡到十五块钱。"

这完全是玩笑话，我们心里都清楚：明天如果还捡到钱，哪怕只捡到一块，那都是见鬼了。

我们喝完了酒。W竟有点醉了。她醉的样子真是美极了，也很逗。她指手画脚地说："姓彭的，我其实早就对你……"她打了个酒嗝，"看不顺眼了！"这真令我扫兴，不过还是逗得我直笑。她又说："哥们，你是不是想请我吃饭，才编出捡钱的鬼话？以后想请我吃饭就直说，你到我家蹭了那么多顿饭吃，也该回请我啦。"我轻轻一巴掌打在她红红的脸上，她追赶着我满大街跑了起来。

如果第二天还有点意思的话，那么第三天一定会是乏味透顶的了，我这样预测。

结果第三天竟让我开始觉得有些恐怖了。这一天，我真的捡到了十五块钱。不是在去买早餐的路上，而是在去W家的路上。我想起前一天W在喝酒时所说的：明天低着头走路，争取捡到十五块钱。我想起这话便觉得好笑，于是真的低下了头。我走路本来就是低着头的，这下就更低了，我的脸几乎与地面平行啦。我觉得这样走路很好玩。可我没想到，这样走了约一分钟，我真的会捡到钱。两张钞票叠在一起，从中间折起来，一张五块，一张十块。当然，第一反应还是：快把它捡起来。之后，我心里开始犯难了：如何跟 W 说？她还会相信吗？这天，我简直不想去 W 家了。

果然，当我把这事告诉 W 时，她脸上没有任何表情。这很危险，说明她不但不相信，甚至有点不耐烦，不屑于理睬我了。我非常委屈，因为捡钱不是我的错。我拿出那两张钞票给她看，她厌恶地说："这一点也不新鲜了，拜托你想点别的点子。顺便告诉你，我今天心情很糟糕，最好不要惹我发火。"

我说："那么（我非常认真地问）请你告诉我，是不是因为你心情不好才不相信这件事，或者没心情去理会它？换了平常，你会相信吗？"

她便哭了。我陪着她，我——我们一整天不再提起捡钱的事。她今天对我有点冷淡。我甚至感觉到了鄙夷。下午，我跑到厕所里偷偷地哭过。

晚上，我以为不愉快的一切到了天亮就会烟消云散。至于捡钱的倒霉事，我以后都不会再提起，我真的不想捡到那些钱。我只是为我不被 W 相信感到悲哀。

五月四日，那是一个标志性的日子，它意味着我和 W 的关系实质性地陷入僵局。如果五月三日晚上我还对我俩的前景抱有一丝希望的话，那么五月四日，当我捡到那二十块钱的时候，我尖锐地感觉到：我和 W 的友谊遇到了巨大的挑战。首先，我要承认我一直以来在某些方面的自卑。我一直认为：我不善于严肃的言谈，不善于煽情，不善于辩论。如果叫我用语言去澄清某个东西，那无疑是十分困难的，要去打动谁，更是不可能。而且，我还有一个猜测，无论再好的朋友，我潜意识里都会觉得他们或多或少地瞧不起我，他们会在背后取笑我，并对我的某些可笑之处达成共识。这是我自己的性格障碍。其次，我也要指出，W 的个性强硬固执，她有时就像一面镜子，毫不客气地把一切射来的光线全都反射出去，如果你采取更有力的介入，它就碎给你看。最后，大家都得承认，连续四天捡到钱，而且数额如此有规律，换了谁也不会轻易相信。

不过现在问题已经不是相不相信这么简单了。

如果仅仅是怕 W 不相信，我完全可以不告诉她，我捡我的钱，关别人什么事？问题是，我觉得这一切已经和 W 扯上了斩不断的关系。这完全是一种可笑的心理，一种精神上的疾病，性格上的极度执拗——我认为：我必须告诉她，哪怕冒着与她绝交的风险。

于是那天我仍去了 W 家。一见面，我们都觉得非常尴尬，因为想起头一天的不愉快，可是在这种尴尬的气氛中，我还要去提起一件更加尴尬的事情。

我说："W，亲爱的，不管你相不相信，我今天捡到了二十块钱。"

她看着我，好像并没大在意我的话，而是在关注着我的表情和眼神。她仔细地看着我，不好意思地笑了笑，说："你生气了啊？"

"我没生气。我以为你生气了。"

"那你为什么还要说这种话？你是想逗我开心，对吗？"

我急了，我想我的表情达到了非常可怕的极度认真的程度，我向她迈进一步，差点就把她抱在了怀里，我痛苦地说："不是，不是！我今天真的捡了二十块钱。不是在买早餐的路上，也不是在来你家的路上，而是在我常常一个人跑去散心的地方……我今天本来不打算来你家的……"

"我们不说捡钱的事了，好吗？"

"你不相信我。"

"我相信。"

啊，轻描淡写的几个字！我的眼泪在眼眶里转圈，但我不愿让她看到。我转过身去，不愿再说话，因为我一开口，准会哭出声来。W一个人坐在椅子上说着别的事情（说到了在旅游的几位朋友），她不到我的身边来。不知怎么回事，我没怎么认真听她在说什么，但我觉得她的话令我特别伤感。我用了大半天的时间才平静下来。我似乎看破了所谓的被人们称赞的一切玩意儿。我告诉自己：不再在乎任何东西。但是很快，我又跟她提起了捡钱的事。她的脸色变得难看，那里面混合着恐惧、厌恶和愤怒。她尽量冷静地说："我求你明天待在家里哪儿也别去。我不想再听到你捡到钱的消息。"我记不得我是怎样离开她的。

这一晚，我几乎没睡成。我听了一晚的音乐，在黎明前才迷迷糊糊地睡着。我很早又醒了，日历翻开了新的一页。这一天，我决定听 W 的，哪儿也不去。我拿出萨特的小说来读，脑子里又开始闪现出那个词组：存在主义的狗。我觉得我现在已经成功地变成了这样一只可笑的动物。这样一条狗如果出现在大街上，可能会把人给笑死，会有大片的人捂着肚子倒下去。中午，我打电话叫快餐店送盒饭来。十分钟后，一个小姑娘，长着满脸麻子，端着我的饭菜送了。她可能反应有点儿迟钝，找零钱时翻遍了全身的口袋——她每个口袋都装一点钱。她还在我屋子里到处乱看，我恨不得把她撵出去。她看到墙上挂着一幅放大的我的艺术照片，可能觉得跟我还有那么一点像，所以好奇地问我："喂，那是你吗？"我没好气地说："那是一条存在主义的狗。"她捂着嘴笑个不停，然后出去了。她可能把我的话理解成了一条普通的狗，因为她不知道什么叫存在主义——虽然很有可能她自己就是存在主义的私生女。但是怪事又发生了：我看到地上存在着一大堆钱。我捡起一看，都是一些小额票子，有五块的，有一块的，有两块的，还有五毛的。我数了数，不多不少，正好二十五块。是那小姑娘掉在这里的。这不奇怪，看她那样子，就知道是要掉钱的，可为什么偏偏掉在我家里？又为什么偏偏是二十五块？这时，她应该还在楼梯间，我马上追出去，还可以叫住她。但我发现，我根本不愿把这钱还给她。我甚至害怕她会突然发现自己掉了钱，然后咚咚咚地跑上楼来跟我要回这钱。我把钱藏了起来，装作没事人一样埋头吃饭。过了很久，那姑娘没来。我的心安定下来。我马上又显得紧张！我抖得厉害，我还以为是因为天冷，可窗外的阳光刺得人睁不开眼。

过了一会儿我才知道自己为什么紧张，因为我一直在想着打电话给 W。我刚才说过：我已经彻底变成一条存在主义的狗了，这就决定了我只能把今天捡到钱的事告诉她，不管将会发生什么。我看到，一股力量在暗处推动我们向不可知的未来移动，像推一堆积木。我们的一生就是这样缓缓移动的一生。这就是我们有趣的生活。

我确实打了电话给 W。劈头一句就是："我在家里捡到了二十五块钱。"

"哦。"

至此我应该把电话挂了的，但我又补上一句："一个送外卖的小姑娘掉的。"

"是吗？那恭喜你啦。"

我真的想大骂她一顿。但我忍住了，因为她是无辜的。我也是。但她不知道。我说："我一直都喜欢听你讲你打那个男人的故事。每次听，我都觉得很有趣，也很感动……"

那边沉默了一会儿，然后用嘶哑的声音说："哦。就这样吧。"

我深吸一口气，说了声再见。

挂断电话，我就写下了这些。可能 W 现在一个人在家里哭泣，她可能还会愤怒地砸碎碗碟，对着天空骂娘。她可能在懊悔，懊悔自己的一生。她一定在痛哭流涕，疯狂地扯自己的头发。但是她永远不会跑到我这里来，抱着我倾诉心中的委屈，永远不会啦。我也再没有勇气跑到她家里，把这一切讲个清楚。我们以后也许将永远不再见面，只在心里默默地爱着对方。在远方旅行的朋友们明天就会回来，他们不知道发生了什么，但他们将会看到，我和 W 已经认不出彼此来了。我们以前的关系那么好！他们将会感到不可思议，同时感到寒冷，感到伤心，他们会默默地或公开地大发感慨，并且开始用另一种小心翼翼的目光去打量身边的每一个亲爱的人。

2005 年

欣喜若狂

我心中的快乐无以复加！

爱伦·坡《黑猫》

1

他们已等候多时。大巴车从维修棚驶了出来。他的嘴皮翕动着，可能是无声的咒骂，结果在踏上车厢时又踢到了台阶，差点给司机跪下。司机奇怪地瞪他一眼，点着头笑。他红了脸，嘴皮动得更快了。他在车厢中部靠左窗的位置坐了下来，梗着脖子看后面的人上车、找位置坐下。冷气轰的开启，凉快多了，有人说。坐舒服之后，延续上车前的抱怨：早该查出故障的，耽误我们这么些时间。座位空了一半，那位满头白发的大爷却宁愿一个人坐在后排，把头陷进软座椅里，跟大家唱反调说，为了安全，没什么好抱怨的，命比时间重要。很多人讶异地扭过头来望着他——他看上去挺悠闲。就他不赶时间，一个刚刚急躁地挂了电话的中年男人愤愤地说。车子缓缓开动了，人们紧绷的脸稍微放松了些。他们好像有了一点把握去追回那被延误的半个小时。

他的眼睛半眯着，跳跃的阳光洒向他的脸。冷气在他头顶嗖嗖地响，他像刚才一样，偶尔无声地自言自语。他旁边坐着一位姑娘，头戴一顶草帽，五颜六色。他侧着看她一眼，她帽檐下露出的半截脸反射着冷光，似一面镜子。她间或抬一下头，不过并不是要看向哪里，而仅仅是为了摆出这么一副警惕的姿态。他急忙把目光瞟向窗外。车子一颠一簸，她的左肘和他的右肘毫无遮拦地碰到了一块——他们都穿着短袖。这时他的眼睛已经闭了起来，头完全靠在椅背上，阳光使他的鼻子在脸上投下一块阴影……他的头开始随着车厢的摇晃，无力地摆来摆去，他像是睡着了，呼吸渐渐深沉起来。汽车突然拐弯，他的脑袋猛地朝她这边歪了下来，仿佛被一股力量利索地扭断了脖子一样；这时阳光只覆盖了他半边脸，他在睡中的表情显得暧昧可疑。他的手肘又搭在了她的手肘上，轻轻地、温柔地碰撞着；她的脸在帽子下只露出下巴，整个身子一动不动，像是凝固住了。

他的嘴又动了，吐出一句含糊的话，声音不大，却使得她扭头看了他一眼。宽宽的帽檐使她的目光无法向上，她看到的可能只是他的肚子，还有四肢。

车厢里很沉闷，悬挂在车顶的两块电子屏这次没有播放 VCD。窗外不断闪过彼此相似的山丘。有人把窗帘拉上了。

他醒了，没往她这边瞧。他把身子缩紧，又往车窗靠了靠，右手抬了起来，抓住了前面椅子的靠背，这样一来再也不会跟她发生任何触碰。他的面目有些沮丧，年轻的脸上骤然露出几条皱纹。

这时他的手机响了两声，他做了一个纯属多余的表情，又开始自言自语，一条新短信——他盯着手机屏幕轻声道。然后嗡嗡念了起来：

你上次说想随便找个人结婚是真的吗

念完吗字，他脸上才漾起笑容。这时她似乎忍不住又看了他一眼，不过他没看到。她干咳一声；他惊慌地收起手机，再次将目光投向车窗外，后脑勺上的发丛被冷气吹开一个小小的旋涡。

她咬了咬嘴唇，将帽檐往鼻梁上压了压，不再看他。过了很久，他又从口袋里掏出手机，开始回复短信。他噘着嘴，认真想了一会儿，一口气将要回复的内容输入了手机：

当然是真的。难道你不结婚？你爸妈应该恨不得立刻把你嫁出去吧？

在按发送键前，他迟疑了一下，然后快速地动着拇指，在这句话后面加了两个字：哈哈。发送之后，他就开始忍不住窸窣地笑了起来，不时漏出嘀嘀的声音。咧着嘴，正午的光线（好像不仅仅是阳光）毫无保留地泻在他整洁的门牙上，整个口腔都被牙齿的反光染得金黄。笑容慢慢地平复下来，在它最终完全消失的那一刻，脸马上变得无比僵硬，似乎陷入了悲哀。他叹一口气，又用手捋了捋衬衫的领子。叮——手机才响了第一下，他就迅速将它按哑，一条新短信……他重重地咬了一下嘴唇，仿佛意识到这几个字不应该老念出来。可是默念已经成了他的习惯，被咬住的嘴皮又从牙齿下面挣脱……

关我屁事，别老往我身上扯！我想跟你说个事，嗯？

这一次声音在他喉咙深处蠕动。默念完，他还是笑，但笑得索然无味。他的手不知道什么时候垂了下来，手肘又碰到了她的手肘，甚至是腰。他在那里停留了一会儿，又坚定地把手移开了。她一直没有躲开他。这次短暂的笑，就像是一个很久没笑过的人在练习怎么笑。他的拇指动着，像是要回复，他摁出两个字母：r 和 u，接着又把它们删掉了。想了想，又按出一个 s，但这次删得更快，看似很讨厌这个字母。这时，手机连着他的手一起震动，

226

又一条新短信：

老子想去做鸡，你觉得怎么样

他的嘴皮动了两下，赶紧闭上了。老子……他
在喉窝里说。他摇了摇头，同时眼珠子飞快地打量
了她一眼，她没有看他。他把手机盖合上，不到一
秒钟又将它打开，他可能发现自己已经按出两个字
母：t 和 a，所以做出一副惊讶的样子，将这两个字
母删了。他的手指甲都一齐震了起来——传来一阵
钝响，半声叮——，正欲闹腾，他又将它按灭了。

本姑娘是没什么姿色，但你们男人在那种
时候……

这一句同样没法念，他似乎浑身不自在起来，
频频做出一些小动作，比如挑动眉头，把手放到膝
盖上，又搁在胸前，转动眼珠子，咳嗽，等等。他
的拇指在按键上稍稍停了一下，接着就飞快地摁了
起来，别闹，他回了这两个字。短信发出去之后，

他呼了一口长长的气，像是刚刚大哭一场。紧接着他又打开手机，追发了一条：

我不喜欢这种低级玩笑

他合上手机，温柔地看了它一眼，才将它放进口袋。他低下头，衬衫的第三颗扣子快要掉了，只有一根细细的线将它吃力地吊着，它跑出了扣眼，垂到了肚脐上方。他伸出两根手指，轻轻地将扣子移到原来的位置，又使劲按了一下，见它没动，便不再管它。他抬起头，纽扣在他的目光下方寂静地掉落下去。他看了看身边的女孩，她似乎已经睡着了，呼吸显得缓慢而绵长。他盯着她看了很久，好像一点也不担心她会突然扭过头来。叮叮，手机再度响起，女孩的帽子动了一下，他的目光像风一样溜走了。他掏出手机，粗鲁地将它按哑，一条新短信，他的口型细微地变化着，你这么说就是……

你这么说就是歧视性工作者咯

他看她，她没反应。她薄薄的帽檐像警戒着四周的一把刀刃，他的眼睛眯了眯，仿佛在目测它的锋利程度。他毫不犹豫地回复，同时口里默念着回复的内容：

我并不歧视她们，相反我很尊重

手指又震动起来，如此强烈，他差点没抓稳手机。叮的声音还没来得及发出，就被他按灭了。他将已经输入的字全部删掉，屏幕里显示着：一条新短信，他的嘴皮又忍不住动了动，一条新……但随即闭紧了。

我也不是跟你商量，反正我已经决定了，我要去做鸡，咯咯哒！

他不禁脸红了。摸了摸自己的嘴——它闭着呢。他生气了。把手机狠狠地扣上，在腿上砸了三下。他的脸色有点难看，他看她，还没看到又扭过头来……拇指在键盘上飞舞，b-u……

不行

　　在打这两个字的时候，他没有默念，而是用力
地摇了摇头，做出愤怒的样子。他将手机扔进口袋
里，手放在肚子上，接着他扯掉了那颗已坠落到肚
脐处的纽扣，丢在脚下。她的头扭了过来，他也刚
好转过头去看她。但他只看到她的帽檐，和帽檐下
的两只肩膀；而她，则可能只看到了他的手、脚，
他的肚子以及肚子上方一个缺了纽扣的扣眼。他胸
部发出大片蝗虫飞过的振翅声，他赶紧用手捂住了
口袋，叮——，他掏出来，摁哑了它。他目光专注
地盯着屏幕，一条新短信，他念得很轻，但已经足
以让她听到（他有时能控制好自己，有时则不）。她
又没动，手指头略微弯曲地按在自己的腿上，当车
子摇晃的时候，她的衣服就会漾起大片波浪一样的
细纹。他放低了声音，默念：

　　凭！什！么！你觉得那很脏是吗？你以
为自己很干净呢？干吗瞧不起我们这些……

最后两个字他没念。他转过头去看她，但马上又突然想起看反了方向一样，将脸猛地朝向了车窗。太阳在一排公路树的树叶间时隐时现，斑斑点点的阳光投在他脸上，像一脸的麻子。他打开手机，面无表情，拇指飞快地打地鼠，一边竭力将声音闷在肚子里：

你们这些妓女？你还不是妓女呢，请你搞清楚！！

他得意扬扬地看她，目光从她的帽子上转移到她手上，她的手搭着自己的大腿，一动不动，那大腿像两截上好的松木套在牛仔裤里。她的手指细细的，弯弯的，非常迷人。他的嘴皮动着，请你搞清楚，他望着她，像吐气一样地说。她的两手抬起来，抱在胸前。他去看窗外。他的头皮都震了起来，整个人像触电一样打了个战，衬衫口袋里发出一阵两公里外的马达声。他神经兮兮地捂住了它，但它已然叮叮叮的叫开了。他将手伸进口袋，拽出手机，摁哑了它。他念，哼（是一声鼻息，从肺叶顺着鼻孔冲了出来），一条新短信……你有没有……他停住了。她又把手放到腿上，腰也弯了一点下来，帽檐在抖动。

问你，你有没有嫖过妓？请说是与否

他望向窗外，他的手指在玻璃上轻轻地敲着。车子拐弯，她不受控制地向他挤了过来，她苦恼地叹了一声（声音像是从她脑门里憋出），手肘压着了他的肚子，帽子也差点掉了下来。他看看她，眼神略显慌张，她已经恢复了先前的坐姿，仍旧一动不动。他又扭过头，拇指飞快地动着，嘴唇洞开，几近无声：

哈哈，

拇指跳上跳下，逗号和哈哈两个字都被删掉了，渐渐出现在屏幕上的是：我保留隐私权，随即又被删除。他想了想，拇指又动了起来。最后他默念了一遍，声音在牙床上打滑。

只要你敢卖，我就敢嫖你，一言为定？

发送。他啪的合上了手机，脸上又开始露出笑容。他的手搭着前面的椅背，高悬在她平搁着的手之上。他看着她，目光傲慢，又往车窗靠了靠，尽量不碰到她。他看她的手肘，孤独地枕在她自己的腿上，仿佛一直就没动弹过。她挺直腰板，全身的筋骨绷得紧紧的，似乎是想站起来。但她的帽子安静地待在她的头上，像一只巨大的彩色的鸟儿停在那里。

他扭过头来，嘴皮动了动，看上去是想跟她说一句话，只听到他发出了一声：啊……（或者别的短促的一声）。这时他上身震动起来，从他胸口传来飞机从上空飞过的嗡嗡声，他住了口。她帽子下的半截脸朝着他的方位转动，似乎要看他，但她最多只能看到他的肚子，或更下面。他没看到她转过来看他，他的手迅速伸向衬衫口袋，触到了震动着的手机，但叮叮叮的声音已经透过薄薄的布料传了出来。同时，她的帽子落到了地上，头发披散开来，露出一张普通女性的脸，遽然向他靠了过来，紧贴在他的脸上。一群惊恐天使在车厢里乱飞。

2

考大学前的某一天，他起床时，发觉右肩膀里头的某处有一种木木的感觉，它深在肉里，又像在不停地游走，所以他自己也说不清具体的位置。但游也游不到哪里去，反正就在右肩一带。那时还不能说是痛，甚至都算不上是酸。

早上起来还是木木的，他后来（当天晚上）也是这样对那个医生说的。

早上是木木的？医生又问了一遍。你再试着抬一下，喏，抬到这个位置，看行不行？医生站在办公桌旁，用长长的指甲在墙壁上划出一条很深的痕。

不行，他摇摇头，根本就没有打算要抬起手臂。他说，连动一下都痛。他用左手小心翼翼地扶着木直伸出的右臂，好像随时会发生这种情况：整条右臂都掉到地上。

医生低着头，又问了一次（又像是在问自己），什么时候开始痛的？

下午。他说，其实一直都在慢慢变化，吃过早餐就开始有些胀了，说到这里他用左手指了指右肩，好像生怕医生理解成吃早餐把肚子吃胀了，到了……大概中午吧，其实就有一点点疼了，不过那时还好，我当时想可能是因为昨晚没睡好，我就一直不停地捏它，捏过之后就好一点……

医生抬起头，发现了新大陆一样，你说当时捏过之后还是会好一点？

嗯，当时是。他回答，但不到五分钟，又开始疼起来，而且更疼了……

你不该使劲捏它嘛！医生打断了他的话，你自己也不知道是什么原因，怎么就乱捏呢，有的病并不像你想的那样。

他吞了口唾液，没有理他，继续说了下去：下午就很痛了，我一直试着抬起它（他用左手轻轻地拍了拍右臂），发现没办法抬得太高，只能抬到这个地方，他又举起左手在墙上点了一个地方，还不到医生画的那条痕的一半高。医生缓缓地点着头，蛮有把握的样子，似乎听他这么一说，他已经找到病根了。

他接着说，到了晚上就痛得没法安生了，一直在痛。开始嘛，只有想到它的时候才觉得痛，后来呢，就……一直痛、一直痛，痛到你不能不想它。抬也抬不起了，就是现在这个样子，连动都动不了。

医生拿起一支笔，在桌面上顿了顿，发出笃笃的声音。他本来还想说下去，可给他这么一顿，也顿时觉得没什么好说了，于是在医生的对面坐了下来。

医生歪起脑袋，看着他，以前出现过这种情况没有？

没有。

那最近有没有搞剧烈运动？比如……

没有，我从来不喜欢运动，连跑步都没跑过。

手有没有运动过？比如——

没有。手也没有。他说。

你是说中午就开始痛了是吧？医生一副准备做笔录的样子。

嗯……下午吧。中午是一点点疼，但不去想就感觉不到。

236

会不会是昨晚睡觉落枕了？医生问他。

不知道。应该不是吧，他说，落枕也不会这么厉害啊。

这时电话响了，医生提起话筒，嗯嗯两声，然后说我知道。挂了电话，医生跟他说，我出去一下，你先坐一会儿。

他坐在诊室里，当时是晚上九点多，可是在这个小城里，外面已经没什么行人了。四周非常安静。他听到什么地方有一种低沉的响声，他想，这就是"事物"的声音吧。现在想起来，那医生的说话声竟好像是很久以前在某处响起过了。当然，寂静和思绪并没有使他忘掉身体上那火辣辣的痛，它聚集在肩膀处，并不往别处延伸。对这个肩膀，他现在当然是念念不忘，他戏谑地想，大多数时候我们都不会像我现在意识到我的右肩一样地意识到自己的脑袋呀。公正地说，当他一个人处在那间空寂的诊室时（怀着一种适当的陌生感和新奇感），他的心情并不烦恼，倒是平静。他只是痛，这种痛使他渐渐地回忆并（似乎）完全领会了他个人历史上的各种巨大或细微的痛。他想起大约七岁的时候，吃过午饭，肚子就突然痛了起来，痛得他直打滚，直到晚上吃了赤脚医生开的绿色药丸之后才平息下来。上初中时的某个晚上，寝室停电一片漆黑，他的头不小心磕到门框，也痛。还有很多……他感悟到了一个微妙而又深奥的道理，一条重大的生活法则或诸如此类的抽象事物，但他完全没办法哪怕是大致地讲述出来，只是深深地懂得，它与切身的这种痛有关。

大约十分钟后，医生匆忙地返了回来。他接着问他各种问题，包括重复甚至重复过好几次的问题。他饶有兴味地回答着每一个问题。

中午？医生问。

不，是下午，他告诉他。

没运动？

没，从来不。

诸如此类。医生极具耐心，而且应该是很有医德，虽然不知他医术如何。他至少不乱下结论，也敢于从神态和语气中表露出他已经被他莫名其妙的病痛弄得一头雾水。

你自己觉得会是什么原因呢，你仔细想想？

我想过了，他说，可一点也想不到，毕竟以前没痛过。而且，也没有什么前兆，在这之前一切正常。

医生又伸过手来按他的右肩（一开始他就这样做过了），他有点不情愿让医生碰那里，稍稍闪了闪。但医生还是抓住了他。这次他把白皙的手指伸进他衣服里，温热的掌心紧紧地贴在他的肩关节处，时轻时重地又推又揉。医生告诉他，这么晚放射科的同事们都下班了，不然的话，做一个 X 光马上就能知道病因。他听着，却没有任何感想。

诊断进行了将近一个小时，其间又是反反复复的提问和间或的推拿。疲惫不堪的医生最后说，你明天再来吧，得照个 X 光，你这个病很怪。

他站起来，想了想说，我怕今天晚上会痛得熬不住……

医生点了点头，说，我给你开点止痛药。他拿过处方单，在上面写了起来。这时，很突然地，医生边写边说了这么一句：有可能很麻烦。也许是自来水笔没什么墨或是堵了，他狠狠地甩了甩，像是借着这股狠劲，他说，很有可能，你这条胳膊就废了，你要做好心理准备。

他听了之后，非常高兴。直到走出医院的大门，他还沉浸在喜悦当中，他简直说不清楚为什么，他竟然为一条胳膊即将废掉而由衷地高兴。甚至出现了这样的奇迹——他短暂地忘掉了疼痛，因为他心里美美地想着：以后就是只有一条胳膊的人了。那无疑挺不错的。

3

他和伙伴们在山脚下找到那辆摔得稀烂的凯斯鲍尔-奔驰大巴，有一个轮子脱落下来，滚到了附近的河边。他的任务是和另两名伙伴清点尸体。没有一个活的，一名伙伴大声向队长汇报。

他们用火焰枪随意地割开车体，像是为了发泄心中的悲哀，他们奋力把那些可恶的铁皮扔得远远的。有时，嗞嗞作响的火焰不可避免地舔向死者的皮肤，刹那间伴着一股青烟冒起恶心的气味。他硬着头皮钻进车厢，拉出（有时是背出）一具具完好或是变形甚至残缺的尸体。他们把尸体拖到河边，一字排好，以便拍照。市里的领导和几位技术员正在探讨事故的原因，他们压着嗓门交换不同的看法。

午后的阳光非常灼人，他身上沾满了死者的血渍，本已凝结，经过汗水的冲刷，又渐渐溶化，顺着皮肤往下爬。他抬起右手，擦了擦额头上那些血和汗混合起来的液体。他再次钻了进去（第几次了？），先是从里面飞出一顶花花绿绿的草帽，过了一阵子，他背着一具男尸佝偻着走了出来。到了平地上，他就将那尸体放下来，是一个生前穿着短袖衬衫的年轻人。他怜悯地望了他一眼，死者的嘴唇还微微张开着，仿佛随时准备自言自语，他断定这是一个有点神经质的人。他从他身后抱着他，将他拖向河边，快到那里的时候，双手用力一拽——尸体就借着惯性平直地溜了过去。一个小东西从死者的衬衫口袋里掉到了地上，并滚了几下。他好奇地弯下身去：是一台掀盖手机。他捡起手机，发现它毫发无损，手机盖上的小屏上显示：一条新短信。他几乎没想什么，就将手机盖揭开了，举到脸前，轻声念道：来自好朋友雪梅——

你去死吧！

他笑了笑。他想……（他想的就是你们现在所想的）。他想到这里，就开始高兴起来。他把手机合上，装进死者的口袋，转身朝支离破碎的车厢走去。他在钻进车厢的时候，还装着刚才那个想法。他没去想，这条短信是不是在车祸发生之后才收到的。他没有这样去想，他只是觉得非常高兴，这种高兴吓得他脸色苍白、浑身发抖，但即使害怕成那样，他仍然抑制不住地高兴，很高兴、很高兴。自从高考前那个晚上在医院里高兴过那一回之后，这又将是一次让他刻骨铭心的狂喜。他的伙伴们在这个被死神笼罩的地方听到一串不合时宜的、神经质的轻笑声，零零碎碎，从装满尸体的车厢里面飘出来。

2006 年一稿 /2008 年二稿

水晶

我哭！我看见黄金，竟不能一饮！

兰波《地狱一季》

在立中真假难辨的讲述中，我脑海里逐渐浮现出一幅画面：他的姑父带着他的父亲在山地上寻找水晶王。他也说不清楚，姑父究竟如何透过地表轻而易举地锁定目标。或许他的秘诀就是首先观察植被的长势及土壤的湿度——如果地底下埋着一颗水晶王，我的乖乖，连上面的草丛都长得丰美一些，连树叶的颜色都显得鲜艳一些，连地上的苔藓都滋养得肥厚一些，踩上去松软弹足，跟走波斯地毯似的；刨开植被，表层的土壤即使一年四季不下雨也可以挤出水滴；往下挖几米，所见每块石头都是长条石，嵌满了指甲大小的亮片，朝向都出奇地一致，像是游弋在几亿年前的深海鱼群，瞬间被凝固成化石。以上征象足以断定，在地下若干米深处，那十二个面的水晶王正嵌在中心位置，俨然一位仪态威严、光芒四射的国王，难以计数的大大小小的水晶矿石层层簇拥着它，有六棱柱体，也有三棱柱体。有一回，立中的父亲和几个叔父一起连夜继续挖掘一个深邃的大坑，他的姑父站在一旁焦急地指挥着，叮嘱他们等下千万别碰坏了水晶王，而边上那些大大小小的水晶矿石已经被他们糟蹋了不知道多少。突然，一束亮光的锋芒射进每个人的眼睛里。"水晶王！"姑父兴奋得大叫一声，所有人都站在那里不动了。

立中说，那场面还真他妈的有些感人呢。

我和立中是在七中入校时认识的，这所县办中学就设在我们镇上。那时我和他都是十一二岁的孩子，又形影不离地度过了三年初中时光。尽管后来我们曾经阔别了十年，其间只短暂地两度重逢，而其他时间里都得不到关于对方的任何消息，但我始终相信我们的友情还是一点都没变。这么多年过去，我确实已经很少去回忆他了，然而就在这时，我们又再次偶遇。他当时的身份是一家小型印刷厂的普通车间工人，也可以说是最底层的穷苦劳工。

周末，我去找立中玩。下了公交车，就看见那些和立中一样显得对一切都无所谓的工人（有几个还是名副其实的童工）端着寒碜的饭碗在厂门口附近游荡，像是清风吹得他在那里摇晃。他们认真地往嘴里塞着饭菜，有人犹豫要不要把肥肉扔到地上。一个嘴唇上沾着菜叶的老头，两眼浑浊、小心翼翼地打量着我。你找谁？我说找立中。他突然热情地问我，你是不是他老乡啊？我点了点头，他便说："啊，这么说我们也是老乡喽？我和立中是一个地方的。"可我对他根本没有好感，所以只给了他一个威慑的眼神。他终于不敢多嘴。

我转身朝立中的宿舍走去。老头竟又朝我追过来，"我带你去……"他说。我立即将他斥退了。一名留着长头发的工人在一旁大声嘲弄他；他以出人意料的敏捷朝那人扑去，然而人家早已跑远。他便又转身去掏一名童工的下身；小家伙正在全神贯注地吃饭，一下子跳起来；一伙人全都笑得东倒西歪。

立中的宿舍在二楼，必须通过一条狭窄的铁

梯。我登上梯子，一抬头才发现上面还站着几个人，因为梯子只有一人宽，他们必须等我上去才能下来。他们就像从高更的油画里走出来的人，站成一堆，目光呆滞地望向我，显得木然、迟钝，既不苦恼也不快乐，在等待时既无期盼也不焦急。也许只是在数我的脚步吧！我发现其中一个十六七岁的孩子，似乎还记得我，因为我上次来的时候曾递给他一支烟。他认出了我，这使得他多不自然，仿佛衣服上扎了很多刺一样。他时不时向我投来不安的一瞟，一张拿不准要不要微笑的脸憋得通红。我从他身边走过去的时候，听到他鼻孔里使劲吸溜鼻涕的声响。

"立中！立中！"——我大声嚷嚷着，像一阵旋风冲进他的宿舍，我猜想他肯定又是在睡觉。他总是睡不饱的样子。结果那里一个人都没有。我担心这次又来得不巧，因为即使扎在这种低劣生活的泥潭中，他倒经常给自己安排一些让人觉得好笑的活动。比如，我有时过来找他玩，别人告诉我他打篮球去了，或者一个人跑到鬼知道什么地方散步去了，又或者骑自行车到镇上去打一个很长的电话。还好，这次他立即从厕所里现身了。他对我笑了笑，感到由衷高兴，又像有着难言的苦衷。就是这样的表情，要不还能怎样？我感觉自打我认识他起，他就没怎么变过。

立中马上开始发愁，因为他不知道怎么招待我。后来他终于想到一个主意，信誓旦旦地说要带我去爽一下。他知道有一个地方，两块钱就可以看一晚上毛片。有一次他一个人跑去看，旁边刚好坐了一个女的，他便摸了她的手，还抓了她胸部。那女的什么也没说，虽然有些紧张，但是什么也没说。"可我还没等录像放完就起身走了。那女的肯定莫名其妙。她很年轻，很丰满，长得也很好看……"

"可是你怎么敢？"

"有什么不敢？她一个人啊！"

我认为他根本就是在鬼扯，那种地方不可能"刚好"坐着一个年轻好看的女的。这怎么可能！一个又年轻又丰满又好看的单身女人——若无其事地坐在那里看毛片——还"刚好"坐在他旁边任他乱摸——这种事情他也能碰上？这种事情他也敢乱编？我妒火中烧：狗男女。

我冲上去将他扑倒在床上，正准备一根一根地拆他的肋骨，却发现他的整个胸腔都在震颤，间歇性的狂笑传到声带那里消失了，没了笑声，只有随时熄灭又随时爆发的阵阵喘振，特别滑稽。我一下子变得快乐起来。我压在他身上，说："叫爷爷，快叫爷爷！"他笑得几乎断气，那笑声却卡在喉咙里喘呀喘的怎么也喘不出来。寂静地笑了很久，立中的喉结终于"咕噜"涌动了两下，像吐出两个气泡："爷爷……爷爷……"那笑声才顺畅地冒了出来。我说："哎！哎！爷爷还没吃饭呢。"他略略笑着，抬起一根手指冲着天上一指，大声吼道："好！去吃饭！"

我们到镇上去吃饭。立中对着镜子把头发梳了又梳，脸上露着微笑。我朝镜子里望去，他的嘴奇怪地显得歪，使他看上去有了一丝腼腆。我们上路了。他命令那个一脸可怜相的童工把自行车借给他一用。我虽然乐意看着这样有意思的事情发生，但为了立中着想，我还是奉劝他："对你的工友客气一点嘛。"

"嘿嘿！不用怕，他是我儿子。"说完他撒腿就跑了起来，因为照他估计，我听了这句准会照着他背上就是一拳。而我确实正有此想法。他今天显得格外兴奋。我那些阴郁的念头一扫而光。

天已经黑了，黄色的路灯在马路两边的上空形成两条安静的长龙，它们惊讶地望着脚下这些人。立中用自行车驮着我，朝热闹的镇中心驶去。一束耀眼的灯光直射我的眼，接着便是乱了方寸的汽笛声，自行车剧烈地晃动起来。我们差点撞死在一辆迎面疾驰过来的大货车上。我并没受到一丁点惊吓，甚至有点说不上来的失落。立中也沉默了很久，他放慢了速度，倍加小心地掌握着方向。"我们差点死了。"他最后说了这句。我冷静地想：是的；可是对于生命，立中竟然比我还留恋。

我们不约而同地只要了一瓶冰啤酒。我和立中一直保持着这种默契。读初中那阵，我们激情满怀，经常在凌晨四点钟同时醒来，然后像两个幽灵一样流窜在各个教室里，摸黑熟练地偷光所有学生的钢笔。那些钢笔，后来大部分都被我们扔掉了，只留下几支用起来称心顺手的。我们偷过各种东西，每次都兴奋得要死。最刺激的经历是到校门口的小卖部去偷零食，趁着晚自习课间休息的十分钟，大家都闹哄哄地挤在柜台前买东西吃，这个时候最容易得手。小卖部的老板是本地人，据说心狠手辣，如果被他逮到，绝对没什么好果子吃，所幸我们从来没有失手过。那些放纵的经历曾经刺激过我们不甘平庸、躁动不安的心。但现在这两颗心早已冷静下来，甚至不屑于在一个重逢的日子里喝得烂醉。我们慵懒地碰一碰杯，不紧不慢地啜一口冰镇的啤酒，像是为了让自己更冷静。

我们边吃边聊一些乱七八糟的话题。我可不能跟他谈正经事，一说到那些，他又得发愁。他二十五六了，连一个女朋友都没有；在外面混了这么久，却还背着一身债，这是因为他对任何事情都不能坚持下去。"就说买彩票吧，"他灌了一大口酒说，"如果每次都买我生日这个号码，到现在早就中500万了！可惜，"我低着头吃菜，等他说下去。可当我抬起头时，发现他早就没有说下去的意思了。原来这家伙认为他把该说的都说完了。他一边嚼着菜，一边想别的事情，神情显得特别平静，目光却不甚坚定。

我们回到厂子里。立中竟然对那个借给他自行车的孩子说了声谢谢，不过语气有点捉弄人。那小孩就像白痴一样，任人摆布，有时也把嘴唇抿得尖尖的，好像在表明他也会生气。我真他妈觉得：我的好哥们立中在这样一群人中间真是显得太了不起了。立中摇摇晃晃地走进凄清冷落的宿舍，闭上眼睛倒在铁架子床上，嘴里叼着的烟头在蚊帐上烫出一个新的窟窿。"日他娘！"他咒道。不一会儿他又在那里发出笑声了，原来他正躲在蚊帐里看一本文摘杂志，书页上落了一大截烟灰，他也懒得抖掉，一翻页就将它夹在书缝里了。我钻进蚊帐，在他身边躺下，他的枕边放着好几本这种杂志和一大堆旧报纸。我抱着他，开始抚摸他的身体，他吃喝一声："别骚！"他从那叠杂志中拿起一本递给我："有很多故事蛮感人的。"我百无聊赖地翻了翻，确实挺感人，只不过都是些骗人的鬼话。我把脸埋在那堆散发出怪味的被褥里，故意发出了鼾声。立中的声音像是从老远的地方传来："兄弟，你没得救了，连这些故事都不能感动你。"我突然产生了这样的想法：每一个漫长的夜晚，立中就这样坐在这张光线明显不足且散发着异味的铁床上，内心平静如水地翻看着这堆下流杂志和几个月前的报纸。青春对他来说，就只剩下这样一份悠闲惬意的需求了。想到这里我就激昂起来，用拳头猛捶立中的背，有一拳可能击中了他的脊椎，他发出很惨的叫声，从书本上仰起他那张枯瘦而黝黑的脸，嘴巴张得大大的，两只黑眼珠吃力地转向我，那表情既痛苦又疯狂。我看到他眼里似乎泛出了泪光，便笑吟吟地望着他这副奇怪的模样，迫不及待地想知道他在这一刻感悟到了什么。

我们搂在一起聊了起来。说的东西可笑极了。我们回顾了一起行窃的岁月，他至今还后悔那一次他将从教务处偷来的崭新扫帚以过低的价格卖给了镇上棒冰厂老板的公子——我们班上一个满脸粉刺的怪人。至于那些我们在晚自习后躲在厕所的墙根下召开的会议，他今天想来还是觉得至关重要，因为每一次会议都及时调整了我们的行动计划。我们还谈论起初中的同学，他认为每一个家伙不是白痴就是怪胎，要不就一肚子坏水。他那时跟班上很多同学有过深入的交往，比我更了解他们的鬼把戏，他说："有的人比我们坏一千倍。"而谈到那些女同学，他断定她们都是骚货，却个个装得一本正经。总之，他认为没有一棵正苗，全都在发育的时候就长歪了，但对于这一切他才不在乎呢，世界和别人怎么样并不妨碍他睡大觉。听立中聊这些的时候，我简直觉得，我之前把这家伙想得太简单了。他虽然只有初中文化，但在理解人事方面，并不比我这个大学生肤浅。他的脑瓜好使，他海侃的那股劲儿让人觉得没有他理解不了的事，至少他床上这一堆杂志和报纸上的事他早就研究得十分透彻了。

他天南海北地乱吹一气，又戛然而止，捏腔拿调地说："不过有一件事我琢磨了很久，甚至做过很多次试验，还是没搞明白。我得请教你这个大学生。那就是——椭圆形的面积是怎么计算的？"

我叫他找来两颗钉子和一根绳子，用粉笔在地上画出一个椭圆。"妈的！原来椭圆是这样来的！"他惊骇地叫起来，"我现在明白了。"画出椭圆后，却任凭我冥思苦想，怎么也想不起那复杂的计算公式了。后来还是立中告诉我该怎么计算椭圆形的面积，他通过一番疯狂的推论后得出了正确的公式。

立中抽烟抽得可凶了，而且他抽的都是最便宜的烟。他一抽烟真是迷死人，因为他会不经意地现出一副似沉思又似心不在焉地应付着这沉重的现实的模样。你会觉得这个操蛋的社会虽然置他于这步田地，却仍然拿他没有一点办法。他经常从嘴里冒出一句刚刚学来的不知哪个地方的方言："介是为什么哩？"那戏谑的语气就好像他早已知道一切问题的答案了。

但他终究只是一只可怜的虫子，这个我十分清楚。

有多少人就像蚂蚁一样！似乎他们细小的身躯、木木的表情承载不了任何重大的意义。在我无知的一生中，我曾从内心里鄙视过无数这样贫乏的灵魂。我不否认，富人们永远不会引起我的这种感情，在我眼里，财富使他们拥有了优雅的姿态，从而很少能被我深刻地记住，他们炫目的光环使我避之不及，我往往无法真正了解这高贵的一族。而另一些人——我之所以常常接触到他们，显然因为我也是当中的一员——他们麻木地走在大街上，他们的生存让我厌恶，又深感同情，因为我敢断定：他们从未被人爱过，以后也不会。他们不仅心灵困乏，而且身无分文，前程灰暗，脸上却永远挂着动物般的笑容。

对任何人来说，他们都是微不足道的，只有在我带着愤怒的同情心面前，他们的形象才显得无比丰满。对于这样一群人，我一刻也无法忘怀。这些可怜的虫子！又是多么可恶啊，我委屈地想，倒是让他们把我记住试试！那一定比任何事情都困难。他们只是想着：尽快把这一生过完算了……唔，也许就是这样。这唯一的、愚蠢的目的使他们无暇旁顾。

天哪！难道对我的好兄弟立中，我也是这样认为的？要知道，我们简直可以说是彼此生命中不可或缺的朋友。虽然我们确实在彼此的生命中缺席了十年，但友谊却丝毫没有因此而折损。即使在那些我几乎难得回忆他的岁月里，只要偶一想到他，心里就充满了自豪。但是阔别十年又遽然重逢之后，从他身上我并没有发现有什么具体的东西能使得我如此自豪——他多么普通啊！我立刻意识到：在这里面，显得如此重要的便是不渝的友谊，它一直在我们的心底成长着……

这么一个其貌不扬、丢进人群中就很难分辨出来的人，肯定早已消失在许多曾经认识他的人的记忆里了。我以前从没有意识到这一点：那就是他并没想要别人记住他，甚至他所做的一切都只是为了摆脱人们那对于细微事物的顽固记忆。而首当其冲的，或许就是他最好的兄弟——储存了最多关于他的记忆因此也是他最急于摆脱的人。

无论我们的友谊多么坚不可摧，不管中考结束后、离校之前的那个晚上，我们（和另一个兄弟一起）坐在学校围墙外面的桥洞里抽着烟聊得多么激动、多么难舍难分，都一点也不妨碍他从七中毕业之后，仿佛是有意地从我的生命中消失了整整两年。打毕业的那天起，以后的每一个给我们兄弟聚首提供便利的日子里，他都没有出现过。首先是去七中看成绩的那天，他没有来。在学校公布的中考成绩榜单上，我一眼看到了立中的成绩，考得非常差；而我和另外那个兄弟则一道考上了一中。然后是每一个寒假和暑假，那些只要他来我们家就绝对能见到我的日子里，他都没有来。立中家住在深山老林，交通不便，所以整个初中三年，他都没有喊我们去他家里玩过，这也就是为什么我只能被动地等着他来找我。那年头，电话线还没牵到我们那样的穷乡僻壤，远距离的联络仍然只能靠写信，但无论是学校还是我们家里，都从来没收到过他的信。高中期间，我和好几个人生轨迹各不相同的初中同学都保持着通信——他们有的在差一点的中学上高中，有的去了别的城市读中专，还有的留在七中复读——但是他们也都不知道立中的下落；我和另外那个兄弟虽然只同校不同班，但也经常在一块玩，时常念叨那句"遍插茱萸少一人"，并且忍不住去想：我们的好兄弟立中，他究竟流落在何方？

我俩曾无数次推测过他的下落：考得那么差，升学是不可能的；死也不大可能，一个少年的死无疑会传遍十里八乡；留在七中复读更不可能，那样的话我们早该知道了……我们推断来推断去，最终觉得他要么去了广东打工，要么留在家里锄地，要么就是去了别的学校复读。前两种可能性比较大，因为我们太了解立中了，他虽然脑瓜子灵活，但是对于读书他是真的一点也不上心。

高二下学期快结束的时候，从教室外面的马路上开过一辆中巴，让我突发奇想。那辆中巴上扯着一条横幅："祝 ×× 中学初三学子考出水平！"

下课铃一响，我兴冲冲地跑到那位兄弟的教室里去找他："那我们就推断他是去了别的学校复读好了，不管是哪所学校，只要没出县，就肯定要来县城参加中考……"

那位兄弟听了也激动不已；尽管我们心里都清楚，找到他的机会太渺茫了——本来根据我们之前讨论的结果，他去复读的概率就非常小——甚至可以说我们根本没抱希望，但这样一次行动本身却能证明我们的友谊多么伟大，多么感人——至少足以感动自己。但是有一个问题：如果他从七中毕业之后就转到别的学校去复读的话，那么也应该是去年来参加中考。为什么不是一年前想到这个办法？

"那我们就推断他去年也考得很差，于是又复读了一年好了。"

想到自己的兄弟竟然这么背时，我们觉得特别可乐，都哈哈大笑起来。也许是因为我们脑海里不约而同地浮现出一个生动的形象——立中在七中的时候，就经常是一副愁眉苦脸的倒霉模样。

傍晚，我们来到街上，开始一家一家旅馆、一间一间招待所地问过去：这里有没有安排中考的学生来住？如果回答说有，我们就挨个房间去打听：立中！立中！有没有一个叫邓立中的人？喂，小孩儿，你认识邓立中吗？

和往后漫长而空虚的岁月相比，那真是一个充满奇迹的年纪。我们才跑了三间招待所，就在一个挂满了湿毛巾的房间里找到了立中。

地板又湿又滑，被沾满灰尘的鞋底一踩，像是拌了一屋子的水泥浆。有两个披着中分、打着赤膊的学生靠在门框上抽烟，他们吐烟子时没有一次不把那愚蠢的嘴唇用力噘起，好像必须靠下嘴唇使出吃奶的劲才能将烟子撬出去；其中一个手里还捏着一玻璃瓶快见底的汽水，每抽完一口烟就将吸管啜得滋滋响。

立中盘腿坐在离门口最远的那张床上摸自己的嘴唇——他的嘴唇哪怕在夏天也老是干涩开裂，他几乎一辈子都在撕他的嘴皮。

"崽呀，是立中吗？"

"哪个在喊我？"他迟缓地站了起来。

我和那个兄弟顿时很来火，冲上去把他压倒在床上，紧接着就是一顿拳打脚踢："是你爷爷！是你爷爷！你爷爷在喊你！你这个王八蛋，我操你妈的！我操你妈的！我操你妈的！"我们并没有跟他闹着玩——如果当时倒在床上的是你，你就会知道什么叫拳拳到肉。立中双手护头，痛得五官都移位了，可还是忍不住咯咯乱笑，甚至都忘了还手。

原来这家伙不好意思留在七中复读，就转到隔壁乡的乡办中学去复读了——在那里连鬼都不认识他。而且鬼知道他怎么想的，他不光是转去了更差劲的学校复读，还主动留了一级，从初二开始复读。如果我们去年也曾这样来找过他的话，哪怕是跑断脚也不可能找到他的……

推导出椭圆形的面积公式，让他大大地兴奋了一回。他开始脱光衣裤，只剩一条裤衩。"我去洗个澡，你先看看那些杂志。"他老是忘不了那些杂志。立中出去之后，我才发现这屋子里还有一个人——坐在另一张床上的一个童工。他竟然只是干坐在那里，那副神态就好像他早已习惯将自己的生命交给那病毒一般的寂静。他的嘴角还残留着浅薄的笑的嘴脸，显然他刚才一直在欣赏我和立中之间的胡闹，而对于自己的存在，他早已意识不到了。他甚至不会去想：为什么我不可以像别人一样撒泼胡闹？为什么他们快活我他妈还得在一旁老老实实地傻看着却不感到羞耻？看到这个混蛋就这样对待自己的尊严，像对待一条狗一样，我很想告诉他：我真是痛恨他，恨不得给他一顿拳脚。看到我望着他，他终于从别人的快乐中挣脱出来，似乎吓了一跳，感到极不自在。他低下头去整理一下他坐着的那张床铺，似乎以此表明，那是他自己的床，他坐在那里并没有错。他红着脸，有时抬起头来看我一眼，又赶紧往别的地方瞟去。有两次，他甚至想哼一句歌，但马上又胆怯了。我想，他就像被一场戏吸引着入了神，那场戏谢幕之后，他突然发现自己孤身处在黑夜里的荒野上，他一定十分渴望逃离这可怕的地方，却没有勇气迈开脚步。

这时走廊上的电话铃响了，小家伙终于迎来了脱身的机会。电话是找立中的，他便在浴室的门上轻轻地敲了一下："立中，你的电话。"那声音就像一个羞涩得快要哭出来的姑娘。立中开了门。他终于大松了一口气，郁郁寡欢地走下楼梯，消失在夜色中。

立中几乎光着身子去接电话。他的普通话真是笑死人了。"喂。喂，你好！"但紧接着他就用家乡的方言说了起来。突如其来的无聊将我裹了起来，我一头栽倒在床上，终于翻开了一本杂志。那些故事千篇一律，主人公似乎都是那几号人。我正在纳闷：这个风尘女子不是嫁给那个退伍军人了吗，怎么这会儿又变成了这个喜欢做慈善事业的富商的情妇，搞得他在她和糠糟之妻之间陷入了两难，并于灵魂深处引发了一场关于爱情与伦理、私德与诚实的价值之争？过了一会儿，我才恍然大悟，那已经是另一篇故事啦。每一篇故事里都有一个婚姻的插足者，每个出轨的男人都特别像哈姆雷特。立中在那边听着电话，似乎已经过了很久。刚才偶尔有几句飘进我耳朵里，什么"要不要告诉家里"啦，"怎么赔偿"啦，"严不严重"啦，"先别想那么多"啦，这会儿只剩下立中不停地说着"嗯。嗯"。

　　"有点倒霉……"立中告诉我。原来电话是他哥哥打来的。他哥哥在东莞的一家五金厂的车间里做事，因为也还没娶老婆，所以经常像发了疯一样卖力干活。今天凌晨，干了一通宵之后，他困得直打瞌睡，结果右手中指被冲压机切去了一小截。我说：

"啊？""现在在医院，止了痛，他叫我别告诉家里，免得他们担心。"立中笑了笑，"真的是什么倒霉事都让我家里碰上了。不过还好，不算太严重，只是切掉一点点而已。"我说："厂里会赔钱吧？"他吸了一口烟说："肯定赔！不赔我会闹翻天！"真是天有不测风云啊。不过，后来我和立中讨论了一下，觉得也不是什么坏事，因为厂里不但会出医药费、误工费、营养费，应该还会有一笔抚恤金什么的，反正这段日子里，他哥只管躺在医院，该得的钱一分不会少。"不过，那太痛了。我哥运气一直不好。我们兄弟运气都不好。"

我们谈论了一会儿此事，疯狂的本性又抑制不住了。我们开始开一些下流的玩笑。他说女人，他一点也不陌生，只是还没有谈过恋爱而已，所以他请我讲一些恋爱中的趣事给他听。我满足了他的好奇心。他也给我讲他的一些奇遇，仍然是邓立中式的真假难辨的奇遇。比如，他在乡里的中学复读的那会儿，竟然被选为班长。班主任十分器重他，因为他看起来忠厚老实，成绩在当地来讲还算拔尖的，所以经常请他到家里吃饭，把他当亲儿子一样看待。班上有好几个女生总是会望着他出神，而他则一门心思地只想着和她们做那件事，结果这个念头反而吓得他不敢靠近她们。在冬天，他经常在课堂上脱了鞋将脚塞到前面女生的屁股底下。我以为我听错了，叫他再说一遍。"你不相信？"他好像觉得这事理所当然，"我那时有好动的习惯，喜欢脱了鞋把脚搭在前排同学的凳板上。我前面坐了一个女的，经常在课间和我开玩笑，不过我开始还不知道她那么淫荡。不知道是不是感觉到了凳子有点晃，那女的就起身拖了一下凳子，我为了稳住，便把脚往前伸了一点，结果她坐下来时便一屁股坐在了我脚上。你想想看，大冷天的，那一下真暖和啊，兄弟！"他说着就咯咯笑，还兴奋地拍拍我的脸，"可是她竟然装作不知道，骗鬼哦！那么大一坨东西硌在屁股底下，竟然毫无察觉，你说可能吗？我的脚在那里待了一阵就不安分了，我缓缓地动着，把一只脚尖慢慢地探到她的那个地方，一节课不停地磨来磨去！哈哈！以后每次只要我把脚搭到她的凳上，轻轻地踢她一下，她便把屁股抬起来，好让我把脚塞进去。就这样过了一个冬天，没有哪个发现。"我觉得这一切太不可思议。我问他："下了课你们怎么办？""就当什么也没发生啊，照样开玩笑。"

"那时多大啊？""大概十五六岁吧！"我们就这样聊了一晚，如天方夜谭，兴奋不已，一直到凌晨五点，才开始有了睡意。

第二天一大早，我被震耳的音乐吵醒了。看来又多了几个疯子。一个打扮得很入时的小伙子扮着鬼脸来到我和立中睡觉的床边，拍打立中的脸："黑鬼！告诉你个好消息，今天不用干活了，厂子快要倒闭啦！哈哈！你放心睡吧！"立中也早就被录音机吵醒了，不过他还想再睡一会儿。这时他睁开一只眼睛对那家伙咆哮："你叫老子怎么放心地睡嘛？你这个杂种！"看到这情形，我就知道，他们关系还不错。不过，我真的不喜欢那家伙。他幸灾乐祸地大笑："不骗你，今天真的不用上班，厂长亲自跟我说的。等下来跟你决一死战。"他摇头晃脑地出去了。我看看钟，只睡了两个小时，不过够了，我觉得精力充沛。对面床上的小家伙还在沉睡中，他张大了嘴巴，鼻孔里发出哀鸣般的微弱的鼾声。也许昨晚他一直被我们吵得无法安眠——我和立中一聊起来就忘了这屋子里还有别的人。刚刚跑出去的那家伙马上又兴冲冲地跑了进来，手里端着一盘摆好的象棋："来！来！决一死战。你这个黑佬！"他简直有点自我陶醉地笑着，一进门就大声嚷嚷。立中一看，立即爬了起来，连衣服都没穿。因为这宿舍里连一张桌子、一条椅子都没有，他们两个就蹲在那张没有人睡的空床上厮杀起来。我一下子觉得特无聊，重新躺倒在床上，打算再睡上一觉。我最后望了一眼立中，他把背弯成一张弓，黝黑的皮肤底下隆起一身的骨头，那简直是另一个形象：一个苦难的劳动者和一只枯燥的灵魂，他们在这里碰到一起，愤怒地控诉着立中——一个可笑地活着并剥削自我的剥削者，一个令人气愤地抛弃了理想和责任的主人。

我脑子里一片昏昏沉沉，好不容易才睡着。差不多到中午我才醒来，立中盘坐在我身边，十分投入地边看杂志边用两个手指摸着自己的嘴唇。他一看到我醒了，便破口大骂："你他妈的终于醒啦，爷爷肚子都饿瘪喽！"他决定午饭就在厂里吃，他可以在食堂里多打一份饭，因为他实在快要饿死了，恨不得立马吞一碗米饭下去。其实我知道立中没有钱，又不愿我请客，毕竟我是客人。这个畜生！打来了饭，我们就坐在床沿上吃，那些菜被我们扔了一地。吃过午饭，我们到镇上闲逛了一下午。当然又少不得动用别人的自行车。立中教我认街上的车，随便一辆车，他看一眼就知道是什么牌子，什么价位，是国产车、合资车还是进口车，产地是哪里。他告诉我，他以前在汽车美容店干过几个月，学了一点皮毛，但现在全忘光了，除了那些车标一个没忘。我问他，你还干过什么？他说数不清，服装厂、五金厂、塑料厂、模具厂、食品厂、印刷厂……还有很多，他自己都记不起来了……我说，你进过那么多厂，如果随便在哪个厂子里一直干下去，你现在就是老师傅了，你就可以带徒弟了。你每进一个厂就要学一门手艺，好不容易掌握了，又换一个厂，又要重新去学，然后就把前面学会的全忘了，你永远都是新手，永远不能精通，你为什么呀？你也老大不小了，你以后究竟想要干什么，你到底考虑过没有？他惊讶地瞪着我，像瞪一个怪物，吼了起来：在一个厂子里？一直干下去？你去试试！我说，就算实在待不下去，要跳槽，你可以在同一个行业里找啊，这样你之前积累的经验都还用得上……

"看到没有，迈凯伦！"一辆造型夸张的跑车从我们面前小心翼翼地开了过去，他正好以此岔开话题。

"是啊，迈凯伦，我听都没听说过。可是这跟你又有什么关系呢？"

于是立中有点赌气地讲述起他的另一段奇遇。他说他在汽车美容店上班的时候，差点爱上一名有夫之妇，那女的每隔十天就开一辆红色的迈凯伦过来，点名让他洗车。她不像别的车主，把车扔在那里自己就忙别的去了，她会站在一旁欣赏立中干活，还会一直陪他聊天。她每次都会带些他以前没吃过的糕点过来给他和他的工友们吃，不过她从来不亲手给那些工友，而是一股脑儿地全丢给他，让他去分。她老爱问他有女朋友没有，摸没摸过女孩子的手，是否还是处男。立中就说，手还是摸过的。

那女人就扑哧一笑，笑得"口红都从嘴唇上坐了起来"——我不知道这句话什么意思，总之他原话就是这么说的。我尴尬地等着故事中不堪入耳的部分，但立中竟然就这么仓促地结束了他的讲述，以一句强说愁式的感慨："不知道她现在怎么样了……"

我就知道，对他来说，要讲下去还是有一定难度的。他毕竟不了解有钱人的生活，不要说在床上如何，即便是约出去吃个饭，都缺乏令人信服的细节。与其说他会爱上一位贵妇人，不如说那只是他出于无聊而做的一个梦而已，就像他信以为真地认为他确实亲历过的诸多奇迹一样。

那些奇迹，我亲眼所见的只有两次，都集中发生在短短三天之内。其中之一便是我们歪打正着地在招待所里找到了他。那是第一次重逢，我以为我们从此不会再失去联系。结束了第二次中考之后，立中决定先不着急回家，而是留在一中陪我们玩两天。傍晚，我们拉着他一起到街上去打台球。走在路上，我们进店里买包烟的工夫，一出来就找不见他的人影了。我们有所不知：商店旁边有一条短短的巷子，他从那里跑了。

第二天中午，我和那位兄弟正在食堂里吃饭，他郑重其事地跑来道别：他找到他失踪多年的姐姐了，他必须马上赶回家里去。这就是发生在他身上的第二个奇迹。

　　——和充斥在往后漫长的、注定虚度的一生中那无数甜腻的、虚头巴脑的、假得仿佛贿赂过命运似的"巧合"相比，那真是一个充满了奇迹的人生阶段哪！——

　　根据他的讲述，我们刚进去买烟，一个载客的摩的司机——可能是为了抄近路——就拐进了旁边那条巷子。他觉得那个摩的司机特别像他们村里的某个人。他撒腿追了上去，追到巷口的时候，又顺手召了一辆空摩的，一路尾随着。如果一直跟下去，立中担心身上的钱不够付车费，好在送完客人之后，那人就骑着空车朝郊区驶去。立中冷静地跟着他，一直跟到他家里。那是两间临时租来的简陋的小木屋，灯光昏暗，人影摇曳……他在屋外紧张地徘徊，观察了很久，直到确定里面那个女人是安全的，她和那个男人之间的相处是和睦的，甚至在听到她发出好多次笑声之后，他才终于走进那间小木屋……那真是如假包换的奇迹！不存在对命运的贿赂，因为他从来没有为这个姐姐向任何一位神仙祈祷过——他从小就认定这个姐姐死了，在父母和村民们的口中，那个和她同一天从村里消失的男人被渲染得一无是处，甚至凶暴残忍。可是现在，他却亲眼见到姐姐活得好好的，那个男人在外面勤勉地劳动，回到家里对她言听计从，他们生下的小女孩活泼伶俐，都已经会踩在凳子上帮爸爸妈妈舀饭了……

立中说他再没心思陪我们玩，他必须连夜向父母汇报这个喜讯，同时替姐姐姐夫探探口风，看二老是否愿意接纳这一家三口。

我和立中第一次奇迹般的重逢，因为另一次奇迹般的重逢而迅速中断。我们只待在一起重温了三天的兄弟情谊，从此他便再次在我的注视下消失，直到几年之后再度重逢，可那已经很难称得上是一个奇迹了……

那一年，我从大学毕业，尝试过不同的工作之后，感到前途一片灰暗。一位玩得好的大学同学打电话给我，得知我处境艰难、心灰意冷，他竟然哈哈大笑。他说他们单位在招人，待遇如何好，工作如何轻松。我有点心动，答应他周末过去看看。他却叫我立马辞掉工作去报到，晚一点就会被别人捷足先登。

我一点也不怪我那位同学，因为他——就跟后来的我一样——是真的相信那个由高层们精心编织的财富神话。跟你们想象中的情形有所偏差，在这里不存在暴力、不存在胁迫，甚至不限制人身自由。全靠精美的谎言、能把自己都绕进去的诡辩、从一切细微处入手却又毫不刻意的关怀，甚至不惜把心窝子掏出来的自我剖析，让人不知不觉地卸下防卫，努力想要去理解——那个令他们如此激动、迫不及待地想分享给你的崇高事物，究竟建筑在哪一层逻辑基础之上？他们津津乐道、无比崇尚的光荣理想，到底以什么经济学原理为现实支撑？然后在某个发出"叮"的一声的时间点上，你突然想明白了，逻辑的难题被你攻克了，你觉得一切如此奇妙，再没有比这更简单明晰的道理，再没有任何思维比这一思维更具有形式感和几何美，像是某种晶莹剔透的矿物晶体在你脑中以慢动作旋转闪烁，仿佛幸福的命运向你呈现了一朵玫瑰，你突然感到幸福溢出了胸口，突然变得和他们一样，迫不及待地想要将这种幸福分享给你最好的朋友。

我忘了我是如何辗转联系上立中的，总之并没有想象中那么困难，至少其困难程度与数年杳无音信不相匹配。第二天他就风尘仆仆地出现在我面前。同样毫无困难的是，立中瞬间就理解了我之前费了老大劲才理解的一切。他脑子里那"叮"的一声出现得特别快，快得令我担忧：他是不是为了显示自己聪明而假装理解了？但是听到他躲在屋里打电话四处借钱，我才明白过来：他是真的笃信这一次可以翻身。

没多久，他把他弟弟叫来了。他弟弟笑起来憨憨的，一副智力不逮的样子。他完全不可能理解，那对他来说太深奥了，听久了就会头晕，但他又完全不必理解，因为"反正我听我二哥的"。

我事业的起步非常迅猛。短短一个月，不但成功发展了一名"家人"，而且家人又发展了家人。但是在接下来的两个月里，我的事业可悲地陷入了漫长难熬的停滞——我、立中和他弟弟，都没能为我们这个小小"家庭"带来新的成员。

为了付房租，我们只能继续打电话四处借钱。我们不得不啃馒头吃青菜度日，有时甚至还要靠别的家庭接济。之前被我们想得非常通透的那个简单而美妙的道理，我们都不敢再去细想回味。别的家庭中，不断有成员向"家长"请了事假，去了老家或别的城市，然后就再也没有回来……

就在最煎熬的时候，一场自内而外的灭顶之灾解救了我们——高层们因分赃不均引发了械斗，整个组织被公安机关取缔了。我们一行六人乘着夜色逃往一个偏僻的村子。那附近有一片刚建成不久的工业区，我们打算在那些工厂里找一份事情先做着。

我们像蟑螂一样挤在一间不足二十平方米的出租屋里。有人睡床上，有人打地铺。我最难忘的是，有一天中午，我刚从外面的洗澡房用冷水冲完头回来，推开房门，只见一个哥们正打着赤膊躺在地板的凉席上，鲜红的嘴唇一张一合地跟他们聊着什么。我愣住了。因为我越盯着他看，越觉得他像一只又短又肥的虫子，那松松垮垮的内裤丝毫不能赋予他人的属性；而相反，虫子的属性在他光溜溜的、完全独立于周遭环境的身体上，立体起来、膨胀起来，吞噬了一切。后来，我至少用了三年时间，才把这个无比恶心的印象从脑海里清除出去。

那时，立中打听到有几个老乡在附近打工，便跑去借了两辆自行车，我们两个骑着车到镇上转了一天，打听工作。太阳晒得睁不开眼，我们停在一片树荫下面乘凉。我问立中恨不恨我。

立中撕着嘴皮，腼腆地笑笑，赶紧低下头猛吸一口烟："莫提了……"

我隐约感到立中苍老的内心深处（至少在那一刻是苍老了）掩藏着一股子不安：他不好意思见证了我的愚蠢，更不好意思让我因为自己的愚蠢而背负巨大的亏欠——对他的亏欠。是他，让一个他向来认为比他优越的哥们，丢了脸、露了怯。他不好意思。

没多久，我们便先后找到了工作，我继续跑业务，他则和弟弟一道，在不同的工厂车间来回跳槽，似乎永不安分。他没有再联系我。

四年之后，我在中山古镇推销灯饰，坐在一辆公交车上，看到窗外一间灰头土脸的工厂门口，像远古时期的巨石阵一样，一堆高矮胖瘦各不相同的工人七零八落、或站或蹲地端着碗在那里吃饭，从他们当中，我一眼就认出了立中……

从镇上回到厂里，正好赶上晚饭时间。立中丢下自行车，以冲刺的速度跑到食堂，又打了两份饭菜来。我们照例把菜扔得满地都是。这时，那个老头进来了。他那双贼眼就像一对忠诚的奴仆，无论他走到哪里，都要先为他探路。经过昨天下午的事，他自然对我耿耿于怀，但还不敢明显地表露出来。立中抬头看了他一眼，也马上厌恶地扭过头去不再看他。正当这老头被他弄得狼狈不堪、很没面子的时候，立中又迅速改变了主意，冲着他热情地打了声招呼：

"你好，老乡！吃过饭没有？"可怜的老头受宠若惊，立即以双倍的热情同立中寒暄起来。其间，他的目光一直躲躲闪闪地在我和地板之间瞟。我以为他要多管闲事，叫我们别把菜扔在地上，没想到他却冲着那些菜啐了一口，咬牙切齿地说："妈妈的，比猪食还难吃！"看得出来，他是想用这句话来恭维我们。最后他终于结结巴巴地把话题扯到了正事上（他是这家厂子的门卫，就像立中说的——"一条看门的老狗"）——"呃，这是你朋友？""是的。"立中说。"他今晚在这里过夜？""当然。"老头便提出，立中应当填一张单子叫厂长签字，免得让他为难。立中当然不答应。

"签个卵字，"他说，"你当我们是贼吗？他又不是头一回来，他昨晚还住在这里。"但这老头竟敢再三要求"这事得按规定办"。立中坐在床头，闷着脑袋一个劲地抽烟，那气氛有点紧张。我以为他会站起来扁这老头一顿。可最后他却低着头不声不响地出去了。过了几分钟，他拿着厂长的批条回来了。老头赶紧向立中解释"我也很为难的"，并不停表示歉意。立中只不咸不淡地说："哦，哦，哦。"老头走了之后，我问立中："这么快就批了？"立中居然神气起来，说厂长只不过是他儿子，不过还算是他众多儿子中比较听话的那个。我们又一起骂了那老头一通。

后来我跟立中说，明天一早我得回去上班了。

"也好。"他说，"明天我也要做事了，兄弟，不可能像今天这么走运。听说下午厂里来了一笔订单，十有八九会连着赶几天工，说不定还要加夜班。有时候做到大半夜，第二天早上又是八点钟上班，还不能请假。唉，想起来就脑壳痛。这真不是人过的日子，兄弟！你说为什么不在一个厂子里干下去——干久了会要人命的啊！你会觉得你不是在做事，是在卖命。总觉得换个地方应该会好一点吧？卵嘞，后来才发现，到哪里都一样。像我们这种人，一辈子就这样了，就卖命吧。其实很多时候也不是我想跳槽，老是这样没日没夜地干，谁吃得消呢？你总想休息几天吧？但是人家不给你休息，事情不能耽误，几百万的生意不能因为你说累，搞得交不了货。那就只能辞工喽，等休息够了，再花时间找呗。可是时间过得好快呀，一晃就混成了这副模样……我还记得那一次，你们到招待所去找我，好开心啊，那时根本想不到以后的生活会是这样，连想都不敢想，真的……你看，我家里虽然也是农村，但从小到大我爸连锄头都没让我摸过，我也一直认为那些卖力气的事嘛，应该是别人去做的，我哥、我姐，或者我弟。谁能想到呢，收拾行李从那间招待所里出来以后，所有的事情就已经被决定了，没办法挽回了，以后就只能在社会上苦混⋯⋯就好像命中注定的一样。"

我不知道该说些什么来安慰他。

我去洗完澡回来，发现又一个一眼便可以看出少不更事的家伙坐在立中的床上，同立中有一句没一句地闲聊着。他简直像个中学生，不过他不像别的童工那样胆怯、寒碜。他大胆地同立中东拉西扯，看似超然、对立中抱着无所谓的态度，其实这傻瓜内心里倒是挺崇拜立中的——这一点再明显不过。他讨好似的（又故意显得漫不经心）谈到立中的弟弟，说以前立国也在这家厂子做事的时候，跟他是最能玩到一块的。接着他向立中问起立国的近况。立中坐在那里，低着头，我拿不准他是在敷衍他呢还是在认真倾听。他对那人的问题总是给出最简洁的回答，却又能做到（鬼知道他怎么做到的）每问必答，没有透露出丁点儿的不耐烦，而这无疑又极大地鼓舞了对方提出新的问题，就这样，两人把这场沉闷的谈话持续了个把钟头。我干坐在一旁，真是烦躁得要死，又不屑于加入他们的交谈。我差点就要被他们无限放缓的谈话节奏催眠了，这时那小畜生却站起来说要请我俩吃夜宵。立中说："不用啦，大家都不是很宽裕。"于是他终于告辞。我怒不可遏地大骂那小子不识趣，立中却笑笑说："这孩子还可以。"

立中洗完澡后，又一个奇怪的家伙跑进来。这人给我一个很鲜明的印象：他的样子非常精干，说话走路都匆匆忙忙，似乎漫不经心，又似乎对某个早已认定的目标迫不及待。小说《了不起的盖茨比》中描写黛茜时，说她的声音里充满了金钱的味道。当时这个人给我留下的这种印象也越来越明显——他的每一个眼神、每一个动作都似乎在向金钱致敬，尽管他每次提到钱的时候，都装出满脸不屑的表情。不过，立中对这家伙倒也蛮客气。他向立中打听："看到肥佬没？"立中说："没有。这两天都没有见到他的影子。"

"妈的！"那人说。立中关切地问他："怎么样？他带来了没？是不是真的有十二个面？"那人气急败坏地说："这头肥猪很可能在撒谎！"他们又站在门口谈了一会儿。我听到他们说"开采""资金""国家允不允许"什么的。然后那人就慌慌张张地跑了。

我问立中："怎么回事？这人是谁？"

"哦，他呀？"立中说，"我工友。他老子在老家做点小本生意，也算是赚了些钱，所以他老是异想天开。上个月他听销售部的肥仔说起他们村里发现了水晶矿石，他脑壳顶上就开始冒傻气了，想跟他老子要一笔钱，到肥仔的家乡去开采水晶。他天天缠着肥仔，让他回家去带点矿样过来。最后肥仔也动了心，因为他答应给他一笔佣金嘛——如果开采的话。肥仔回了趟家，这两天好像过来了，却一直没见着他人影，他怀疑他去找了别的主顾。"

"水晶？"

"是啊。不过我怀疑肥仔是在吹牛，如果真的是十二个面的水晶矿石，那不得了——那是水晶王！"

我何尝听过这个？虽然水晶这东西并不罕见，但我却从来没去琢磨过它，不觉得它跟我有什么关系，我甚至从来没想过它是从地底下开采出来的。我突然很好奇水晶矿石是什么样子的。

立中说："形状很规则，一般都是六棱柱体，透明、光滑、棱角分明。"

"哦？大小都一样吗？"

"不一样。有大有小，"他比出小拇指，"小的只有这么点儿，大的像砖头那么大。但形状都是一样的。"

"一模一样？无论大小？"我开始觉得有点神奇了。

"那当然，就好比相似三角形……"

我顿时想踹他两脚。我受不了他一本正经地张嘴就来，更受不了自己还老是听得津津有味。我说：

"说得好像你见过一样，你怎么知道这些破玩意儿啊？"

"我怎么知道？我老家是全国有名的水晶矿床，还上过报纸……"

"你老家？还全国有名？我怎么不知道？"

"难道我以前没给你讲过？那是九十年代的事了，我只有几岁……现在当然没什么人知道了。那时，我爸他们兄弟几个成天只顾着挖采水晶，连田土都荒废了，我叔叔他们说还种什么田喽！后来，我家里差不多堆了一屋子的矿石……"

"那些矿石呢？后来都被你们家当成白米饭吃了吗？"

"他妈的！你爱信不信⋯⋯"

"我信你个鬼！有一屋子水晶，现在还至于落魄到这步田地吗？"

"看来我真的没有跟你讲过⋯⋯那时，国家的勘探队不是到我们那里勘探吗？结果挖出一颗水晶王。我告诉你，有水晶王的地方就绝对有大量的水晶矿石⋯⋯当时我姑父不是正好在国家地质勘探队吗⋯⋯"

"立中，你这个畜生！你怎么就有个姑父在那种地方上班呢？"

立中无辜地笑了笑："我说了你又不信，可偏偏就是这样！我有什么办法？又不是我安排他去那里上班的，国家给他分配工作的时候，还没有我邓立中呢。那时，国家不是规定了所有的水晶矿石只能由政府开采吗？不过，我姑父已经听到风声，说很快就会允许私人承包开采，只要拿到政府的开采许可证。于是，我姑父就从勘探队辞职回到家里，只把这事跟我爸说了。不过，那时还是不能开采，所以我姑父整天带着我爸满山坡转悠，探测哪些地方有矿，都做好了记号。一年之后，政策果然下来了，于是，我们家便在做过记号的地方挖了几个坑，占领了大部分矿，等别人反应过来，已经晚了。这时他们才明白，为什么我们家把田土都荒废了一年。"

"可是你们怎么知道哪些地方有矿呢？"

"你傻啊？我姑父不是勘探队的吗？这东西难得了他？"

接下来立中讲述的内容——关于他姑父如何勘探水晶、他父亲和叔父们如何挖到水晶王，关于开采商们如何找上门来骗走他们的矿石，关于那一大箱子钱，我都半信半疑。但我没有再打断他，我完全陷入了他用声音描述的那个神奇的、黑白分明的世界，那样一个世界恰恰因为黑白分明故而显得颇不真实，但不管他只是根据自己的愿望做了一定程度的夸张，还是整件事情根本就是他别有用心地编织的谎言，我都听得入了迷。

堆了一屋子水晶矿石之后，立中的姑父就说，不要再挖了，太辛苦了，还是应该先找到开采商，要不挖了也是白挖。

事情传开来，省城的记者一脸疲惫地来到这个大山深处的小山村，回去之后立马在报纸上刊登了一则报道，说是发现了水晶之乡。没多久，一些主顾陆续找上门来。至于他们如何跟姑父商讨开采事宜，如何敲定将来的合同条款，年幼的立中一句也没听明白，或许是他觉得枯燥无味，干脆没仔细听。他只讲了一个令他记忆深刻的画面：有一个号称很有钱的开采商，五根手指上至少有三根戴着金戒指，捻起一颗水晶矿石，对着太阳翻来覆去地看，一条七彩的光谱在他鼻梁上颤动，搞得立中无比期待他的结论，可他最后只说了一句："有点玄。"真搞不懂他什么意思。成批的开采商匆匆地来，又匆匆地走，有的人很没诚意，连立中的母亲劳神为他们沏好的茶都忘了喝上一口，但来的时候他们不会忘记带一口麻袋来，临走时也不会忘记装一袋矿石走，各种尺寸的都装一些，说是带回去鉴定一下，看是不是具有开采价值。就这样，这些人总共带走了几百公斤的矿石，有一个竟然趁他们不注意偷走了一颗水晶王。

"以后我们就再也不敢相信这些自己找上门来的开采商了。这些人只是嘴上说自己多有钱，也不知道是不是真有钱。"立中说。

直到那个香港人提着一箱子钱找上门来。那一箱子钱，立中说，他姑父估计了一下，至少有一百万。香港人来了之后，也不急着谈生意、看矿样，就说好困呀，好累呀，"你们计里的三落太难久啦，累洗我啦"，说立中他们那里的山路很难走，他很累了，只想睡觉。立中赶紧把床指给他，他二话没说倒下就睡。他睡觉时，那箱钱就撂在墙角，连锁都没锁。一家人紧张得要死，香港人却躺在床上鼾声如雷，立中的父亲就坐在门口死死地守着那箱钱，一步也不敢离开。从此，那个香港人就在立中家里住了下来。"我们也不知道怎样招待他呀！他喜欢吃什么，喝什么，住不住得惯……我们生怕怠慢了他。他倒是挺随意，有啥吃啥。我们那里逢二五八才赶一次集，不赶集的日子可能连肉都没有，他也能吃两碗米饭，打一个饱嗝，说'七得好饱好饱'。"他喜欢喝立中家里自酿的糯米酒，餐餐都要陪立中的父亲喝上两杯。他不像前面来的那些人，他一点也不着急，不说要开采，也不说不开采，更不急着走，每天就跟着立中的父亲和姑父到山上去转悠。那一箱子没上锁的钱就摆在立中家里，立中的妈妈成天提心吊胆地守着它。只要村里一有陌生人出现，他妈就特别紧张。那时，有一对外地来的中年夫妇，连续两天跑到村里来收鸭毛——"巴掌大点地方，哪有那么多鸭毛？"他妈说。立中的父亲就专门到镇上买了两条大狼狗回来拴在家里，后来收鸭毛的两口子便再也没来过了。人家都担心得要死，他自己却跟没事人似的，仿佛那箱子钱早就被他搞丢了一样。

有一天，香港人在饭桌上宣布：他已经决定了，他百分之百地相信立中的家人，同他们合作他根本不需要担什么心。他说，这里的人个个都很纯朴，就算不是为了做生意，他也愿意多跟他们打交道。他决定马上回香港调动资金、选购设备，至于请专家鉴定他也觉得没有必要了（他果真没带走一块矿样），因为立中的姑父就是一个非常专业而且人格也足以信赖的专家。他说，这些天来他受到了这辈子最好的款待，为此请允许他拿出一笔钱来作为酬谢。他的意思是给他们十万，如果他们愿意，他不在乎再多给几十万。但立中的父亲代表全家婉拒了这份好意，他一分钱也没要。他说："我们不要这个，"——这个憨厚朴实的农民，甚至羞于说出"钱"字，而且他的普通话说得很吃力，"你给我这个，我不开心；我开心，因为你是这个，"他朝香港人竖起大拇指，"你是个……了不起的人……朋友。"那香港人流着泪，依依不舍地走了。

那场面还真他妈的有些感人呢！可是，我脑子里想到的却是他床上的那堆杂志。我说："唔……立中，香港人和你父亲都很了不起嘛……简直就是他妈的圣徒！我感觉跟他们比起来，我他妈的啥也不是，畜生都不如。"

立中说："我知道你想说什么：换作是你，你肯定会要。换作是我，我也会要。但问题是，现今这世道，你我都碰不到这种好事。问题就在这里：你觉得这都是我编出来的，现实中从来不会发生。有时连我自己都怀疑这一切是不是我凭空想象出来的，我怀疑我的记忆出了问题。我那时还小，根本就理解不了这种事情。别说我，大人们也不理解。我印象中，香港人走后，我叔叔他们还怪罪过我爸呢：就算真要了那笔钱，谁又能说我们半句闲话？

但事实就是我爸一分钱也没要。他可能是不敢要；也有可能觉得这是香港人对他的考验，通过了这次考验，以后有的是挣大钱的机会。但真实情况如何，我爸心里究竟是怎么想的，只有他自己知道。我现在倒觉得，幸亏他没要，不然，后来发生了那种事情，他很难说得清楚的。"

"后来？那香港人回去之后，又发生了什么？"我突然被自己这个问题拉回了现实，不由得打量了一下立中身处的这个猪狗窝般的环境，心里似乎有了答案："他……是不是再没回来了？该不会又是骗你们的吧！"

"他死了。"立中一声叹息，"当天晚上就死了。"

"啊！怎么死的？"我竟然感到一丝莫名的兴奋。

"被我们镇上两个后生杀死的。唉，可能他真的是有点天真，去过我们家之后，便以为我们那地方的人个个都那么安于本分。他大大咧咧地提着那箱钱去了县城，因为买了第二天的票，便在火车站附近的一个酒店住了下来。他哪里知道自己早就被人一路盯梢上了。在酒店的房间里，那两个王八蛋用水果刀捅死了他，抢了他的钱跑了。"

我惊愕不已，想不到结局是这样。我们沉默良久。我突然觉得活在这个世界上真是太不自在了。这种不自在的感觉现在就开始笼罩着我。过了很久，我说："立中，那你们家现在还可以找人开采水晶啊。"

"水晶早就不稀罕了。"

"那个香港人死后，你们家就没找过别的开采商吗？"

立中沉默了一会儿，好像不愿意提起某件事情一样。后来他说："当时出了这么大的事，在我们那里影响很坏。县公安局派专案组来进驻我们村，查了好些天，成天在我们家出出进进。村里人都有些幸灾乐祸，甚至传言说专案组是专程来审我爸的。他们也确实缠着我爸问了很多问题，可能只是为了搜集线索，但给人的感觉就好像他们已经认定了我爸是幕后主使一样。我姐就是在那时离家出走的。她后来跟我说过，她是承受不住那种压力。和她一起离开的，还有村子里的一个后生，也就是我姐夫。他们这一走，我们家的嫌疑就更大了。有人甚至提议让警察将我们全家控制起来，同时分派警力去追拿我姐。我爸也急了，去追啊，谁不去追谁是王八蛋！他那时忙着应付警察，根本脱不开身，女儿被拐走了，他巴不得警察去帮他找回来。他其实是有一点怀疑我姐夫的——如果香港人真是他杀的，那我姐在他手上岂不是很危险？现在回想起来，我倒是挺佩服我姐夫的，那种情况下还敢带我姐出走，一点也不怕惹火上身。好在那时警察已经查到了关键线索，没多久就破了案——是我们镇上的人干的。破案那天，我爸大哭一场。他当着全家人的面把水晶矿石都倒进了粪池里，说，自从挖了水晶，就没给我们家里带来好事，来的都是些骗子、拐子、杀人凶手，好不容易遇到一个那么好的人，还把人家的命给搭进去了，以后都给我离那灾星远一点。"

从那以后，立中全家再也没有指望靠开采水晶来致富了，又重新回到了长满荒草的庄稼地里，仿佛一艘沉重的货轮，刚一望见岸却突然掉转船头，复又一头扎进了茫茫的大海。看到立中家丢弃了矿坑，邻居们纷纷将它们占领，并将所有的希望都寄托在这个上面。但最后，他们也没有找到一个靠谱的开采商。过了几年，水晶便没那么值钱了。

那天夜里，我们并没有聊得很晚。立中很快就酣睡了，他的呼吸似乎有点沉重，从喉咙里艰难地滚出，痛快淋漓地喷向空气中，像是从内心深处向这个世界吐出的一口口痰。我想，他一定在睡梦中惊恐地忏悔着，为某种他能想象到的可怕的罪行及下场，向着他的同伴——所有和他一样受苦的灵魂，向着他从未善待过的自己，向着他的父亲，不停地忏悔。我侧过身去，轻轻抱住了我的苦难的兄弟。

"别骚！"他闭着眼睛吼道，然后发出一串短促而响亮的笑声。

2004 年初稿 / 2021 年扩写

黑暗的心

但孩子的泪水味道更佳……

　　　　　　洛特雷阿蒙《马尔多罗之歌》

　　故事发生在二十世纪末，由我的中学同学——故事的主人公亲口对我讲述。

　　上高中时，几个玩得好的同学当中，他是让我最羡慕的。他的聪慧和沉稳令我望尘莫及，他的很多高深的思想与他的年龄极不相符。他从不认真听讲，把老师的教诲视作对他心灵的毒害，成绩却一直是拔尖的。他的行为有点放浪不羁、不计后果，但他身上同时具备以下优点：人情味、传奇色彩、诗意和天真，使得任何人都找不到理由讨厌他。当然，并不是每个人都像我这么了解他，因为他不爱与人为伍，更不屑于卖弄学问，因此在大多数人看来，他同样是不起眼的，人们偶尔谈论起他来，顶多说他神经兮兮、为人怪僻。

他考上了一所很好的大学，光是这所大学的校名就足以让我们相信，他以后一定能找到一份羡煞旁人的好工作。

大学期间，我们通信的间隔越来越长，最后干脆断绝了联系。大学毕业后，我曾打听过他的消息。有人告诉我，他并没有去争取一份前程似锦的工作，而是主动申请去了贫困的北方山区当小学老师。

但我还是没怎么去留意他这一自暴自弃的举动，因为他一向都是怪招迭出，叫人看不明白。

只有在事业经历过几次大大小小的挫败之后，在饱尝失意而开始琢磨人生的时候，我才自然而然地怀念起我这位怪朋友来，脑子里除了他的身影还是他的身影。有的是他留在我记忆中的样子，但更多的是我根据他写给我的几封信，通过想象拼凑出来的他大学时期的形象，至于他现在的生活，我无法凭空想象，只是急于得知。

经过几次转车，最后不得不徒步十几里山路，我终于带着一身的疲惫与兴奋来到了一个几乎与世隔绝的小山村，来到了朋友任教的那所破陋的小学。

　　我一眼就认出了你，彭剑斌。他说，我记得那是一个周末的晚上，我在空无一人的宿舍里读萨特的小说。突然停电了。我感到一阵目眩的饥饿，这才想起我还没吃晚饭。在学校门口的快餐店里，我碰到了你。在黯淡的烛光下，你瘦瘦的身影像一个可怜的幽灵，摆在你面前还剩一半的蛋炒饭像一盘散沙。我似乎从你身上看到了我的灵魂，所有对你生出来的同情最终还是落到了我自己身上。咱们是同乡，在此之前，好几次气氛冷清的同乡聚会上，我们曾碰过酒杯（喝的是最便宜的劣质啤酒）。有一段时间，我俩经常沿着学校后面的小河一起散步。自从你大病一场之后，我便很少去找过你⋯⋯

　　我给了你一根烟，你迟疑了一下，便接了。我看出你很不适应这无聊的夜。我极想摆脱掉你，就像有时我极想摆脱掉一种自我意识一样。

　　我起身说："我吃完了。想找人聊天的话，晚点可以到我宿舍来找我。我一个人。"我当时这么说完全是出于礼节⋯⋯对不起⋯⋯

我回到宿舍，点上蜡烛，继续读那本存在主义小说。读到昏昏欲睡时，我听到有人在敲宿舍的门。我开了门，看到你站在无尽的黑暗里，似乎并不想走进这暗淡的光线中来。

　　"你怎么样？"你堵在门口说。

　　我转身走到床边，悄悄地藏起那本正翻开的小说，一边回答你："我正准备睡觉呢。"

　　你并没有像我希望的那样礼貌地告辞，而是径直走来，在我身边躺下。"快乐的单身汉。"你说。我看着你的脸，你躺在我床上的糟糕的姿势，脑子里掠过一些模糊的记忆。我恍惚记得我们似曾熟识，两人像形影相吊，甚至可以说得上是朋友。可我不能确定这印象是否可靠。

　　"有一个女生，"你扯了个话头，迟疑片刻，然后就滔滔不绝地说了下去，"张碧波，你一定认识，因为她就是你们班上的。一年前，我和她在一次课外活动上认识。她很喜欢我，不过我怀疑她一定是把我当成了别的什么东西。我一讲话，她就望着我笑，这种时候我简直觉得她是一只温驯的小动物，只要我开口，她就一定会跟我走。可有时候，她的眼神叫我心里没底，她用那种炽热的目光看向一切让我感到陌生的事物，这让我觉得自己微不足道，甚至很多时候，她可能都意识不到我的存在。唉，说来也怪，她越是对生活，对身边的一切表现得无比热爱，我就越深切地感受到她的冷漠。不过，这些都无关紧要，要命的是我后来真的喜欢上了她。那是你们班的球队踢球赛的时候，她捧着一只不锈钢碗站在球场边上边吃边看。很多女生围在她身边，球一靠边，她们就挤进场地，伸长脖子，目光追寻着那只脏兮兮的皮球。等到裁判拿着竹竿来赶的时候，她们才闹哄哄地退回线外，一边笑得喘不过气来，一边夸张地喊疼——其实那竿子根本没碰着她们哩。我站在球场的另一边，不经意地看了她两次，心里只觉得好笑。我对足球不感兴趣，所以当你们班进球时，反倒是兴奋的观众的欢呼声吸引了我。在片刻的骚动中，我突然发现她竟得意地用汤匙敲起了她的碗！咚咚咚咚！就是那一刻，我承认，我第一次被她的热情感染了。我相信，她的这种天真无邪的热情并不会排斥一个像我这么孤独的少年，她应该把它给我……我以前从不会轻易为了什么感到痛苦。可是那一次、那一瞥之后，我想我是完蛋了。她就那样动一动手腕，用一把汤匙，咚咚咚，一个男人就要倒霉了。所以，你一定要理解我，我是多么痛恨一个女生发了疯似的去敲她的碗……"我们差不多抽了一整晚的烟……

这就是凝固在他印象中的我——一只被爱情捉弄的可怜虫。不过关于我俩之间的友谊，他所述非实。他说他不确定我俩是不是朋友，这话未免太扎心了。我承认，就是从那天晚上之后，"张碧波"这个名字使我俩之间的关系更加紧密了，但不可否认的是，在那之前我们就已经是很好的朋友。他轻描淡写地提到我们沿着学校后面的河堤散步，然后又说什么他看到我来了，赶紧把正在读的小说藏起来，真是让人啼笑皆非！可能他早就忘了，在那短暂的散步时光，我们曾深入地探讨过小说和哲学。那么他有必要在我面前藏起一本文学书吗？反正我印象中是没有藏书这个细节的。至于他说我大病一场，根本就是子虚乌有，我那时虽然偏瘦，但还算不上羸弱，我的身体一直是健康的——至少比他健康。

他比以前消瘦了好多，也苍老了好多，但是他那特有的艺术家的气质却丝毫没有受到时间的腐蚀。我的到来显然让他吃惊不小，但这只是一瞬间的事，很快他脸上又恢复了漠然的神情，似乎他立即充分理解了这件出乎他意料的事，又好像他心里还装着另外一些让他百思不得其解的问题，比起我的到来，那些问题显得更加迫切，无法摆脱。

　　那天刚好是周末，孩子们都放假了。明白我来的意图之后，他说："关于我的生活，只要两个字就能概括——不幸，或者说谬误。"过了片刻，他又站起来，对着窗外裸露出黄土的操场凝视了很久，才缓缓吐出一句："我，很不幸，是我；我是我——这根本就是一个谬误。"

　　他转过身来。我看到他脸上的冷漠不见了，取而代之的是痛苦与恐慌。

　　你或许觉得我放弃更好的机会，来到这里来教书，是基于什么重大的理由。可对我来说，这只不过是人生众多抉择当中一个非常细小的决定，细小得就像是在梦中翻了翻身。

到达这个深山里的小镇时，天已经黑了。一些不知发自哪里的微弱的红光仍然留在天边，并开始逐渐地消失。几个孩子站在马路旁发愁，好像他们也从这傍晚的气氛中感受到了什么叫痛苦似的。

一驾驴车向我驶过来，后面跌跌扑扑地跟着两个大约七八岁的女孩。

"嚯！老板，去哪里？"一个穿得破破烂烂的农民从驴车上跳下来。

"甘铺小学。"我说。

"上车吧！甘铺，八块。"

我的工资才两百块呢！好在只有几里路，天也不算太晚，我完全可以走过去。只不过行李有点重而已。我那时，为了进入社会，已经让自己染上一点江湖气了，于是扮了个丑脸，老练地说："八块？你也不怕闪了舌头。"

"不——贵！不——贵！"这时，两个小女孩已经围在我身边，仰起脖子，用她们稚嫩且开始变得粗俗的声音急切地嚷道，"老板，恁是有钱人……"

我皱了皱眉头。"别这么说，小屁孩！"我边说边准备离开，"你们哪只眼睛看出我是有钱的老板？就这么点路也要八块钱，不如去抢好了。"话一出口，我脊背发凉——我怕他们真的抢我，虽然我浑身上下也没一件值钱的东西，但那岂不是更危险吗？说不定他们会恼羞成怒，把我揍一顿。于是我多了个心眼，谎称自己是本地人："你们不会是把我当外地人了吧？告诉你们，我也是本地的，我的境况并不会比你们好，只会比你们差，因为你们好歹是镇上人，还能做点小买卖，而我呢——你们刚才也听到了——俺们家在甘铺村。俺不过是在外面流浪了两年而已……"

我后面的话他们也许没有听到，因为我已经走远了。在我身后，传来马鞭的抽打声和可怜的马的哀鸣声——我当时并不知道那是驴，在我们南方，马和驴都极为罕见——那个赶车的农民以此来发泄对我的怨恨。

我顺着马路走出镇子。天色却越发地亮了起来，天边好像有什么东西在燃烧。我知道，过了这会儿，黑夜就会正式降临。我不由加快了脚步。

路面上传来"笃笃"声。又一辆马车——我继续说"马车"好了，因为我那时并没见过什么世面，根本就是驴马不分——从我身后驶来。我转过身时，它已经停在我面前了。由于天还足够亮，所以赶车的还没有点燃煤油灯，而我也还是能看清楚他的模样。他一副乐呵呵的表情，看起来没心没肺，好像随时在谋划什么恶作剧似的。他大大咧咧地从马车上跳下来，向我打招呼："喂！恁撞大运了。恁要上哪里？"

我报出了目的地。

"甘铺？两块钱，中不中？"我不置可否。他便从我手里抢过行李，朝车篷走去。我赶紧跟了上去。

从车篷里面传出一阵嘈杂声。当那块布满污渍和尘埃的浅黄色油布被掀起时，里面的两位乘客——他们是当地一对比较体面的老夫妇——已经站了起来，嘴里飞快地嚷着一些激烈而含糊的话语，似乎随时准备跳下车来，进行一场必不可少的抗争。看得出来，他们十分激动，想一致反抗什么，却不知道怎样恰当地表达自己的想法。他们亢奋的神情和乱七八糟的手势使得当时的场面显得混乱。闹了一阵我才弄明白：他们刚去看望了远嫁的女儿，在她家里住了几天——孝顺的女儿和殷实的女婿当然是把他们照顾得非常周到——眼下正在回家的路上，考虑到天色已晚，又兼以路途遥远（他们家在另一个镇），便在这个小镇上花二十块钱雇了辆车……看来，他们已经暂时把这辆马车看成自家的财产了，而不想再用它来接纳其他客人。

"可笑的虚荣心！"我在心里笑道。可是嘲笑这对夫妇显然不能解决任何问题，而且对于眼前的情况我完全知道该怎么应付。

"大爷！大娘！你们看，天也黑了，行李又重……占用你们的空间并非我所愿，可是只有两公里的路程，我在甘铺小学当老师，这会儿正准备去学校报到。我不会打扰你们太长时间的。就这点路程，说实话，要是在白天，我是不会贪这点便利的。可眼下实在是不早了，我只想快点赶到学校，好好休息一晚，我听说学校分给我的宿舍还没收拾呢……"

这时那位一直很激动的大娘却和蔼地笑了："啊，这么说恁还是个教书先生哩！恁误会了！俺和俺男人刚才并不是冲着恁发脾气，俺们所有的意见都是冲着那贪心的车夫来的。俺们当然欢迎恁上车，可是俺们认为既然俺们已经付过车钱了，他就不应该再收恁的钱。"

"没错。"那位大爷严肃地补充道，"俺平生最看不得人贪婪，这涉及原则问题。敲诈一位教书先生的钱，能让外地人对俺们这地方产生什么好印象哩？"说到这里，他意味深长地看了马车夫一眼，似乎在诘问后者他说得有没有道理。随后他仰起脖子，总结道："恁快上来吧，娃儿！——俺就倚老卖老叫恁娃儿了——把恁的行李也搬上来。至于他嘛，注定不该得到那额外的两块钱。这就是俺和恁大娘的意思，而且俺们有这个权利。"

夫妇俩的一片好意使我既感激又尴尬。因为我刚才确实误会他们了。我一时不知道说什么好，所以有一阵子，我只能呆呆地杵在那里。

天色以极快的速度暗了下来。我不能把更多的时间花在想着怎么表达我的感激之情上了。于是我转过身去，以便从车夫手里接过行李。可是车夫已经不在我身边了。他把我的行李放在路旁，并一屁股坐在箱子上，饶有兴味地观看着这一切并与之保持着很好的距离。他的脸上仍然乐呵呵的，好像是那夫妇俩的话逗得他如此开心，不过也可能他的脸上永远都挂着这副表情。他突然问我："恁自己愿意出那两块钱吗？"

我当然愿意。两块钱比八块钱便宜多了！但我不能说，因为那样无疑会暗地里帮了车夫一把，而伤了老夫妇的面子。我觉察到车夫这个问题的阴险，于是对他产生了反感，毫不留情地对他说："你不要坐在我的箱子上！"

对于我明显带有攻击的语气，车夫一点也不在意。他非常听话地站了起来，并针对夫妇俩说了以下的话：

"恁说权利，恁们好像也没有恁说的那种权利。恁用二十块钱雇了俺的车，可当时恁们只有两个人，并没说会有第三个人。恁们当然有权利发发善心，帮这位教书先生一把，如果恁们愿意帮他付那两块钱的话，或者让他自己付也中。"

那位大爷顿时愣住了，他似乎没有料到车夫会用这种口气跟他说话，一下子不知道该怎样还击他。他想了一会儿，还是找到了还击的理由："中，恁就扯吧！就找借口吧！是恁的贪婪在教唆恁钻空子。恁丢了家乡人的脸，就像一颗老鼠屎坏了一锅汤！但是恁糊弄不了俺。俺又不是第一次在这个镇子雇车了，俺清楚得很，收多少钱只看路程远近，至于车上坐的是两个人还是三个人，况且这位教书先生还那么瘦小，对于恁和恁这匹畜生来说，花的力气是一样的。"

从黑暗中传来马车夫那富有讽刺意味的乐呵呵的声音，我现在已经完全无法看清楚他所在的位置了——

"恁说得很对，大爷，但俺看恁脑瓜子有点没开窍。对于俺们这种干营生的来说，一切偶然的机遇，而不是所谓花费的力气，才是给俺带来收入的由头——力气俺有的是，但机遇是不可求的。这么跟恁说吧，如果是在镇子上，在跟俺谈价钱的时候，恁们是三个人，那么恁出价二十块钱，俺绝无二话。但既然第三个人——这个教书的老弟——是在半路上，以这样一种方式出现，那就说明他的出现是非常偶然的，是应该给俺带来一笔报酬的。如果恁们一定要让俺得不到这两块钱，也中，那恁们就只能拒绝这位外地来的教师上恁们的车——这个权利怹们还是有的。"

"难道就没有商量的余地了吗？"那位心软的大娘试探道。

"毫无余地！"显然，车夫对有机会回答这样的问题感到十分陶醉。

"啊！"大娘似乎吃了一惊，她又对自己的男人说："娃儿他爹，俺看咱们还是依了他吧……"

"混丈婆娘！"那位大爷竟然对自己的老婆凶暴起来，"怹让俺在这种情况下做出让步？怹看看那个脓包，看他贪婪，找借口……他……他……他威胁，怹就这样让俺放弃俺们的原则？怹认为俺会这么做不？"

他确实不会这么做，他是一位富有正义感的、带点倔强脾气的糙老爷儿们；但他并没有说他会怎么做。

有好一阵，大家都不作声了。我已经看不清任何人的脸，或是身体。我不知道他们在干什么，甚至不知道他们是否还存在。夜虫在大路两旁的麦田里吱吱地叫唤。我举目四望，见不到一丝光亮。过了很久，我才重新意识到我目前所处的时间、空间和处境。我想这一切都是由我引起的，那么也应该由我来结束它，而且我已经想到了解决的办法。

我在黑暗中低声叫唤车夫。一个身影在我眼前晃动了一下。我急忙跑过去，伸手抓住这团模糊的身影，把它拉到一个我认为远离了马车的地方，并压低嗓门说："听着，车夫，你别太过分了！我并不在乎那两块钱，也不在乎你是不是又发了一笔横财。只是咱不能伤了那位大爷的面子。这样吧，两块钱我现在给你，你马上把我和他们都送到目的地，但是我请你配合一下，装作被他们说服了的样子，你去跟他们说：好吧，就照恁们的意思办，俺不收这位老弟的钱……就这样吧，我可不想在这里浪费时间了，我想你也一样吧……"

这时灯突然亮了。我看到一张既愤怒又痛苦的脸，而他的肩膀正被我的手抓着。原来是那位大爷，他不知什么时候从车篷里走下来了。而车夫呢，正乐呵呵地把煤油灯挂在车辕上，那匹沉默的马也顿时兴奋地蹦跳了两下。

大爷把我的手从他肩膀上拿了下来，转身朝车篷走去。"上路！"他说。

"得嘞！"车夫响亮地应了一声。于是，笃笃的马蹄声、灯盏和它所发出的光芒一下子从我身边消失得无影无踪。

　　或许正是因为这个不甚真实的小插曲吧，从一开始我就感觉我来到这里就像是在做梦，而且是一个无比漫长、谬误连篇的梦，至今也没能醒过来。

　　后来，我安顿下来之后，又去了一趟镇上。白天的镇子仿佛换了一副模样，再也无法印证那个傍晚它留给我的梦幻般的印象。那天正好是赶集，整个镇子只有一条像样的街道，全镇的人都挤在这条灰扑扑的街上，似乎陷入一种漫无目的的集体忙碌，像蚁群。我试着融入他们……我咂摸着这个词：融入。那就是说我他妈的消失了！现在只有人群，少数还没融入进来的人，在远处看到我们，只会说：那里有一堆人。我回想起我曾在公共场所出过的洋相，有人会冲我指指点点，小声地对他的同伴说："瞧那个人！"像是总算发现身边除了人群之外，在人群之中还如此冒失地存在"一个人"。人群奔涌起来，一眨眼，我的脚步变成了另一个人的脚步。如果有人在数脚步，那么他只是在数脚步。一个连衣服都显得很疲惫的男人看了我一眼，我立马激动起来。他会记住我吗？我感到我必须知道这一点，因为我已经记住他了。

不想被观察，那就去观察。于是我也开始看，向一切看向我的人看回去。一个男人在喊："那边！那边！"他的脸通红的，牙齿上布满黑垢，他的右手在冒烟。"那边的便宜！"他冲一个女人做了一个轰她走的手势，还跺起了脚，顺便把丢在脚下的烟头碾灭。我愤怒了。

"给他十块钱！"我对自己说。

"什么？"我莫名其妙。

"他为了贪一点便宜，竟然像个女人一样跺脚。给他十块钱！"

"这样……合适吗？"不过，我已经伸手去掏钱包。

有什么东西撞了我一下，我发现自己手里拿着钱包。另一个上了年纪的男人在跑，他跑的意义很不明确，不过幸亏他跑的时候撞到了我，这才使我回过神来，赶紧把钱包揣进口袋——有惊无险。我继续朝前走去。黑牙齿男人注定得不到十块钱。

他和她从我身边走过。两具年轻而好看的肉体。

"恁知道吗，俺昨晚去了那个地方，可好玩哩……"她在讲给他听。昨晚的事，他所不知道的事。这么说他俩昨晚没在一起睡觉。好啊好啊好啊。永远不要睡在一起。拆散他们！我突然自个儿沮丧起来，因为我根本不认识他们。

一个农妇手里拿着一个苹果。她的脸很苦恼。两个小男孩吊在她两边的肩膀上，他们在合力大哭。"一人一半！"当母亲的说。可是她没办法分开苹果，她需要一把刀。更何况他们谁也不愿只吃一半，吃一半还不如不吃，而不吃的不应该是自己。母亲需要一把刀，可是幸好她没刀，要不然兄弟俩总有一个要杀死另一个。

"快点思考！"我催促自己。对这母子仨进行一次人性的批判。总结，不，首先应该分析，从《圣经》的故事开始寻找线索。将他们归类，首先是将这一现象归类。挖出黑暗的心。悲观一点，尽量悲观，最好是对全人类失去信心。可是，我已经感到冰冷。思想需要热量，我的机器开不动了。我开始鄙夷这样的思想，从大街上捡来的肮脏之物。来自心底的另一道充满人性的声音对我说：同情啊！还等什么？赶快同情！要不然来不及了……

"窸窣——窸窣——"什么在响，有点悦耳。小心看路哪，脚下有一大摊脏水。啊，脏水，你是怎么变脏的？窸窣。乞丐在欢笑，他在嘲笑我的思想，他的饥寒一齐尖笑。有老熟人巧遇了，他们开心得有点失态。"恁最近忙什么？啊……啊？"他的回答，他没听到。他又碰到了一个熟人！这使得他很恼火。窸窣。过了很久，我回想起这种响声，已经跟随我好一阵了。它就在我的裤子口袋里，是我刚从镇上的邮局取回来的信。

有些话还是不要说得过早，因为现在我们都很年轻，当我们在现实中慢慢经历人生，就会发现，自己的承诺是那么经不起岁月的考验。我一向都不喜欢后悔，也希望你不要为了对某些事所做的决定而后悔。其实人心都是很贪婪的，一旦拥有就怕再度失去，我害怕那样的感觉，害怕那种伤害，所以我不奢望拥有太多，或许是孤独了点，但我不用担心太多。因为，在这样的环境下，一切事物的保质期都太短了，正因为如此，我们往往连自己都看不清自己。何必选择？何必给自己太多的欲望？

其实，我知道我是在逃避，但我真的不知道，我不知道自己追求的是什么，因为我是一个没有主见的人，也是一个没有判断力的人，所以我害怕选择。选择的定义其实就是失去，人就是因为要失去才会有选择。对于一个没有判断力的人来说，这是一件很痛苦的事，因为不知道怎样才是对，所以一直在徘徊，也一直在等待，等待一个不需要选择的结果。

曾经，我把自己比作一个已经没有赌资的赌徒，现在想来，其实这个比喻真的很恰当，因为我是一个感情很丰富的人，我输不起。

这是干吗？我像是在一片绝对的荒芜中（无垠的）努力恢复记忆。眼前是什么东西？我谨慎地瞪着那张薄薄的纸片，上面陈列着一大片蚂蚁的尸体。我用手指去拨它们，我以为它们会动。你，这个小东西是什么意思？我渐渐想起来了：它的用法，它被赋予的意义。可是，这肯定没错吗？这个字我写过无数次，难道真的是这样写的吗？为什么它今天看上去这么虚弱，甚至怪怪的，它生病了吗？我跳过去，看到了另一个字。我看到了**中**字，多么残忍！它一剑刺穿了洞开的嘴，把一些话也杀死在那张嘴里。我紧张起来，去看别的字：**必**，谁的心脏上斜插着一把剑，也被捅穿了。**件**，没什么好说的，一个人被钉在了十字架上，旁边还站着一个人。**切**，一个人向执刀者下跪，跪地求饶，不，他是背朝刽子手跪着的，那么就是砍头咯？体面地去见阎王。**丰**！连杀三人，好！好！**看**，啊，这个字，我也认得，那把剑也杀了三个人，两人被捅穿了，还有一个只是被捅弯了而已，他应该伤得不重，送到医院还有得救；那剑也弯了，可是，注意下面那只睁得大大的眼睛，它注视着这一切——杀人不眨眼，正是！

　　我"读"完了这封信。很好的信，我想。我在干吗？——"朝前走着呢。"人群还在吗？——"首先是人群，然后才是我。"我在问自己？——"是的，我的思想在自言自语。"谁的信？——"'她'。"说了些什么？——"叫我去杀人。哦，不。我忘了。"

我想起萨特的自传。他小时候就开始假模假式地"创作"小说了。他八岁时意识到"创作"这个词，那是一个严重的时刻。为了验证这种严重性，他用颤抖的笔在一张白纸上写下："黛西用手捂住了眼睛：她瞎了双眼。"结果他感到恐惧，因为一句话就使一位姑娘变成了瞎子。我回想起小萨特的这种经历，心中涌起难抑的兴奋。我想立即试一试，可是我手头没有笔。快，快！趁这种兴奋还没有消失——伴随着这种兴奋的，还有即将获得快乐的预感。我没笔，怎么办？用嘴说也行。"我杀死了他——他来到这个世界上才……"我迟疑着，等待最先跃进我脑子里的那个词。"两天！"于是，奇迹出现了，我杀死了一个出生才两天的婴儿。不过，这种快感还不是很强烈，因为刚才那句话只是在我脑中闪过，并没有真正说出来。我疯狂地跑了起来，仿佛人与人之间的排斥力开始对我产生巨大的作用。每个人都在遵循力学原理反射我。只要视野中存在一个人，都是不保险的。我闯进路边的茅厕，可还是有一个人蹲在里面拉屎，他用臭烘烘的眼神从下方熏我的脸。我又跑了出来。墙角靠着一辆自行车，没上锁，可能就是那个拉大便的混蛋的。我骑上就走，那人提着裤子冲了出来："喂！恁弄啥呢？抓小偷！"我已经不见了踪影。我骑进一片林子里，那里静悄悄的，一个人影都没有。开始我还有点紧张，可是鸟儿的叫声使我平静下来。我清了清嗓子，像朗诵诗歌一样柔缓地说："我杀死了一个眼神清澈的孩子。"啊，我顿时感到晕眩。多么真实！多么震撼！这声音甚至比文字更美，它在树林间缭绕，久久不肯消散，它使我幸福地感到真实已经不可更改：我杀死了一名孩童，他新鲜的皮肤已经爬满了死亡的味道，他的鲜血携带着巨大的疑惑溅脏了他天真的脸。这一切正是我干的。为什么？！而妙就妙在这里——没有为什么。我的创作只有一句话，该交代的已经交代完了，剩下的是留给人们的痛苦的想象和无尽的猜测。"你跟他父母有仇？"随你高兴怎么想吧。"他是谁的孩子？"不知道。"他是你的孩子吗？"不，我最讨厌别人自作聪明，如果他是我的孩子，我就会直说，我的创作就应该是——我杀死了我自己的孩子。

张碧波的文笔真好！是她独属的音色和节奏，那节奏如此舒展，像演奏者敞开心扉、自我流露的音乐，令人过耳不忘，绕梁三匝，跟她当年敲碗的声音一样美妙……

"这声音甚至比文字更美。"我冒出上述想法时，他正好说到这一句。我这才发现我有点走神了。不仅如此，他的那些似乎在回避问题实质的谵言妄语，让我大失所望的同时，也不禁为他的精神状况感到担忧。这时他自己提出要去做饭了，中断了讲述，而我也正好借机出去走走，听一听夏日乡间的虫鸣鸟叫。

由张碧波的信（除了她还能是谁呢？），我又想起他在大学期间写给我的几封信，字里行间透着一股子酸腐味，摆脱不了一种无病呻吟的嫌疑，比如，他曾在信里写过一句毫无说服力的话："我现在感觉全人类的不幸就是我的不幸。"同寝室室友的一个自私的举动，也会使他联想到"我们身边的黑暗""人类还尚未消灭的贫困与不公之外的第三个顽疾——愚昧"。我还记得他在某封信的开头向我道歉，说拖了这么久才回信是因为他的生活"已经荒凉得不可收拾",是"痛苦的强大电流"将他击倒,使他无法重振。在另一封信里,他告诉我,一年前他终于写信向"她"表白并遭到了拒绝,且被"她"残忍地要求继续当"她"的"不幸的朋友"。就是在这封信里,他发明了这个加引号的"她",一劳永逸地解决了不便提及那个名字的难题。在信中,他以他特有的遣词造句的方式,向我转述"她"的话:"她"承认,在过去一段时间里,"她"确实对他流露过无须掩饰的善意,如果他误解了这份善意的性质,还请他原谅,因为"她"倾注在他身上的"除了同情,还是同情";"她"看到的世界是和谐的,充满着善和美,"她"不可能和一个内心装满正义而眼中所见却只有阴霾,一味抱怨和谴责的男性擦出爱的火花,毕竟,"正义和愤怒代替不了幸福"。他写给我的最后一封信里,飘满了一种令人厌恶、恐惧和窒息的腐朽气息,让人读后透不过气来。他说他已经"不可挽回地堕落","内心的火已经冷却",对很多事情变得毫不在乎。"这何尝不是好事?我现在也终于能体会到一些廉价的快乐,加入庸众的狂欢。"他自嘲地写道。在信的最后，他甚至谈到了自杀："如果有一天我真的干出了那件傻事，那将不是因为我——像'她'说过的那样——忍受不了这个世界的黑暗（世界的黑暗早已跟我摆脱了干系），而是因为我将不能容忍我自身的黑暗。"

他用那支笨拙而沉重的笔，在纸上抹出一个自身与自身拉扯的、不容于世、支离破碎的形象。他不自量力地冲向那些宏大而威严的词汇，让我仿佛看到一个无比失意的堂吉诃德，在与语言的搏斗中，被揍得满脸血污，既悲壮又可笑。但不管怎么样，在重温这些信时，我仍然受到了感染，内心无比震惊，同时也滋长出万分的愧疚——显然这些年来我对他的关心是不够的，我不是一个称职的朋友。也正是因为这份愧疚，我才大老远地跑来看他。对于我的到来，他最后只轻描淡写地说了一句："真是难为你了。"

吃过晚饭，我们像两个哑巴似的尴尬地枯坐着。夜在缓缓地流逝。我被无聊和失望所困扰，开始感到倦意。不知过了多久，朋友深沉地叹了口气，终于说道："我们到外面去坐一会儿吧。"

我们各自搬了一张椅子，来到光秃秃的空旷的操场上。夏日的夜空没有一丝光亮。朋友又进屋去把灯都关了，我们完全置身于一片黑暗中。他在我对面摸索着坐了下来，然后才开始像是对着他的灵魂讲出了这番话——

大学四年里的情形，我想不用我复述了——如果你认真读过我写给你的那些信的话。我今晚要讲的是另一种生活，另一个可怕的秘密——我在这里的生活。也许你会认为这种生活仍然是大学生活的延续，或者说它们都是我中学时候的生活的延续，因为你也许早已看到我在中学时的那种奇怪的性情对我的大学生活有着不可忽视的影响。但随你怎么想吧，我自己是不会去管这些念头的，因为我的经历已经告诉我：对生活进行推理、分析、判断或总结，那都是愚蠢至极、徒劳无功的。我应该相信，一切都毫无道理可推。所以我今天也只管讲述我目前的处境——满足你可耻的好奇心——至于这一切是怎么发生的，我怎么成了现在这副样子，总之，如果你有任何不明白的，拜托你，千万别打断我，因为我无可奉告。

我常常忍不住去想：这一切是从什么时候开始的呢？时间在我脑子里已没有了明确的界限，像一个周而复始的圆圈……

我只记得那是一个傍晚，很快就要放学了。课的内容在离下课铃响还有十分钟的时候便提前讲完了。我无事可做，站在教室的窗边，欣赏着田野间那美不胜收的黄昏景象。教室里十分安静，我知道我身后有一群孩子，他们都有生命，可此刻他们却一声不响，仿佛全都死了一样。这个想法使我很不愉快，心里开始变得阴郁起来。灰色的天际早已挂上了一轮苍白的满月，虽然太阳还在山顶发出它最后的光芒。这是一幅细想之下十分怪异的画面，不是吗？——太阳和月亮在地球的某个村庄上空对峙着，连地球也为此感到难过。凉爽的晚风从山坡的树梢上一直刮过田间的每一株麦苗。我的心情坠入了谷底。

我转过身来，想尽快离开教室。我最后扫视了一眼教室里那片参差不齐的黑压压的小脑袋，突然害怕得浑身发抖。我忘了我最后是怎么走出教室的……当我冷不防地突然折回教室门口时（我想我心里当时一定早就装着十分阴险的念头了），里面的嘈杂声立即消失了，教室里又恢复了死寂，像是一股超常的力量在最短的时间内迅速扭转了一种宏大的局面。我看到几个调皮的男孩在惊吓之余还庆幸地交换着得意的眼神。

我全身的血液瞬间涌向了脑门。我在一种根本无法抑制的冲动下冲进教室里，带着复仇般的快感将巴掌打向一大片学生的脑袋，像一头兽性爆发的猛兽一样释放出身上的本能。

那天剩下的时间，我整个人都是恍惚的，像行尸走肉一样游荡在校园里。晚上，我躺在被窝里，一遍又一遍地回想着此事。我想唤醒悔恨和自责将自己淹没，好赎回刚才犯下的罪行。然而，我发现自己仍深深地沉醉在一种无法平息的兴奋中不能自拔。虽然这一发现使我非常不安，一秒不停地困扰着我的良心，但另一个几乎疯狂的、激昂的自我已经决定不管这个深受良心折磨的我的死活了。那个恶鬼！他早已潜伏在我内心深处，但直到那一天，他才终于露出他可憎的面目，决定彻底地将我毁灭。

事情或许就是这样开始的——在这里，老师打学生是家常便饭，而我一直不赞成这种做法，但是那天，我不但打了学生，还觉得非常刺激。

　　后面的事情要讲下去就容易多了：类似的罪行被我一一犯下。我无法摆脱那种兴奋的诱惑，虐待小孩简直成了我唯一的享乐。开始，面对作恶后的自责、悔恨和痛苦，我还时常不知所措，但后来，连这些也顺理成章地成了那种快乐的一部分。在这件事上，我可以说是真正感受到了快乐和痛苦融为一体的滋味。

　　这些孩子就在我的魔掌下忍受着皮肉之苦。但是，他们又完全无法察觉到我的险恶用心。他们怎么可能理解我对他们名正言顺的惩罚仅仅是为了一泄私欲呢？我常在课堂上找出各种借口来满足我这残忍的嗜好，一个使我看不顺眼的坐姿也会成为挨揍的理由。有的孩子因为背不出课文被我敲肿了脑袋，有的因为凳子发出响声被我揪红了耳朵，还有些孩子则因为发出笑声被我猛掴嘴巴——虽然他们发笑只是因为觉得我讲课风趣，但我会可耻地利用这一点，每当我在课堂上感觉到必须给自己的心脏注入一剂兴奋剂时，我就会丢出几句一定会逗得他们发笑的话来（我很了解他们的笑点），然后借机狠狠地惩罚他们。但是，他们从来不敢反抗，甚至都不敢躲闪。每个孩子在遭过我的毒手之后都会改掉自己的"错误"——他们总是从自己身上去找原因。是呀，难道老师还会有错吗？他们只是七八岁的孩子，在他们眼里，老师简直是无比公正的圣人。有一次，一个瘦小的女孩（因为一直以来的习惯）正在用左手握笔写作业，被我狠狠地揍了一顿。她那装着无知和恐惧的眼里立即涌出了泪水，但是她的表情却是惭愧和懊悔的，她马上认识到了自己的错误，从那以后，她一直都是用右手写字了。

可这又有什么用呢？他们还是逃不掉他们的灾难，那灾难已经盯上他们了。他们的这些表现，他们的天真纯朴确实使我在事后更加悔恨，在良知苏醒的瞬间更深地谴责自己。但是当我再一次面对他们的时候，我的眼里就会射出比之前更毒的仇恨之火，我会对自己说，正是因为他们的愚昧无知，正是因为他们对师权的迷信崇拜，所以他们就应该接受更残酷的惩罚……

我的施暴已经越来越肆无忌惮。越是耸人听闻的方式我就越感到刺激。有时在使用一种比较残忍的手段时，心里会有个声音出来阻挡："这样不好吧？"但正是因为这个声音，我下手会更重。

也许你完全无法想象——我对这些孩子的那种仇恨！正是这仇恨，扮演了罪恶的快感的帮凶。这仇恨常常让人无法捉摸，它会在你毫无准备的情况下，迅速地控制你的灵魂，并在一瞬间燃烧到一种白炽状态，足以指使你去毁灭一切。

当我完全"清醒"的时候，我会徒劳地苦思冥想：那个仇恨者，他真的是我吗？那个在仇恨的毒素发作时，他厌恶、他无情地嘲弄并丧失理智地摧残、践踏的疯子难道真的是我吗？我和这个恶鬼之间有什么关系呢？当我还是一个孩子，当我还装着满腔的正义时，那个我跟这个恶鬼之间到底有什么关系呢？生活啊，命运，你真是太会捉弄人了！

仇恨在逐步加深。当我面对这些面目可憎的孩子时（他们就像一群细小的魔鬼，纷纷咬啮我残缺的心灵），我完全无法忍受他们稚嫩的心灵上那似乎置于放大镜底下清晰无误的庸俗、丑陋的本性。

他们在一个贫瘠的环境里长大，因此他们的灵魂也就显得面黄肌瘦、营养不良。我越来越无法掩饰我对他们的厌恶。对付他们，我已经是不择手段了。

这难道又是什么恶鬼在作祟？我常常看着他们，眼前便出现了幻觉：似乎他们变成了一具具小活尸，他们的表情叫人不堪忍受，他们露出阴森的牙齿，眼睛里一片令人窒息的空洞，他们的笑声狰狞恐怖，他们幼稚的言语仿佛从阴曹地府钻出，拖着九重沉闷的回声，他们的一举一动都迂腐呆滞，他们身上整个儿透着一股腐朽的霉味。

这时一把烈火就会在我体内奔窜！我直感到一阵抑制不住的莫名的喜悦，在一阵猛烈的颤抖之后，我知道：那仇恨的魔掌又将我牢牢地控制住了。而要对付这股强大的洪流，理智、良知、内心的反抗便通通变得像蚂蚁的胳膊一样，显得那么无力。

我开始对他们进行大规模的集体惩罚。有一次，我刚处理完一桩两个孩子的打架事件（至于处理的方法，那无疑只有一种），上课铃便响了。这时我仍觉得意犹未尽，便走进教室里，用一个堂而皇之的理由把每一个学生都施虐了一遍，我那贪婪的欲望这才得以满足。那种感觉当然特别过瘾。

孩子们都非常地怕我了，虽然他们从不言语，但那恐惧是深藏在心里的。那无疑是一种巨大的恐惧，以致他们不敢恨我。他们除了恐惧，没有别的办法，只好心甘情愿地充当我泄欲的工具，我的玩物。严格地说，他们已经丧失了完整的人格，因为我对他们的肉体施加的暴力同时也使得他们的精神被扼杀了。我强大的力量将使他们彻底地否定弱小的自己。他们的灵魂早已沦为我那粗暴的灵魂的奴隶了……

那个整日吊着鼻涕的可怜兮兮、如丧考妣的小男孩，就因为下午放学时在池塘边玩了一会儿水被我撞见，并受了我的威胁——我当时恶狠狠地说："干得好！看我明天怎么收拾你！"（我没有立马收拾他，仅仅是因为当时没有那种好心情）——于是第二天他便躲到了深山里不敢来学校，也不敢回家。一直到天黑之后，他父亲才把他找到。他一整天待在那片人迹罕至的林莽里，伴着他的是深深的惊吓、自责和一筹莫展。我敢说，那绝对不是他这种年龄的孩子应当承受的压力，所以在那黑暗的绝望的处境中，听到父亲的第一声呼喊时，他就委屈地哭了。但是他那愚昧的父亲，那个粗鲁的农民，并没有给他什么好的抚慰，而是顺手就给了他两个耳光，或许比我平时下手还重哩。

你可能会觉得这完全无法理解。当时，这件事也让我非常震惊。但是后来想想，也并不足为奇。在这片完全闭塞的土地上，那些活了大半辈子的人仍一点都不曾摆脱掉他们从小就开始形成的种种局限和劣根。他们希望自己的孩子不要像他们一样无知，他们从不怀疑这些乡村教师能帮助他们实现这个心愿，所以他们对我们敬若神灵，心怀感激。如果一个父亲亲眼看到哪个教师正在用木棍拷打他的子女，那么他一定会满心欣慰地认为那木棍毫无疑问是可以点石成金的，而他的孩子呢，也马上就要被打成一个前所未有的伟大的人才了。正是他们的这种无知和侥幸心理，更加纵容了我的暴行。

唉，我跟你讲这一通道理干什么呢？我一开始就说过，在生活中推理是行不通的。不要指望为你命运的转折找到真正的原因。就当我刚才没有讲过那番话吧，因为，很显然，它并不是这荒谬的一切的答案。

　　我曾一度醉心于这残酷的游戏。因为反抗已变得不可能，那么还不如干脆彻底地就范。与其被动地沉沦，不如主动地堕落。我已经完全把自己当成了一个已死之人，一个十恶不赦的魔鬼。我要尽量使一切干得漂亮、利索。说到底，我也只不过是命运的牺牲品罢了。

　　当我想到，我不仅是在虐待一具有知觉的肉体，更是在摧残一个刚刚成长的人时，当我想到这个人将终其一生都无法摆脱我施加于他的影响，我的行为将成为决定他命运的密码时，那种兴奋简直到达了顶点！

　　有时，我又不断地告诉自己：他们只是些爬虫，他们的尊严也就只有手指头那么点大。因为上天把他们造成这副丑陋的模样，所以他们应该更深地体会什么叫不幸。他们以后也会成为魔鬼，或是被魔鬼播弄，不管怎么样，他们都是可悲的。

　　这些都是我在疯狂的时候想到的。但是如果你认为我当时已经心安理得地接受了我这一角色，我的心里不再矛盾，那你就错了。命运的摆布只不过是为了让我的生活充满不幸，叫我的神经布满痛苦，如果我的内心变得麻木，对一切都无动于衷，那命运的计划岂不是要落空了吗？你知道，那是不可能的。而事实是，彻底的堕落加强了那怪异的快乐，而更大的快乐则带给我更深的痛苦。每当我——像现在一样——身处无边无际的黑暗中的时候，我的良心就会像猫头鹰一样，对我瞪圆了它那双犀利的眼睛。它比那个恶鬼更让我感到惊慌和恐惧。面对它无声的谴责，我同样手足无措。我被它那深沉的目光追得无处藏身，因为它简直无处不在。它置身于黑夜，可它一点也不隐蔽，因为它比黑夜更黑。当我用被子蒙住脑袋时，它也钻进了我的被窝。我闭上眼睛，可还是无法阻止它出现，因为它一直就藏在我脑子里。啊，我真想杀了它！可是除非我先杀死我自己。其实，那良心又何尝不是被那恶鬼遣来迫害我的呢？

朋友，每当深夜，我就这样被唤起对每一桩罪行的回忆，无奈地、仔细地品尝着我的不幸。那种滋味是多么痛苦啊！可是——奇怪，这痛苦立刻又在我心里转变成一种强烈的快乐——它聚集在我的体内，指使我去犯下新的罪行。

你以为我从来不曾怜悯过那群无辜的孩子吗？你以为他们从不曾使我感到心塞难过吗？你以为我从未像一个父亲一样切身感受过他们的苦痛吗？……你以为我不也曾为他们……为他们……流下过悲痛的泪水吗？

那天并未显示出什么特别，一切都和生活中无数个消逝的日子一样，我心里掩藏着狂躁和厌恶。孩子们带着无所察觉的神情陆续来到学校。他们朝气蓬勃的脸似乎在表明：对于他们来说，每一天都是新鲜的。这无疑愈加恶化了我的心情。

我极力克制着我那快要爆发的火气。半节课的时间过去了，这时，我突然感到一阵悲哀。接着又是一阵沮丧。我的心似乎快要碎了。我放下手中的粉笔，叫学生们自己看书。我呆呆地凝望着眼前的空气，那时间就像凝固了。我的心就那么一小块一小块地碎着。我怎么啦？我想到了什么？——没有，什么都没想。可我又一定是想到了什么，哪怕是一个转瞬即逝的念头，一道记忆的闪电——它快得使我根本无法抓住它。

是我曾有过的梦想？我以前写过的一首诗？或是我爱过的女孩？还是……不是！不是！不是！都不是！我粗暴地否定着这一切的想法。我的心又立刻变得坚强，体内迅速聚积起无穷的能量。一个女孩悄悄地伏下身去对她同桌说了一句什么。

"你给我站起来！"我大声吼道。

她几乎是艰难地、像一棵小草破土一样地从自己的位子上站了起来。

"自己打自己耳光。"

她立刻愣了一下。然后就那么迟疑地、怯怯地露出一个缺了门牙的、羞涩而又不知廉耻的笑，并伸手轻轻地摸了一下自己的脸蛋。

我想我当时一定是恼羞成怒。我不顾一切地朝她奔了过去。我脑子里装着她那个丑陋的笑，那个不同寻常的笑……那是多么恶心！可又让人感到多么心酸！……那所有的悲惨境遇，那沉睡的意识，眼看着自己的幸福被一步步葬送的愚蠢、麻木，那我们的灵魂中天生注定的丑陋和卑微，这一切丑的丑的丑的东西都在这个孩子不经意间露出的一个笑容中暴露无遗了！……它多么让人心酸，又是多么恶心啊！

……我几乎用尽了所有的力气。一股从未有过的巨大的快感立刻从我疲惫的身体内释放出来。

那一巴掌重重地印在了她瘦削的脸颊上。她羸弱的身躯摇晃了两下，又立即被我紧紧地抱在了怀里。

"孩子！孩子！孩子！"

我哭着，这样温柔地，带着内心里深深的悔恨和伤痕唤着她……

你为什么用这种奇怪的眼神看着我？或许你觉得我给你讲述这件事多少会有点难为情？是的，没错，我现在就立马后悔讲它了。这只不过是我不幸的生活当中一个可笑的插曲，它有着某种意义。但这件事过后呢？我的境况并没有因此而改变。唯一的变化就是孩子们更加怕我了，而我则更加地厌恶他们。

一直到现在，我还被这种命运主宰着无法脱身。我也曾决心改变，但那是徒劳的。或许我的决心根本就不够坚定，你知道，一切堕落的人的决心都不够坚定。我也曾想过离开这里，但我始终都没有离开，我想我以后也不会离开。或许这跟勇气有关，因为要完全抛弃一种你不堪忍受的生活去重新开始，也是需要很大的勇气的。也可能是因为我竟有点舍不得这种⋯⋯这种被痛苦折磨的滋味，毕竟⋯⋯毕竟⋯⋯

我说这么多废话干什么！我早就说过，生活中没有道理可寻。我没有离开这里就是因为我无法离开，它既是原因，也是结果。

其实，我刚才想说的是：毕竟那痛苦中还夹杂着一种你不能体会到的、叫人难以抗拒的快乐。

我怀着无比厌恶的心情离开了那里，后来再也没有跟他联系过。我想，我们这辈子都不会再见面了。

在回去的列车上，望着窗外裸露着黄土的单调风景，宛如一块奔跑着的巨大抹布，我竟然感到了一丝忧郁。不，我并不为那些孩子的命运感到担忧，忧郁是因为别的东西⋯⋯思绪总是紊乱纷飞，捉摸不透⋯⋯比如说不管看到秋天的落叶，还是大雨过后暴涨的河水，我总会闻到童年的芬芳，因为儿时的我常在野外玩耍而忘了回家，我曾经那么熟悉大自然的气息⋯⋯我永远记得在外婆家那边，每天清晨，我都会赶在太阳出来之前到地里去摘黄花菜。黄花菜地里杂草<u>丛</u>生，掩盖了潮湿的泥土，我每天都会对那块神秘的土地产生一种新的恐惧，我害怕有什么怪物从那草<u>丛</u>里钻出来，咬住我的腿脖子。我每天都在害怕，每晚都做噩梦，直到童年结束……童年常常以悲哀的形象迂回到我们的记忆里，无论它从前是愉快的还是布满伤痛，而一个人如果眷念自己的童年，沉溺在那如同奶油般的光阴里，那么活下去总会缺乏一点精彩……

很多年前一个细微的决定，竟然决定了如今生活的荒芜：往复循环的人生小径，不断重现的日常琐事，毫无意义的一些脚步……思绪突然飞升，带我飞抵停留在空中的一道美妙的声音：咚咚咚！

我醒来，不敢确定，张碧波是否真的也曾给我写过一封信。

　　剑斌：其实经常给你写信，只不过你看不见。转眼竟又是一年：我们失去的到底有多少？——我们大概几年未见吧，我们一直叹时日匆匆，叹虚度年华，我们一直都只是叹——

不是吗？有时真想给你写一封你真正想要的信去，可是人之万端，又岂能一一细说？

元旦在即，我只想告诉你：我不会再给你写信。从现在开始，不要再想我，也不用问为什么。时光若水，人心也是。

珍重！再见，我亲爱的彭！再见，我的十八岁！

2003 年初稿 / 2024 年 7—8 月修订

后记

　　这些作品均写于我 25 岁之前，并集中在 2021 年进行过不同程度的修改，也有少数篇目是在 2024 年修改的（除了《水晶》和《黑暗的心》这两篇修改程度非常大的标注了修订时间外，其他作品我都只保留了创作年份）。"欣泣集"这个书名也是在 2021 年取的。

　　之所以取这个书名，是因为这些作品有个共同的特点：里面的人物情绪来得非常突兀，忽而悲伤流泪，忽而陷入莫名的狂喜。有了这个不打自招的书名，之前我认为是缺点的元素，立即变成了紧扣主题的优点，我突然接受并理解了这些被我悔过的少作。

但我不难猜到，还是会有很多读者不喜欢这些作品——它们与市面上流行的小说太不一样，甚至都不如我自己已出版过的作品成熟。对此，我无须解释与自我辩护，只需准备好迎接更猛烈的批评。

该书原计划于 2022 年由铸刻文化出版，后来搁浅了。编辑与我商量后决定，优先出版新作《寂静连绵的山脉》，并将《欣泣集》中篇幅最长的《水晶》拿来，以增加新书的分量。我当时不确定《欣泣集》是否还有机会出版，便提出将《被爱摧垮》（我最难以割舍的篇目）一并挪到新书里面。这也是为什么原本属于该书的两篇作品，会在上一本书里面出现；如今《欣泣集》终于有机会出版，考虑到集子的完整性和部分作品之间强烈的关联性，我仍然决定将它俩收进来，恳请读者诸君谅解。

我很庆幸上一次的出版未能实现，在将书稿尘封两年后，2024 年，我又从被我筛选过多遍的弃稿中陆续发现了其中几篇存在的优点（要做出这种发现非常难），几经修改，才抢救出《大专生》和《黑暗的心》，前者是由诗入世的很好的过渡，后者则为整本集子奏出一个非常适合作为 ending 的音符。有了它们，这本集子才变得完整和更加饱满。

更值得庆幸的是，在这两三年里，我的写作仍在缓慢地进行。在我的编辑通知我重启《欣泣集》的出版之际，我才后知后觉地发现，写于 2023 年的《掷铁球游戏》在气质上与少作一脉相承，而在风格上显得更加新颖，预示着新的开端和更多可能。所以我决定将它以附录的形式收进来，希望能让《欣泣集》显得更加成熟、多元。

在写这篇《后记》之前，我已经写过一个 5000 多字版本的《后记》了。我对它并非不满意，我只是不希望它像一份说明书一样附在一本自己喜爱和珍视的作品集后面——这样一本集子，它不应该是被说明、被解释的，尤其是被作者本人。但我还是想从那里面摘出一段话来放在这里，作为结束：

> 在这个发掘和修改自己少作的漫长的过程中，我竟不知不觉地投入了迄今为止最大的写作热情，那么地难以遏制，如此全身心地迎接挫败和成就感，更难得的是和那个迷途的浪

子——青春期的自我如此深刻地相拥。不，这不是一个浪子回家的故事，而是浪子欢迎我回家的故事：浪子在漆黑的内心世界里探寻，迷路的同时，也拓宽了"家"的边界;而我，当然，抛下他之后，老老实实地去了一个更宽广、更丰富的世界——外部世界。

2025 年 1 月 26 日

于长沙家中

附录

掷铁球游戏

人过三十后，面目变狰狞。

贡布罗维奇《色》

人以有限的天性，直面世界无限的虚无。

E.M. 齐奥朗《在绝望之巅》

1

我想谈谈我的美，那曾经是一个事实。我食腐味长大，从小生得眉清目秀，骨瘦如柴，惹人喜爱的同时也受人欺辱——二者为同一回事。我忆及那些风尘仆仆的远亲的溢美之词，他们每年都会挑一个隆重的日子赶来欣赏我的美，美其名曰特为来看望他们的姨：您老人家身体康泰哇！您家这几个孙可真会长，尤其是这个小的，何等隽秀！您再看看我们家这两个脓包吧，长得就好像——他妈妈卖 ×

的——从沤肥坑里捞上来的！

对于美与否，我那不识字的奶奶表现出可怕的麻木。她残忍地捧出一桌子丰盛的美味，脸上露出抹布在进行清洁工作时的眉飞色舞，招呼她那几个远房的外甥及其歪瓜裂枣的后裔们尽情享用，并且将话题带到了九霄云外，再也无望回到我的美。我惆怅地走回家里，脸上带着火辣辣的痛，那是被他们在刚见面时惊喜而肆意的揉捏所致，唯独这份被我小心翼翼地保存着的痛感，还能证明我曾用美貌征服过他们。

我在镜子里寻找着蛛丝马迹，仿佛只是为了证实一个小时前的记忆为真。我的脸的轮廓在英勇地抵抗着充斥在空气中的虚无的啃啮，存在与虚无在模棱两可的分界线上相互蚕食着，就连最明晰的线条也在以极高的频率颤动，似乎无时无刻不在对这张脸进行修补。这是一张永远不够完美的脸。我宽心地放下了镜子。妈妈哑然失笑，什么叫客人，就是要说一些客气话的嘛，你还当真了？咚的一声，某个暗藏的机关被触发，妈妈脚踩的地面塌陷，她掉进了一个黑咕隆咚的深坑里，那里面关着这样一群人：对于美，他们表现出可憎的麻木……

我好像还没说过我第一次离家时的情形。玻璃瓶装菜，布袋子装米，周末才能回一次家。天气一热，玻璃瓶里的菜扛不过三天就馊了，入口黏滑，不忍细嚼。到校的第一个晚上，停电，老师让我们点蜡烛自习。我注意到：美。满屋子的烛焰摇曳。这美让我得意忘形，再加上我那时还来不及改掉自娱自乐的毛病（还不懂得融入社会），于是目无旁人地默念（一个美好的词，一个创造出眼前这美的意境的事物）：蜡烛。并且愈念愈快，试图以蜡为声母，以烛为韵母，将两个字拼读成一个字。我试图将世界上所有的话语压缩成一个字，一个我从没有说出口的字。二十岁不到、刚从师范毕业的女班主任是我在那片粗糙的土地上遇到的第一个有着如此敏感细腻的心灵的人，她从我座位旁边经过，听到我如同鬼念咒般的自言自语，大为惊骇，一种沉重的责任瞬间逼着她对我的怪异行为做出解释。她立马得出了结论：我准是在骂她。我离家的第一晚就是在她的办公室里与她秉烛长谈中不安地度过的。时而摇头叹气，委屈可怜，时而严厉，咄咄逼人（不但语气，就连目光，就连她那颤动的嘴唇）；时而循循善诱，以理晓人，时而又胡搅蛮缠，不讲道理。我认识到语言的苍白，前面几年无忧无虑的家乡生活所落下的重要的一课，在这个晚上被这位神经质的年轻女教师给我恶补着：如何用溃不成军的语言去澄清来势凶猛的误解，尤其是当这里面还夹杂着某种微妙而脆弱的情感。在这一较量中，我节节败退，最终不得不认输求饶。但是当我退至一个针尖般大小的立锥之地时，我才意识到已无路可退，亦不愿再退：我爱她。是的。这已成了我此刻宁死也不愿放弃的原则，而非权宜之计或是缴械投降，因为我相信这是我长这么大以来头一回让自己的灵魂与一个陌生而美的灵魂过度纠缠、拉扯、摩擦、搅拌，以至于在我幼小的心灵上留下了浓墨重彩的一笔；我更加相信，她此般刁难我，并非厌恶我，恰恰是因为她也警觉地注意到了我那——对她而言——同样"陌生而美"的灵魂，令她深感不安。我唯有爱她，且心甘情愿地爱她，才不至于轻视自己的灵魂。

　　——你总算承认了，那你说说看，为什么骂我？
　　——因为我喜欢你。打我全部的坏心眼里。

她的嘴唇赫然从她整体的美中跳脱，丑恶地猛抖了几下，舒展开来。

我渴望有朝一日能亲吻一个女人的嘴唇——那最擅长绽放的花朵——那将是对我的美最好的犒赏。可是这中间还横亘着一段漫长难熬的岁月，以及某道非技术性难题：我的口水是臭的。这一事实令人沮丧，我唯一聊以自慰的是寄希望于这段漫长的岁月能解决这道难题，就像时间能解决一切。我是如何发现这一点的？那又是一段屈辱的历史，被屈辱所扭曲的——以屈为声母，以辱为韵母——爱。

在那所位于镇上的寄宿中心小学里，我们课间似乎在永不安分地追逐打闹，通过追逐释放我们身体里旺盛的精力和内心莫名的恐惧，仿佛在提前演练猎人与猎物之间、正义与邪恶之间、爱情中双方之间的角逐。我总是热衷于扮演被追逐而拼命逃窜的那一方，如此投入这个游戏，仿佛感受到了死亡的阴影般，不敢去想象一旦被逮到的后果。我绕着教学楼走廊密集的柱子奔逃，大口吞入如同细沙般将我的呼吸道擦得灼痛的空气；一个喉结突起的瘦高个男生用了很长时间来追我。他那股认真与执着的劲儿几乎将我打动：用一个又一个影子奋力撞向那粗壮的柱子，每撞一次那影子便惨叫或怪叫一声死去，继而在柱子背后的地面上复活，迎向下一次撞击。似乎他撞不上我，比我被他撞上，后果更严重。我窒息在他从天而降的巨大影子里，被他用双臂死力钳住。那一刻他一定无比惊恐，巨大的喉结像一块咽不下去的异物卡在他的喉咙里，干渴至脱皮的嘴唇猛地哆嗦：

——我喜欢你，我的心尖尖……

我透支了预备在临终时用来对抗死神的全部力气挣脱开来。嘴唇上他的口水在风干的过程中散发出恶心的臭味。我用手背擦拭，闻见手背也沾上了腥臭。

此后，我这朵不洁的花朵先是被一个嘴唇上方开始冒出浓密绒毛的、睡在我上铺的胖子所摘去：我们在宿舍里追逐打闹时（又是追逐打闹！），由于脚下的床板突然滑动，我一不小心将他的草席踩出一个洞来，他当场提出两个解决方案：赔一张新草席，或者搬上去同他睡。"如果我们睡同一个铺，那就是一家人了，不存在赔不赔的。"尽管我当时并没有意识到，但我确实是在用我的美去化解一个巨大的经济难题。令我困惑的是为什么每个男生的口水都散发出不同程度的臭味？包括我自己的（装作不经意地用手背擦擦嘴唇，沾上口水，然后佯装摸鼻子，偷闻一下手背）。这一点之所以长期困扰着我，显然是因为我一直没有放弃过在未来某天与某个女生接吻的念想。直至在一次课外阅读中，我敏锐地抓住一个奇迹般发光的词汇：乳臭未干。它的每一个字都对应着我目前的困惑。谢天谢地，我无疑正处在这个词语的适用年龄，一旦过了这个年龄，那臭味便会消散干净。为了求得内心的平静，我残忍地将某个我不喜欢的事实归咎于人类的母亲和她们的乳房。

紧接着，我这朵枯萎的花朵又被命运扔给了一只同样爱食腐味的老鼠，它在夜间被我们倒在宿舍门口的剩菜所吸引，满足了食欲之后便钻进我的被窝，在我的脸上擦嘴。我被一种仿佛早已根植于心、一夜之间壮大盛开的自我厌恶之情搅醒，张开枯瘦的五指钳住了它正忙于消化的肚皮；它惊慌地挣扎且吱吱叫唤，试图澄清这一误会，而我说什么也不要听它说什么爱我之类的废话，继续施加手指的握力；它扭头在我手背上留下几个深至骨头的血洞之后便咽了气。我又握住它良久，直至尸体变冷，才一抬手将它扔出窗外。

过了乳臭未干的年龄，爱情果然如期而至。我们是这样认识的：新学年开学，我和她作为学长学姐都参与了迎新生活动，在一趟又一趟地领着大一新生们去办理各种烦琐的入学手续的过程中，我们迎面碰上过几回，彼此致以微笑和点头，便算是认识了。而接下来的两天，微笑的幅度越来越大，逐渐失控，到了我自认为跟她很熟络的时候，我们在路上碰见了都会忍不住捧腹大笑，我笑得大脑缺氧、天旋地转，她笑得眼泪汪汪、娇喘连连，笑到自己跟自己告饶"啊呀不活了"，以至于每次都恨不得把头扭过去装作没看见对方才好，不然真是没办法跟学弟学妹们解释这种停不下来的怪异行为。可是到那时为止，我们甚至还没说过一句话呢，就连对方的名字都不知道。后来，我主动找她攀话了。但是没有成功，因为当距离彼此只有一米之遥时，我们简直都没有办法开口说话，只剩下一连串粗鲁的笑声在相互推搡。这里，我不想使用拟声词，因为哈哈哈、嘀嘀嘀，根本不是我们发出的那种笑声。我们被这自身爆出来的大笑搞得面部肌肉劳损，不得不用手框住脸，迫使它为说话而工作。我凭借少年的天赋与直觉理解了那种大笑背后超越语言的丰富含义，不光是她的笑，还有我自己的笑。（现在回想起来，那是我爱得最好的一次，后来我便迅速失去了这种爱的天赋。）坐在 28 路公交车上，我握住了她柔软的右手（谁叫她一遍又一遍地用指尖在我掌心上写字并叫我猜呢），但对于什么时候迈出下一步，我还在犹豫，顾虑重重。直到我十八岁生日那天晚上，她陪我在公园里散步，我们从各自所理解的美，聊到女人的五官时，她请我千万别误会：其实她的嘴是很小的，只不过我大部分时候看到的都是她咧嘴大笑的样子，可能忽略了她那东方女性标准的樱桃小嘴。说完她闭上嘴唇，用拇指和食指测量出自然状态下嘴唇的长度，然后将这段长度放在我的嘴唇上进行比较。我就是在那种情形之下，吻了她的嘴。接完吻，她用手心擦了擦自己的嘴，又用手背擦了擦我的嘴，问我啥感觉。我惊喜地说：

——齐齐，你的口水是甜的耶！

有一段时间我觉得自己是幸运的。自从吻过她之后，我感觉变成了另一个人，这样的人在世界上从未产生过。我甚至为自己的爱情里没有一丝痛苦感到不安。唉！甜蜜，甜蜜，无穷无尽的甜蜜会让我变成一颗棒棒糖的！而齐齐整个人儿都是糖水做的，她内心的矛盾也只是一串甜的涟漪。靠在我洁净的胸前，她常呼吸到一股可靠的汗味。这迷人的气息轻轻地散发出来，又悄悄地消匿在空气中。正当她因为闻不到它而感到慌乱时，那气味又如波浪一般从我的毛衣里掀了过来，在她鼻孔里缭绕，直钻进她痒痒的心里去了，并从那里勾引出这番有如梦呓呢喃又如春雷般振聋发聩的话来：

——有人这样说过吗，你很美。我指的不是帅哦。当然你的五官也好看，而相比之下，你独特的气质更加迷人。但你最美的还不是现在，等到你三十岁，非常成熟了之后，你会变得超有魅力的，无论走到哪里都掩盖不住你身上的光芒，到那时会有很多女生为你痴狂的……

2

三十岁那年，我被三十个春天痛打了一顿。

我把工作丢了。当我发现自己正绝望地暗恋着人事部漂亮的女同事时，一怒之下，我把辞呈递到了她办公桌上。通过这种方式，我为自己挣得了尊严，尽管她很可能——从她当时打量我的眼神可以看出——才头一回知道，公司这庞大的林子里还藏着我这号鸟人。接下来，才是频繁地打电话骚扰她。直接拒绝我，甚至骂我两句仆街、冚家铲，那对我而言反而是最省事的，也是所有结果中我最期待的结果。可麻烦的是，她竟然没有明确拒绝我。她到底想干吗？她明知道我现在没有工作，只有一点点积蓄，在办理离职手续时，她可是亲眼看过我那副滑稽可笑的装扮，在与她对视时那躲闪游移、毫无自信的目光以及视未来如儿戏的孩童心智。她到底是怎么做到如此沉着冷静、胜券在握的？我警觉起来：很可能她只是派出了她的漂亮在跟我斡旋，因为即使在电话里，我也能感觉到她是漂亮的，且危险的。我发誓非得搞明白她的险恶用心不可。在下一次通话中，我也不再跟她玩虚的，干脆直接问了，她是不是已经有了一个非常、非常疼爱她的小男友？她无比惊讶且不解地说，如果你想知道的话，我孩子都上幼儿园了，可是这跟你有什么关系吗？是不是这样，你就不约我啦？我被问得哑口无言，自己给自己弄了个大红脸。怎么会，怎么会呢？我窘迫地说，不管怎么样，在我看来，你还是你嘛。

她固然还是她，可是——怎么回事——爱情（还没开始呢）突然就变成了……通奸？刺激！新鲜！从未尝试！可是这一切需要有多么好的心情作为保障！通奸的乐趣，不应该是心似死灰者能享受到的，而我现在缺乏的正是通奸的伟大心情。因为迄今为止，在这个世界上生活的经历，从未带给我勇气和正宗的欲望。

正好这时有朋友给我介绍了一个女孩，是一名在校大学生，据说才华横溢，文名远播。我及时抓住这根救命稻草，和她取得了联系。我们在电话里相谈甚欢。挂断电话后，我立马翻脸不认人地黑入了她的博客，解锁了十几篇仅自己可见的私密日志，她深厚的文学功底得到了证实：在被她描述得如同一个寒冷王宫的酒店房间里，她乐此不疲地对一位五十多岁的文学教授进行着身心两方面的严酷摧残，犹如那位十九岁的瑞典女暴君在不自知地加速着暮年笛卡尔的灭亡。她尤其擅长心理描写，笔力直追亨利·詹姆斯，而在性描写方面，面对一流的小说家也是不遑多让（胜在真实）。接下来的两天，我不动声色，继续频繁地给她打电话，等待时机成熟便立马提出见面。这种高效的行动力，使我具备了一种金属般咔咔作响的客观性（至于内心感受，完全不重要了，时间紧迫）。很快，这一愚蠢事态便发展到了顶峰：我去了一趟她所在的城市，也将她带到了我下榻的宾馆。

她很丑，这几乎没有任何悬念。然而她整个人散发出一股麻木的自信，跟我奶奶比起来，仍有过之而无不及。什么美不美的，她对此显然已发展出一套自己的哲学，这也解释了为什么她会以一副如此高傲的姿态出现在我面前。我们聊了两个小时文学。她提到的大部分作家，我都没听说过，所以我心虚得像是在躲避某种进攻一样，不断地让出我的发言权，相对保守地采取了一种寡言少语甚至心不在焉的交锋策略。其间她还提到了某位对她影响至深的文学教授，"他是我的领路人。"她说，尽量把话语中可能会使闻者多心的可疑成分剔除得干干净净。我开始躁动不安地在房间里踱来踱去。每当我向她靠近一厘米，她便本能地挪动一下她那深陷在床垫上的屁股，精确至一厘米。她穿着一条黑色的紧身裤，屁股和大腿连起来看，就像萨特的烟斗一样，正在稳定地喷出一堆存在主义的烟雾。而我则代表着一些别的，向她步步紧逼，迫使她以每次一厘米的速度退守至床头。

"好吧！做爱做爱！"她终于看出我对与她谈论任何话题都毫无兴趣，于是泄气地往后一仰，倒在床上，一脸颓然地说。那就做爱呗：在别人做爱过的房间里做爱，在别人做爱过的床上做爱，在别人做爱过的身体上做爱。

我坚持把她送上了回学校的的士，而她也并没有很强烈的想要留下来的意愿。第二天，她的博客上更新了一篇未隐藏的日志，对我施以极致的嘲谑，好在没有性描写（高抬贵手！），也没有提及我的名字（大恩不言谢！），代之以这样的描述："一位五官清秀、阅读量堪忧的男'作家'"。

我的工作没了，更严重的是：工作的心思全没了；我对爱情已经完全提不起兴趣；我报复性地消费，百元大钞一张一张地从 ATM 吐出来，又一张一张地从钱包里溜走，有时候我已经觉得那不是钱了。我想，花完这些钱，我就去死。

竹篮打水一场空。这个比喻太贴切了，我当时的生活就是一个竹篮，处处都是漏的。我最终还是没能像齐齐预言的那样变得光芒四射、魅力超凡，反而活成了一只秋后的蝗虫，精力旺盛地克制自己、摧残自己，一边挣扎一边加速灭亡……

我想象现在——八月——的村庄，宁静的很多星星的夜晚。那些被晒得温烫的石块，屋檐下狭窄的阴影，苍白的水泥地，那个死亡和温柔相融合的村子。这次回去，我多么想住久一点，不为别的，只为与世隔绝，为了让别人去想象我，或想象别人在想象我。

3

那段时间，我一个人住在我们家空荡荡的屋宅里，一日三餐跟着奶奶一块吃。自从爷爷死后，奶奶就独自守着她那两间小破屋过活。爸妈将家里的钥匙留给她保管——而她一般只有在需要到我们家的水泥屋顶上来晒玉米时，才会来开我们家的大门——现在她又把钥匙交还给我。我大部分时候都躺在我们家的帆布椅上看书，双脚搁在小板凳上，香烟、手机和茶杯放在伸手可及的地板上。地板是水泥地板。四面白墙上蒙着尘垢，而日头由门窗射入的光束干脆由蠕动的浮尘组成。门窗、沙发、桌凳都裸露着木纹。帆布椅的"椅"自然是木的，而"帆布"，还是早些年我妈还没出去打工的时候，用我穿烂的两条旧牛仔裤的布料拼缝起来的。总之除了墙上贴着的领袖画像和十年前的旧年历之外，我所在的整个客厅里完全找不到一抹鲜艳的色彩。看了几十页书之后，我眼睛胀痛，便放下书本，从地上抓起手机来自拍。

除了脸，取景框里几乎全都是黑、白、灰。我干脆将相机调成黑白模式。从照片上，你根本看不出这是自拍，因为我使用了延时拍照功能，将手机立在客厅那头的木桌上，按下快门，然后坐回帆布椅，面向镜头。听到咔嚓一声，我又起身走过去拿起手机，查看照片。大部分时候都不满意，于是立马删掉重拍。三个小时里，我不断地起身、坐回去，最终只保留了一张：我身穿黑白花纹的短袖休闲衬衫、浅蓝色（在照片里是灰白）牛仔裤，脚踩人字拖，躲闪的目光微微错开镜头，望向了你身后的某片未知和虚空中。甚至没有对好焦，整个人都有点糊掉了。

直到奶奶来喊我吃饭。奶奶住的小屋里暗得有点沉肃，一切的阴影相互叠加着，瘦弱的光线从门缝挤进来，而影子打在光上。有一股潮湿的腥腐味。奶奶每餐都要喝一两自泡的药酒，祛风湿的。她总是极力怂恿我喝，我说我从不喝酒的。"喝点酒，脸上有血色些。"她抿尖了嘴说——使她看上去更像一只鸡。我不予理会，一边埋头扒饭，一边在手机上玩一款掷铁球的单机游戏：按住 OK 键，黑色铁球"呼呼"旋转，越转越快；松开 OK 键，铁球飞了出去。奶奶饭桌上的菜以苦瓜为主，那是她从屋前空地的菜棚里摘的，其他有限的几样蔬菜如茄子、豆角、丝瓜、冬瓜等轮番变换，很难两天不重样。

我已经一个礼拜没吃过肉了，而且食量锐减，直至某天我吃到了时隔多年仍无比熟悉的馊味。原来奶奶把头天的剩菜留到了第二天吃。我不好意思吐出来，只好往肚子里咽，拌着这样一个念头：也好，也好，一切都是命运最好的安排，没有人必须无条件爱我——这真好！在愉快地接受了奶奶并不爱我的事实后，我便宁愿不要奶奶爱我了，我甚至开始害怕后面会发生什么，证明她其实是爱我的——万一奶奶突然心血来潮，宰一只她喂养的肥鸡来给我吃，那简直太可怕了。为了杜绝此类事件的发生，我立马骑车去镇上买了两斤猪肉和一罐坛子辣椒回来。"您多吃点！"我往奶奶的饭碗里堆满了肉。

白天，整个村庄安静得可怕。人似乎都死绝了。而到了晚上，它便成了坟墓本身。毋庸置疑，夜穹中挤满了繁星，美得、温柔得有点无聊。

百无聊赖中，掷铁球游戏渐渐取代了看书和自拍，成为我杀死时间的主要消遣。黑色的铁球飞了出去，拖着细长的尾巴（绳子）在一片扇形区域的上空寂静地飞行，砸地的瞬间，屏幕上亮出成绩。松手的时机——松手时铁球的转速及朝向——决定了成绩的好坏，失之毫厘，谬以千里。最坏的结果是，角度偏差太大，铁球飞出了扇形区域，直接记零分；又或者是松手不及时，转速达到极限，铁球脱手而出，直接记零分。总之，时机稍纵即逝，很难捕捉，非常考验玩家的手感。沉浸于这个游戏的那些天里，我的思维和右手大拇指的肌肉记忆全都跟掷铁球密切相关，俨然一位专业的掷铁球运动员，但每次掷出的成绩仍然非常随机，因为再专业的选手在每个瞬间的状态都有所差别，此一时和彼一时的发挥亦存在超常与失常的悬殊。认识到这一点之后，我不再满足于简单地将它当作一个第一人称游戏来玩，而是开始紧锣密鼓地筹备起第一届掷铁球世界锦标赛来。

这个难不倒我，毕竟我——从小学到高中——有着在家乡成功地举办过五十多届奥运会的丰富经验，当年的赛事规模比这个大得多，光是运动项目就有三十几个，参赛国家多以百计。而且那年头没有手机和游戏机，所以筹备赛事的难度也是远超现在的。我得利用身边一切能利用到的东西充当人物和道具，合理地设计出所有项目的比赛规则，光是前期筹备工作就花了我近一个月时间。例如游泳项目，我从一堆碎瓦砾中选拔出形状溜圆扁平者当运动员，在鱼塘上打水漂，最后结合运动员在水面上滑行的距离和跳跃的次数给出综合评分；例如击剑，我取大白菜叶当运动员，以锋利的篾片为剑，先被砍断者输；例如射击、射箭，我得自制弹弓、弓箭，然后用圆规在泡沫板上画出十个同心圆；最困难的是足球项目，光是集齐那么多品牌和数量的啤酒瓶盖都绝非易事，更何况集齐之后，球场上二十二只铁盖，什么时候该用食指弹击哪一只让它扑向足球（被我揉成花生米大小的纸团），全凭我主观独断，很难做到公平公正——不过这点瑕疵丝毫也不会影响我举办奥运会的兴致，因为当时的兴趣主要在于比较各国在历届赛事中的奖牌数量及排名波动，对于比赛过程就有些敷衍了事，否则完不成一个暑假要凭一己之力成功举办三届奥运会的进度。

相比之下，掷铁球世锦赛就容易多了。参赛国共37个（我脑子里能搜罗到的所有国家名称），我把它们分别写在37张纸条上，对折起来，放在一个纸箱里，通过抓阄决定出场顺序。比赛开始前，为了抓阄和记分，我翻箱倒柜地找出一支铅笔和一本厚厚的十六开笔记本。这个塑料绿壳的本子是我刚上大学的时候买的（我还记得），几乎没怎么使用过，除了在开头两页用工工整整的钢笔字迹写过一篇散文习作（这个我倒一点印象都没有了 *）。这意外的发现立马吸引了我，让我暂时放下比赛，从头至尾一字不落地品读了一遍：

H 和他的家乡

可怜的 H！在家乡他能感受到什么！一到晚上，他就困得要命，早早地躺在自己的床上，在入睡之前，他头脑里匆匆地掠过一些想法；他祈求睡眠早点把他带入深沉的梦里。半夜，他觉得灯亮了，刺得他两眼发酸。妈妈轻轻地走进来，在某个角落弄出一些轻微的响声。他猜测她会不会默默地望他一会儿。妈妈出去之后，他再也无法入睡。他有一个年轻的叔叔，最近刚刚结婚，他便久久地想象着他们

---

* 显然，此时的我同样忘了：后来我还曾写过一篇小说《来访》，挪用了这篇习作中的部分内容作为开头。

小两口整夜在床上折腾着，一次又一次地把猩红的嘴探进对方怀里，他们整夜地滚着，闹着，好像永不厌倦，整夜都是这样……他简直感到焦灼。在这种反反复复的假想中，他并不感到夜的漫长。有时月光照到他的脸上，他觉得这种神秘的光会让他死去，并变得无比圣洁。啊，那还不如死了好！困倦一次又一次地向他袭来，在最后一次困倦煎熬着全身时，他发现自己正从那不断的噩梦中醒来。阳光（他刚才还在梦中见到它），阳光！在窗外！他多么痛恨啊，因为他觉得阳光是他的梦想的敌人。

这种感觉越来越强烈：那就是一种绝对的陌生。那常在他记忆中闪现的童年，原来只是他和这片土地曾发生过的一段荒谬的感情。这感情让他如此感动，他觉得总有一天，他要用泪水淹没这片已经变得生疏的土地。于是他忍不住痛哭起来。小小的村庄在中午竟是如此寂静，有时一个不懂事的小孩的一声尖叫，便足以使整个村庄颤动。人呢？（亲人们！）他们在哪里？他们在哪里存在着？他们都暂时扔下他们的生活不管了吗？说什么呢！——他们在另一个地方继续生活着，一刻不停地生活着。他们只生活在他们站着、蹲着、躺着、滚着的地方。他们把那玩意儿随身带着。他举目看不到一个人，便独自趴在被毒辣的太阳晒得快要裂开的窗台上哭泣。在他低低的哭泣声中，整个村庄开始轻轻地摇晃起来。就在他家窗子的对面，一个老人挑着一担谷子颤颤巍巍地登向楼顶。他还拄着一根拐杖！可怜的老人，他至少有十个儿子，却没有一个在他身边，十个儿子抵不上一根拐杖。他终于安全地挪过最后一级楼梯，踏上了平房的水泥屋顶。他抬头望了一眼天上的太阳，心中充满了感激，因为他谷仓里的谷子已经快长出嫩芽了。他把箩筐里的谷子倒出来，摊平，晒在水泥屋顶上。他脸上绽开着一些毫无道理的笑容，仿佛他正在恋爱一样。他一口气挑了四担谷子上来。H清楚地看到某种潜在的危险，在这死寂的家乡的一个阳光灿烂的中午。他等待着。老太婆的哭声突然在楼下爆发，那个患了老年痴呆症的木头一样的女人，她请求老天爷睁眼看看这一切。瘸腿的老头在楼顶上暴跳如雷，他讨厌自己的老婆，并恶狠狠地发誓说，等他有了力气，第一个要杀的人便是她——一头早就该去死的老母猪。他气喘吁吁地挑上那两只破烂的空箩筐，走下楼去，他简直气得全身发抖。H仔细地看着这一切，脸上还挂着早先未干的泪珠。他渴求一种超人的力量，他渴求一种巨大的勇气，好让他走进比他更可怜的人们的生活里去。只需有人帮他跨出第一步，那无比艰难的一步。但是，他对自己天真的要求厌恶地摇了摇头。那老人挑着第五担谷子艰难地爬向楼顶，那根黑色的拐杖在阻碍他的行动。在绊着他那双可笑的腿！H看着。他看到，在最后一级楼梯上，老人连同谷子一起滚了下来，他的脑袋在楼梯和墙上撞开了花。H想到自己必须对此有点反应，于是他抹干了脸上的泪珠。但是，由于他感到自己是有罪的，所以虽然他脸上不再有泪水，他却觉得更加痛苦了。

　　H想起另一件有趣的事。村里的一名惯偷

回来啦！他在外流浪了十年，到处为非作歹，当大家都以为他死了的时候，他便回到家乡来了。他住在一间破旧的小木屋里，白天也不怎么露面。他来干什么？在村里仅剩的几个年轻人的家里，便可以看到他，他们整天赌钱。他并不显得沉默，但也没有人敢问他这些年在外面的情况、所经历的事情。那一定是一段肮脏的历史。他也不使自己显得重要，只是密切关注牌桌上的变化。他就像一个陌生人（一个沉着、稳重的陌生人）一样竖起耳朵来，一副十分认真的模样。但他的样子确实不会叫人害怕。一天深夜，当大家都熟睡了的时候，镇上的警察悄悄地进了村。他们对村里的环境并不熟悉，所以在一阵慌乱中，他们摸黑一脚踹开了惯偷隔壁屋子的门。那些腐朽的木块支离破碎地烂了，他们吵吵嚷嚷地一拥而上，谁知床上睡着的竟是一名老太婆，她居然没被他们吵醒，还沉醉在那老年人特有的如同酒香一样醇的睡梦中呢。这些弄巧成拙的家伙强忍住笑，从那间弥漫着一股怪味的屋子里退出来，发现旁边的房门开着，走进去一看，被子掀开着，上面还是热的，人却早跑了。他们只得惆怅地回去了。那无辜的老寡妇第二天醒来，发现自己家的门破成那样，吃惊之余便立即对此耿耿于怀，直到临死的那天，她嘴里还顽固地诅咒那些"强盗"不得好死。

文章下面的落款日期为十二年前，我刚念完大一的那个暑假。过完那个暑假，我将回到学校，以学长的身份去迎接新生入校，同时迎来我的第一次爱情。我非常喜欢这篇早期习作，喜欢那个写下它的，尚未经历爱情的自己。那时的我激情澎湃，用一种想象出来的罪恶来丰富自己的灵魂，并且过于单纯和直线条地看待我与他人、他人与他人的关系。

我将文章连同十八岁的自己翻篇，在本子的第一个空白页上，用铅笔根据抓阄的结果依次写下37个国家的名称。第一次掷得的成绩记在第一个国家名下，以此类推，掷完37次意味着第一轮结束。一共掷十轮，总分相加即为本届世锦赛各国运动员最终成绩，决出前三名。冠军竟然是埃塞俄比亚，银牌则被越南选手摘得。中国排在第 16 名。紧接着便是第二届（再次抓阄决定出场先后，成绩则记在下一页），冠军成了巴拉圭，埃塞俄比亚以一分之差惜居第二，越南排名依然很靠前。中国、美国、俄罗斯名次都垫底。一口气举办了十届世锦赛之后，手机电量耗尽，我也头昏眼花，指骨胀痛，必须休息一下了，于是便从台前转移到幕后，开始研究起所有记录在案的数据来，翻来覆去地对其进行各种分析比对。

保留好每一届赛事成绩和排名的书面记录，乃沿袭自我在奥运会期间所采取的一贯做法。多亏了这一严谨的态度！我现在对这项运动在全球的实力分布有了一个较为稳固的印象：埃塞俄比亚——铁丸之神！（共摘得四金两银四铜，世界纪录保持者，在第六届世锦赛上掷出单次 58.69 米的惊人成绩，至今无人打破）；越南——大力神臂！（三金三银一铜，埃塞俄比亚最具实力的竞争对手）；巴拉圭——掷圣者！（一金两银一铜，曾创下前世界纪录——单次成绩 55.27 米，并保持了长达四年之久，世界排名从未跌出前十）；尼日利亚——明日之星！

（三银两铜，前五届成绩平平，从第六届开始，连续五届挺进前三，它现在成了世铁联主席——即鄙人——眼中下一届的夺冠热门）；老挝——黑马！（一金零银零铜，以前从未进入前十，一跃成为新晋世界冠军）；德国——昙花一现！（一金零银一铜，自从第三、四届连续两年摘金夺铜之后，排名便断崖式下降，从此再没挤进过前二十）；中国——加油！（现阶段目标：保十进五）。

令我放心、着迷且敬畏，又百思不得其解的是，尽管我从未偏袒过任何一个国家，从每一届的出场顺序到每一掷的发挥，都是完全随机的，但是某种坚固的秩序却仍然在这种随机性中建立起来，就连德国和老挝这样的意外，也俨然对现实世界中某一神秘属性的模仿，在可接受的范围内。我现在已经无比依赖这种秩序，并且对它的坚固程度深信不疑。

4

那些天里，唯一闯进我生活里来的活物，便是我三岁的侄儿。他一般在午后来拜访我，固执地将我从沼泽般的午睡中唤醒。我听到一个稚嫩的声音单调地重复着"三叔"，仿佛养鸭人在吆喝一群呆头呆脑的鸭子从水田里上岸一样，这道声音一直在我耳边施展着魔法，将我从污臭、缺氧的睡梦中唤回现实的岸地。每次以这种方式醒来，心里总是充满了初吻时的讶异：空气都是甜的。我从床上蹦起来，一把抱住他，在他脸上狠狠地亲上一口。他真美啊！何等之美而又何等无视自身之美，怎么会有这样的事呢？他怎么能够不为自己感到啧啧称奇，怎么能对此保持沉默？他是怎么做到如此谦逊的？而这种谦逊又赋予了他何等超凡脱俗的人格魅力！其实我也只是在这次还乡之后，才知道世界上还有他这么一个妙人儿存在，可是在跟他混了几天之后，我感觉我们仿佛已经认识很久了，而他也对我也产生了很深的依赖。

不妨想象一下：一条可爱的小奶狗，长期生活在一个全都是已然丧失了天真情趣的成年人的家庭里，突然发现一张摆在角落里的婴儿床上竟然还躺着一个小宝宝，他的眼神清澈而幽默，一举一动都是那么安静、疯狂、搞笑，在它汪汪叫了两声之后，他也咿咿呀呀地给出回应，在这种彼此心领神会的简短交流中，他们迅速读懂了对方的心思，那么它必将喜出望外地把他引为同类，而他也会立即将它视作最值得依恋的玩伴。如此这般，在这个死气沉沉、了无生趣的时空里，我们彼此找到了无论是年龄还是心智都最为接近的伙伴。

把我唤醒后，他立即熟练地操纵起他屡试不爽且极具中国农村特色的社交手段来——从吃入手。

"三叔，你吃过了没？"

"吃过了，侄儿。你吃过没有？"

"我也吃——是在你奶奶——我吃过了，三叔——你奶奶家吃的吗——你吃了什么菜？三叔。"

这便是他的语言风格，想表达的东西一股脑地从他嘴里涌出来，后句拉扯着前句，又被前句所绊倒。

"我吃了苦瓜、苦瓜，还是他妈的苦瓜。"

"是在你奶奶家——还是他妈的苦瓜，哈哈——在你奶奶家吃的吗——三叔，你问我吃了什么菜。"

"你吃了什么菜，侄儿？"

"还是他妈的猪婆虫，呵呵——还是他妈的枕头，呵呵——还是他妈的鼻涕，呵呵……"一口气罗列了十几样不能吃的东西之后——他每说一样，我都流露出由衷的艳羡——他终于词穷了，又回到了念念不忘的老问题："是在你奶奶家吃的吗？"

"是的，侄儿，可不是在我奶奶家吃吗。你老问这个干啥？"

"三叔，那你会用胳肢窝打屁吗？"

他明知故问。我已经用胳肢窝给他打过三十几次屁了。追溯起来，这一招还是我小的时候他的爷爷、我的伯父教我的呢。我非常荣幸地再一次在这位谦谦君子面前露了一手。

我从老人们嘴里得知，侄儿早早地学会了拉家常，喜欢走东家串西家地找他们扯闲，像个碎嘴子。他苦村里的老人们久矣！所以自打我出现之后，他就如同小奶狗见到小宝宝一般，露出了如获至宝的神情，从此天天往我这里扑，渐渐淡出了老人们的社交圈。无论我做什么，他都会表现出浓厚的兴趣，逮着我刨根问底。有一次，他像个外交家一样关切地问起我最近都在忙些什么。我便拿出手机和本子，领着他现场观看了一届掷铁球世界锦标赛。尽管他对数字没有概念，但这并不妨碍他去感受这场赛事的激烈、紧张和刺激程度，也阻止不了他想要亲自参与进来的强烈愿望。为了公平起见，我将其中的一整轮让给他来玩。那一届结束时，我激动得大喊大叫，绕着客厅跑了三个圈，祝贺埃塞俄比亚再添一金。"还是他妈的埃塞俄比亚！"他也快乐地喊道。

那天晚餐，我一高兴，便松了口，答应奶奶陪她小酌两口。喝得晕晕乎乎的时候，奶奶突然笑眯眯地望着我说："我孙还是喝点酒好看，气色红润多了。"啊，我已经丑得连奶奶都看不下去了吗？怪不得她可以半个月不杀鸡给我吃，却不可一餐不劝我喝酒。我闷头将杯中剩下的酒一口干了。醉眼中，奶奶那张抹布般的脸上漾起肥皂泡般的笑意，在我脸前晃啊晃，仿佛要净化我一样，并且和齐齐那张笑得泪眼汪汪的脸重叠起来："孙啊，你喝了酒的样子才好看咧！白里透红，满面红光遮不住，多少男人家魅力！你到十里八乡去走一圈，哪个妹妹不喜欢咯？哈哈哈哈！"

结果那天晚上的比赛，埃塞俄比亚、越南、巴拉圭和尼日利亚集体遭遇滑铁卢，还让成绩一直垫底的俄罗斯拿了冠军。一切都结束了，从此不会再有什么世界锦标赛。我决定明天就离开这里，去迎接我那可敬的命运——它和作为世铁联主席的我一样，公正无私，无可指摘。

当成群流浪的瘦男人和他们苦命的女人，在傍晚点灯时分回到了贫穷的家乡，前脚刚踏进门槛就流下第一滴眼泪，哭声惊动了全村。村里最沉默的几个老人来看他们，也哭得昏天黑地，枯瘦的胸膛一鼓一鼓。我却趁着夜色，走出了村口。我为什么离开？为什么打开两边的肋骨，像翅膀一样扇动，笨拙地飞呢？我为什么要走呢？为什么捧着行乞的瓷钵，独自进食孤独……就在我快要看清楚答案之际，侄儿把我叫醒了。已经是第二天中午，整理好的行装就放在门后。

我遗憾地通知他：比赛已经结束，没有比赛了。"为什么？"没有为什么。可是怎么能告诉一个孩子没有为什么呢？一定要有一个原因的。于是我说："你知道吗，你很美，人见人爱。很久以前有一个很重要的人——像掷铁球世锦赛这种事情，都是她在管——她就觉得三叔很美，只有三叔能够办好这么重要的比赛。可是三叔今年已经三十岁啦，已经越来越丑了，所以这么重要的比赛就不能再交给三叔来办了。我和那个重要人物商量了一下，一致认为交给你来办是最合适的。等你爸妈从外面挣钱回来给你买了手机，你就可以帮助三叔把比赛继续办下去啦。"

　　他宠辱不惊地点了点头，说："好的，三叔。你会用胳肢窝打屁吗？"可我真是一动也不想动哪。想到今天就要离开，把他一个人留在这里与孤独搏斗，我的心脏突然被一股尖锐的悔恨所刺痛，我刚才真是不应该对他说那样一番话的，那种不负责任的、糊弄人的、温情脉脉的、恶心的话。我应该让他见识一下真家伙！我从枕头底下摸出鼓鼓囊囊的钱包，把塞在里面的三千多块钱（我全部的资产）一把掏出来，一张一张地铺在床上。"侄儿，侄儿。"我的心怦怦直跳，我几乎是忍着胸痛在快乐地呻吟，"给你看，这是三叔的钱。好多钱！对不对？你也来摸摸，三叔的钱，每一张都摸摸……"

5

在第88届和第89届掷铁球世锦赛之间，隔着一份混乱的手记，用潦草的笔迹涂满了三页纸：

2012年8月的家乡有什么／没有什么？

有房子：猪圈，茅厕，烤烟房和屋宅。有土砖房（多已倾圮，有的整个屋顶塌了下来，只剩下残垣断壁），小木屋（已不同程度地遭虫蛀，儿时夏日最喜在木墙上搜寻新沁出的松脂，闻它的香），青砖黛瓦房，红砖水泥屋顶房，外墙嵌瓷片的二层小楼（唯一装上抽水马桶的人家）。半数以上都闲置着。

有山，连绵不绝，覆盖着野草和山花。

屋前屋后及村子周边有不多的树：苦楝树居多，其次是梧桐、石楠、女贞、柏树、杉树、各种果树（梨、桃、橘、枣居多，还有无花果和石榴）、仅此一株的蜡树（矗立在村口路旁，乃最年长者）、竹。大多不成林。（此次回乡，在奶奶屋前的菜棚旁得见新植株，我问奶奶，答曰：十大功劳。是她从山里移种过来的。）

还有各种杂草。其中车前草、狗齿苋、灰灰菜乃我们小时候扯猪草之最爱。

有老人和小孩。

两只猫，数条狗。有蚊子和苍蝇，很多很多。

这里有大片荒芜的农田和滚烫的石头。缺水，没有河流。有一口长满绿藻的水井，两方废弃的鱼塘，以及一条常年干涸、被浓密的茅草掩盖的水渠（小时候我和小伙伴们曾在这里游泳、划船——用木板当船）。

一点点庄稼：水稻、烟草、杂粮和蔬菜。

几只猪和不多的家禽。（儿时最大的烦恼就是村子里鸡鸭太多，它们随时随地泻痢，让人无从下脚。犹记得，邻家一位吊着鼻涕的小妹妹跑来举报："哥哥，你家的鸭拉了一泡鸡屎！"可发一噱。）

有各种农具：锄头、耙子、铁镐、镰刀、犁具、挑具、喷雾器、剁猪草机，不一而足。有的已经生锈，或是结满了蛛网。

门背墙上挂着雨伞、蓑衣、斗笠、塑料雨衣，门口仆倒着几双防水胶鞋。

说到运输工具：这里有一台闲置的拖拉机（村口那家的），两台电动摩托车，若干快散架的二八自行车，一架有些年头的木制独轮车(伯父家的)。

有电灯、电视机、电风扇、洗衣机等常用家电。只有两三户人家里添置了电冰箱。但没有空调。没有电话（直接进入了手机时代）。只有极少数人使用手机。

这里有锅碗瓢盆，柴米油盐酱醋茶，各种调味品不一一细数。有一种当地产的豆豉值得一提，家家户户无它不欢，形如老鼠屎，一股腐臭味。

村里有三四架手推石磨，小时候每三五户人共享一架，自己磨豆腐吃。还有一尊花冈岩石臼，用来捣干辣椒灰和花椒粉（此物炒青菜尤香，《山家清供》谓之"满山香"）。

有纸笔墨砚，有书本、杂志、旧报纸及老花镜。但没有被书本毒害的人（或许除了我）。

这里有各种气味。声音和寂静。贫穷和狭隘。有路。有希望、失望、绝望、爱、恨与冷漠，以及更多抽象名词所指涉之物。

但没有爱情。真的没有（据我观察）。

有深夜的梦境和恐惧，孩子的啼哭，老人的叹息、呻吟、咳嗽、吐痰。（最扰我睡眠者，乃隔壁老人咳痰之后，久不吐出，陡增悬念。）

这里和别处一样，也有夜晚、黄昏、白天和清晨，有炎热和凉爽，有天空（天空中有飞鸟）、云朵、日月、繁星（可以望见银河），风、雨、露、闪电等这个季节应有的天气现象。

暂时还没有雪。

说说没有的吧——没有高楼大厦；没有车水马龙，早晚高峰；没有地铁、公交、小汽车以及车载电台。

没有电脑、互联网、电子表格、PPT。没有打印机。

没有年轻人。

这里没有挖掘机。没有安全帽和脚手架。没有地下铺设的天然气管道、电缆、水管以及排污管道。没有防空洞。

"庄园里没有女人，我从没有听到吉他的乐声。"（博尔赫斯）

我们这里倒是有女人（都已上了年纪），但是没有吉他的乐声。没有任何乐器。没有。

此时无声胜有声。

此地无银三百两。

和十年前相比，这里没有什么变化。

这里没有学校，没有祠堂，没有广场和广场舞。没有人组织任何集体活动。只有他人和地狱——但没有人读过萨特（除了我）。

我发现捕捉不存在之物比捕捉存在之物困难得多，尽管前者远远多于后者。

"对已经失去一切的人来说，生命中除了对荒谬的激情，已经一无所有。"（E. M. 齐奥朗）

这里没有水果店、饭店、咖啡店、茶奶店……甚至没有一家小卖部。几乎没有任何商业。没有冰激凌，至少我们村没有。（小时候，一到夏天，常有人骑着单车来卖冰棍，一毛钱一根。还有各种走贩，兜售糖果、纽扣等商品或理发、照相等服务，收破铜烂铁、鸡鸭毛、旧凉鞋。）

一切没有什么道理可言。

没有惶惶不可终日的人，没有迷茫的人（或许除了我），没有疯子，但有瘫痪等死的老人。这里也有爱嚼舌根的人，但没有疯狂鼓掌的人。

有恩怨和纷争，但是没有人放下——

此恨绵绵无绝期。

这里也没有体育。没有最基本的健身器材。没有乒乓球桌，没有羽毛球拍，没有足球、篮球，没有人健身、跑步、游泳——但有掷铁球世界锦标赛，以前还有奥运会——但以后还会有吗？

可以说，这里几乎什么都没有。可我就是想不起更多的缺失之物。

正如在别处一样，这里有有限的有和无限的无。

2023 年 10 月